KB260497

영국 과 일본

- 그 교육과 경제 -

모리시마 미지오 (森嶋 通夫) 지음

나가지마 미애 (中嶋 美惠) 옮김

Publishing Corporation

<일러두기>

1. 이 책의 번역과 문장은 역자이신 나가지마 미애(中嶋 美惠) 님이 「훈민정음」의 소리음을 주관적인 견해로 표현하고 번역한 일본식 발음의 문장입니다.

2. 이 책의 출간은 역자분의 의지로 일본에서 직접 작업하신 원문판을 받아 그대로 실어 제작된 것으로 제이앤씨 편집부와는 관계가 없음을 알려드립니다.

머 리 말

　제가「영국 과 일본」의 번역을 하게 된 경위에 대해서 말씀을 드리겠습니다. 몇 년전의 일이 되겠습니다. 아시야 대학교에서 근무를 하시고 계시었던 김 세덕 교수님을 찾아 뵙고서 대학교에 캠퍼스 에서 공부를 하고 싶다는 저의 염원이여었던 노인 대학교에 대하여서 상담에 문의를 하였을 때에, 우연히「영국 과 일본」이라는 책 한권에 눈길이 멈춰워지게 되었습니다. 원본에 책제목은 정본으로 말씀을 드린다고 하면은「잉글랜드와 일본」입니다 만은,「영국 과 일본」이라고 책제목을 정하게 되여었던 경위는「제이앤씨」에 윤 석현 사장님에 의견 으로서 결정을 하게 되었습니다. 이 점을 이해를 하여 주시면은 고맙겠습니다.「1977년에 초고가 출간이 되여서 2016년 에 48쇄 를 출간을 하였습니다. 이렇게 꾸준히 베스트셀러 가 되여있는 저서 입니다. 김 세덕 교수님 께서는「영국 과 일본」에 대하여서 쓰여진 책 입니다. 필요 하시면은 읽어 보시겠습니까?」하시며 말씀을 하셨기 때문에, 선득히 부탁에 말씀을 드리고서「영국 과 일본」이라는 책의 인연이 시작이 되여었던 일이 였습니다. 제가 1986년에 일본으로 온지 수십년이 지났다는 점에 새삼스럽게 생각을 하면서, 아이를 성인으로 성장을 시키고서 나서는 저의 여가에 시간이 갖추워져서 있었기 때문에, 저의 염원이여었던 60살이 되면은, 대학교 캠퍼스에서 제2의 인생에 삶을 시작을 하고 싶었습니다. 그러한 때에 「영국과 일본」 이라는 책하고에 인연이 시작이 되였습니다. 책을 읽다가 보니 제가 아이를 키우면서 느껴여었던 일본에 교육의 방법이 현실적으로 이 책에서 그대로 서술이 되여져서 있었습니다. 너무나 많은 발견에 감동을 받았습니다.

이 책을 통해서 현재 일본에 교육의 방향이 적혀져서 있었던 점에 있습니다. 1977년에 저술한 모리시마 미지오 (森嶋通夫) 선생님에 교육에 관한 열정이 서술이 되여져서 있었다는 점에 일본에 교육하고 경제에 관하여서 미래의 일본에 대한 염원이 적혀져서 있었습니다. 모리시마 미지오 (森嶋通夫) 선생님이 염원을 하시였던 경제와 교육이란, 현재에 있어서는 저의 관점에서 보면은 모리시마 미지오 (森嶋通夫) 선생님이 제시를 하시였던 방향으로 일본의 경제에 대해서는 아직은 잘 모르겠습니다 만은, 교육에 면에 대해서는 정착이 되여서 가고 있음으로 모리시마 미지오 (森嶋通夫) 선생님이 염원을 하시였던 교육에 방향으로 향하고서 있다는 점이 저에게는 명확하게 마음속으로 부터 느끼여 지면서 정착이 되여 가고서 있다는 점이 저의 의견이며 소견에 있습니다.

제가 아이를 키우면서 일본의 교육은 모리시마 미지오 (森嶋通夫) 선생님에 이 책에서 염원을 하시였던 일들이 그대로 정착이 되여져 가고서 있다고 저는 감히 말씀을 드릴수가 있습니다. 이 책에서 말씀을 하시고서 있는 일본에 미래에 교육이 명확하게 서술이 되여져서 있었으므로 진행이 되여져서 왔음을 알게 되였습니다. 현재에 있어서도 진행 중에 있습니다 만은, 이 책 속에서 제시를 하고서 있는 일본 이라고 하는 나라를 알수가 있는 계기가 되였으면 하는 저의 생각에 모든 분들께서 조금이 나마 오늘날의 일본에 대하여서 이해를 하시는 데에, 도움이 되였으면 하는 마음으로 이 책에 대한 열정 으로서 지금에 현재에 이르렀습니다.

이 책 속 에서는 일본의 국민은 과거와 현재와 미래에 지향적에 대하여서 생각을 하면서 실천을 하고서 있음을 참고로 이해를 하여서 주셨으면은 대단히 감사 하겠습니다. 일본의 교육에 대하여서 조금이나마 보탬이 되신다고 하면은 한국에 교육에 연구자님 분 들께 추천을 드리고 싶습니다. 이 책에서 일본 말에 표현을 세종대왕님 께서 창제를 하시였던 「훈민정음」의 소리음 으로써 일본말에 가까운 발음으로 표현이 될수가 있도록 「훈민정음」의 소리음 으로서 표기를 하였습니다.

　끝 으로 제가 일본에 온지 수십년이 지나서 오는 동안에 한글에 많은 말에 뜻이 잊혀져 가고서 있었습니다 만은, 여러모로 많은 도움을 주시었던 「제이앤씨」에 윤 석현 사장님을 비롯하여 담당을 하여주신 김민경 실장님께 감사에 말씀을 드립니다.

2024 년 6 월 10 일

나가지마 미애 (中嶋 美惠)

영국 과 일본

- 그 교육과 경제 -

서 문

　재 작년에 여름에 일본으로 돌아왔을 때에, 저는 경제기획청에 일본의 경제 연구센터 간사이 경제 연합회 에서 강연을 하였습니다. 이 책에서는 이 들의 강연을 하고 나서 산케이 신문에서 올해 2월 21일~25일에 걸쳐서 게재가 되여었던 저의 담화를 수록을 하였습니다. 편집에 있어서는 원래의 원고에 손을 보태여 으므로 1975년에 강연에서 77년 도에 사실이 적혀져서 있었다고 하는 이 같은 모순이 생겼습니다만은, 이에 대해서 용서에 말씀을 드립니다.

　이 책에서는 교육에 문제를 중심으로 「영국 병」이라던가 「일·영에 무역전쟁」에 대해서 저의 생각을 이야기를 하였습니다. 제가 교육에 문제를 중시를 하는 이유는 현대에 사회에서는 교육 (특히, 고등교육) 이 있고 없고 가 그 사람에 대하여서 평가를 받는 경우가 많이 있기 때문에 있습니다. 이 점은 지난 세기에서 태어났다 면은 재산이 있고 없고에 있으므로써 사람에 계층이 나뉘어져서 있었던 점에서 상응을 합니다. 그리고서 또한, 한 나라가 교육을 잘못을 하였을 경우에는 그 나라는 국제에 기관이나 다 국적의 기업에 요직으로 인재를 보낼수가 없게 되므로 그 나라에 성쇠에도 크나큰 영향을 주게 되겠습니다.

사회 과학은 자연 과학 하고 달라서 정답이 없는 문제를 심지어 많이 취급을 하고서 있습니다. 이 책에서 다루고 있는 문제들도 현저한 그에 대한 예, 이라고도 생각을 합니다. 그러하나 그러한 문제에 대해서도 사실을 보여 주고서 의견을 언급하는 점은 중요 하겠습니다.

여러분는 물론 저에게 세뇌(洗腦) 되거나, 절복(折伏) 되거나, 할 필요는 없습니다. 그러나 조금 이라도 「과연」 이라고서 생각이 되신다고 하면은 특별히 요직에 계시는 분들께서 무언가 조금 이라도 실행을 하여서 주셨으면은 하고서 생각을 합니다.

이 책에서 일본 일본 사람 영국 영국 사람 잉글랜드 잉글랜드 사람 이라고 하는 표현을 사용을 하였습니다 만은, 일본에 측은 명백 합니다 만은, 잉글랜드의 측은 조금은 설명을 하여서 두는 편이 좋겠습니다. 이 책에서는 「영국」하고 「잉글랜드」는 동일하게 사용을 하고서 있습니다. 그 점은 영·연방 에서도 잉글랜드도 아닙니다. Great Britain 에 북아일랜드를 합친 연합 왕국(United Kingdom) 에 의미로 사용을 하고서 있습니다.

그러하므로 「잉글랜드 사람」은 잉글리쉬 뿐 만은 아닙니다. 스코틀랜드 사람하고 웨일즈 사람이나 아일랜드 사람도 포함을 하고서 있습니다. 기타 이주해서 온 인도 사람하고 웨스트·인디즈나 유대인 폴란드 사람들도 심지어 포함이 되여져서 있습니다. 다만 이 책에 일부에는「잉글랜드 사람」이 잉글리쉬 만을 가리키는 부분이 있습니다 만은, 문맥에서 판독을 하여 주셨으면은 하고서 생각을 합니다.

최근에 잉글랜드 에서는 지극히 제한된 견문을 바탕으로 쓰여졌었던 무책임 하고 얄팍한 영국론 이나 서양에 사정이 라는 일이 횡행을 하고서 있습니다. 저는 본인에 경험이 충분 하다고는 이야기를 할려고 하는 생각은 없습니다 만은, 이 책이 여러분들께서 영국을 좀더 많이 이해를 하는 점에서 도움이 되여서 유익한 일·영에 친선에 조금 이라도 공헌을 할수가 있다고 한다면은 다행이 라고 생각을 합니다.

1977 년 7 월 23 일
모리시마 미지오 (森嶋通夫)

목 차

머리말 / 3

서문 / 9

Ⅰ. 영국병 사견 (私見) ·· 15

　　-대제국으로 부터의 전진-

Ⅱ. 잉글랜드의 중등교육 ·· 109

　　-계급하고의 투쟁-

Ⅲ. 잉글랜드의 대학교 ·· 205

　　-산업이냐 교양이냐-

Ⅳ. 신일본열도개조안 ·· 291

　　-경제 대국으로 부터의 전진-

옮긴이의 말 / 357

영국 과 일본

- 그 교육과 경제 -

Ⅰ. 영국병 사견 (私見)
- 대제국으로 부터의 전진 -

　수잔·카란 (여학생 열 일곱살.) 은 여왕에 재위 25년에 축하기념의 선물로서 빨간색에 영국에 장미꽃 한 송이를 찰스 황태자님 께 건네여서 드렸습니다. 전하께서는 길드·홀 미술관에 전시회에서 나오실 때에 일이 였습니다.

　「이것은 특별한 일 입니까.」 전하께서는 가슴에 있는 단추 구멍에 끼우시면서 여쭤워 보셨습니다. 수잔은 「아니예요. 그냥 영국의 장미꽃 입니다.」

　전하는 꽃을 자세히 살피여서 보시고서 농담으로 말씀을 하셨습니다. 「안에 계시는 분은 심한 병에 걸려서 있지는 않으신지요.」 나중에서야 수잔은 말을 하였습니다. 「전하를 나무라서는 안되겠지요. 장미꽃은 몇칠이나 지난 오래된 장미꽃 이지요.」

(이브닝 스탠다드 . 1977년 6월 8일)

1

오늘은 뜻 밖에 많은 여러분들 께서 저의 이야기를 들으러 와 주셔서 대단히 영광 스러웁게 생각을 합니다. 런던에 바바(馬場) 씨가 오셨을때에, 일본에 돌아가면은, 경제기획청에서 무엇인가 이야기를 해주지 않겠느냐고 하는 의뢰를 받아 썼습니다. 제 본인은 경제에 이론을 공부를 하고서 있었습니다. 그러한 추상적인 이야기는 이미 사회에 나오신 여러분들 께서는 그 다지 관심이 없을 점으로 있겠습니다. 그렇다고 하여서 현실에 경제에 대해서 이야기를 하라고 말을 하게 된다고 하면은 이번에는 저의 쪽에서 이상하게 되여지고서 있었기에 도저히 여러분들께 말씀을 드릴수 있을 만한, 깊은 점을 현실에 경제에 대해서는 알고서 있지는 않습니다.

그리하여서 무엇인가 적당한 화제는 없을까. 하고서 생각을 하여었던 끝에 「영국병 사건」이라고 하는 점을 들어서 그 제목에 이르러 쏠때에, 바바(馬場) 씨는 「그 것이 매우 좋은 제목이다. 그러면은 그 것으로 갑시다.」이라고 하여서 그렇게 정하게 되었습니다. 저는 수정을 하여 가지고서 좀더 흥미로운 제목으로 이야기를 할려고 생각을 하였습니다 만은,

다행인지 불행인지 수정이 없이 그 제목으로 통과가 되여져 버렸습니다. 그러하므로 멋 없는 제목 으로 되여버린 책임이 일단은 바바(馬場) 씨에 경제 연구 소장 에게 있는 이유 이기에 저를 책망을 하시지는 않으셨으면 합니다.

그렇게 하여서 그로 부터 약 한달 후에 제가 일본으로 돌아 왔습니다. 일본에 돌아와서 막상 「영국 병」이란 무엇이 있을까. 하고서 생각을 하자면은 제 자신이 매우 수상하게 생각이 되여져서 있어던 일이 였습니다. 그래서 제일 먼저 마루젠 (외국에 서적이 많은 서점 [번역자])에 갔습니다.

경제학에 대한 사전을 손이 닿는대로 보았습니다. 「영국 병」이나 「잉글랜드 병」 등 이라고 하는 항목은 전혀 없었습니다. 뒤 쪽에 색인을 보아도 전혀 없었습니다. 어쩔수가 없었기 때문에 황급히 사전이나 백과사전 등에 종류를 찾아서 보았습니다. 그리하였더니 과연 사전에는 쓰여져서 있었습니다. 그 사전에 의하면은 『「영국 병」이라고 하는 점은 「영국병」「英國病」British disease 은 보수 주의자 들이나 시사 평론가 들이 1970년 대 경제에 침체를 겪은 영국을 비하 하는데에 쓰인 용어로서 또한, 유럽에 환자 로도 묘사를 하였습니다. 영국에 복지가 1960년 대 하고 1970년 대에 영국의 경제에 침체기에 원인이 되었다는 의미에서 쓰여 졌었던 용어 이였습니다. 만성적인 파업과 저 생산성에 문제 으로서에 뿐만은 아니여 었습니다. 과도한 복지 문제도 있었으며, 직업, 지위, 수임, 연령, 성(남.녀)에 관계가 없이 전 국민을 대상으로 하여었던 당시에 영국에 복지에 모델은 연금 보조 하고 무료의료시술 (국립의료 지원 시스템 NHS.)은 물론이며, 결혼수당, 임신수당, 아동수당, 과부수당, 에서 장례수당, 에 이르기 까지에 전생애를 보장을 하는 제도 이였습니다.」

그러하나 "구루병" 이라고 하는 점으로 17세기에 유행을 하였었던 「구루 병」으로 되어져서 있었습니다. 이 점은 몇 권에 사전류 에서 쓰여져서 있었기 때문에, 확실한 점 이라고 생각을 합니다. 사실, 당시에 영국은 지금 처럼의 인플레이션이 두 자리에 수를 넘었습니다. 일종에 파업을 일 삼았으며, 고복지, 고비용, 저 효율에 경기 침체에 상황으로 놓여져서 있었습니다. 영국은 햇볕이 매우 부족한 나라에 있습니다. 비타민 D의 부족으로 인하여서 "구루 병" 이 매우 많이 있었습니다. 그러하니까. "구루 병"을 가지고서 「영국 병」이라고 하는 점은 지극히 온당 하다고 생각을 합니다.

그러하나 여기에서 "구루 병"에 이야기를 하는 점은 경제에 이야기를 기대를 하고서 모처럼 오신 여러분들께 실례가 되기 때문 이기에, 어떠한 점이 경제적인 「영국병」이며, 「영국병」은 무엇인가 하는 이와같은 점에 대하여서 이야기를 하고서 나면은 만족을 하신다고 하시면은 "박수갈채" 으로써 돌아가 실수가 있도록 하고 싶다는 생각을 합니다.

2

다음에 제1표는 1900~1969년 동안에 영·미는 양국에서 실업율을 비교를 한 점에 있습니다. 표에서 판독을 하실수가 있는 가장 현저한 사실은 미국이 제1차 대전에 전·후의 공황(1920~21년)으로 부터 비교적으로 단기간에 회복을 하여서 1920년 대를 통해서 완전고용내지에 대한 점에 가까운 상태에 있어서는 계속해서 유지를 하여서 왔습니다만은, 잉글랜드는 계속해서 높은율의 실업으로 고민을 함께하여서 왔었다는 점에 있습니다. 즉, 미국은 완전고용에서 급전 직하에 30년 대에 대 공황으로 돌입을 하였습니다 만은, 영국은 이미 10년에 달하는 침체에 다음으로 또한, 새로이 10년 동안에 침체를 계속을 하게 되여었던 점에 있었습니다. 그리고서 이와같은 장기 정체는 히틀러에 덕분으로

〈제 1 표〉 실 업 률

(단위 %)

년도	영국	미국	년도	영국	미국	년도	영국	미국
1900	2.5	5.0	24	10.3	5.0	48	1.8	3.8
01	3.3	4.0	1925	11.3	3.2	49	1.6	5.9
02	4.0	3.7	26	12.5	1.8	1950	1.5	5.3
03	4.7	3.9	27	9.7	3.3	51	1.5	3.3
04	6.0	5.4	28	10.8	4.2	52	1.2	3.1
1905	5.0	4.3	29	10.4	3.2	53	2.1	2.9
06	3.6	1.7	1930	16.0	8.9	54	1.8	5.6
07	3.7	2.8	31	21.3	16.3	1955	1.5	4.4
08	7.8	8.0	32	22.1	24.1	56	1.2	4.2
09	7.7	5.1	33	19.9	25.2	57	1.3	4.3
1910	4.7	5.9	34	16.7	22.0	58	1.6	6.8
11	3.0	6.7	1935	15.5	20.3	59	2.2	5.5
12	3.2	4.6	36	13.1	17.0	1960	2.3	5.5
13	2.1	4.3	37	10.8	14.3	61	1.7	6.7
14	3.1	7.9	38	13.5	19.1	62	1.6	5.5
1915	1.1	8.5	39	11.6	17.2	63	2.1	5.7
16	0.4	5.1	1940	9.7	14.6	64	2.6	5.2
17	0.6	4.6	41	6.6	9.9	1965	1.7	4.5
18	0.8	1.4	42	2.4	4.7	66	1.5	3.8
19	2.1	1.4	43	0.8	1.9	67	1.6	3.8
1920	2.0	5.2	44	0.7	1.2	68	2.5	3.6
21	12.9	11.7	1945	1.2	1.9	69	2.5	3.5
22	14.3	6.7	46	2.5	3.9			
23	11.7	2.4	47	3.1	3.9			

출처 : *The British Economy Key Statistics 1900 - 1970,* published for the London and Cambridge Economic Service by Times Newspapers Ltd.

겨우 종식이 되었습니다. 만약에, 제2차 대전이 일어나지 않았었더라면은, 영국은 좀더 오랫동안 불황으로 고민을 하여야만 하였을 점으로 있었습니다.

노동자도 남아서 돌아갔었습니다. 자본에 시설도 충분하게 있었는데에도 생산에 수준은 낮았으며, 침체를 하고서 있는 점은 도대체 어떠한 이유 때문으로 있겠습니까. 또한, 이른바 「풍요 속에 빈곤」 상태에서 탈출을 하기 위해서는 어떻게 하면은 좋았겠습니까. 이러한 1920~30년대에 병이든 영국을 진단을 하고나서 치료를 하기 위해서 쓰여져서 있었던 점이 케인즈의 「고용이자 및 화폐에 일반 이론.」으로 있었습니다.

케인즈는 다음과 같이 생각을 하였습니다. 영국에 고전학파에 학자는 예를 들면 마르크스에 의하면은 자본가는 저축에 결의자임과 동시에 투자에 결의자로 있습니다. 자본가는 이윤을 착취를 하고서 그 일부 내지는 전부를 저축을 합니다 만은, 그들이 저축을 하는 점은 저축을 또 다시 투자를 하고서 그것을 밑천으로 다시 한번 이윤을 착취를 할려고 하는 속셈이 있었기 때문에 있습니다. 투자를 목적으로써 저축을 하는 점이기 때문 이기에, 저축이 있는 곳에는 반드시 투자가 있습니다. 반대로 투자에 배후에는 반드시 저축이 있습니다. 따라서, 저축과 투자에 사이에는 아무런 모순도 없었습니다.

이처럼의 고전학파에 경제에 관에서는 자본주의에 사회에 엔진이 되는 부분은 단순한 구조를 가지고서 있다고 볼수가 있었습니다. 가치를 창조하는 일은 노동자에 계급으로 있으며, 자본가는 노동자가 생산한 여분에 가치 (즉, 노동자가 생산한 전체에 가치에서 노동자들이 생존을 하기 위해서 필요로 하는 상품에 가치를 뺀 잉여.) 를 무례한 하고 무례한 하였던 점을 일부 내지는 전부를 저축을 합니다. 다음에는 그들은 이렇게 하여서 만들어서 내어 놓은 그들이 저축에 전부를 투자를 하여서 다음 해에는 더 많은 노동자를 고용을 하고서 더 큰 가치를 만들어서 내어서 놓도록 하고서 그에 한 조각에 따라서 더 큰 한 조각을 갈취를 합니다. 착취 라든지 갈취 라든지 하는 말에는 불 온당 한지를 또한, 뜨뜻 미지근 한지를 별도로 하고서 마르크스를 포함을 하여서 고전파에 대부분에 경제 학자 들은 자본주의에 경제는 대부분은 이러한 장치로서 확대 재 생산을 한다고 생각을 하고서 있었습니다. 즉, 대부분에 모든 사람이 저축하고 투자에 사이에는 모순이 있을수가 있었다고는 생각을 하지 못하고서 있었기 때문으로 있었습니다.

이러한 단순한 견해는 초기에 자본주의에서는 잘 들어맞고서 있었습니다. 자본주의가 발달을 하여서 각 기업에 규모가 커지게 되면서 저축에 주체로서에 자본가 하고 경영자에 주체로서 기업자가 반드시 동일을 하지는 않게 되였습니다. 저축에 결의와 투자에 결의에서 의견에 차이가 일어나게 되었습니다. 케인즈는 이러한 불 일치에 주목을 하고 나서 그 시점에서 실업에 원인이 있었다고 생각을 하게 되여었던 점에 있었습니다.

이 처럼에 케인즈의 생각에 연원(淵源)은 맬서스 하고 같은 고전적인 학자들에게 까지도 거슬러 올라서 갈수가 있었습니다. 어찌되였든 케인즈 적인 발상에 따르면은 「영국 병」은 영국이 다른 나라들 보다도 앞서서 자본가들 만으로 사회에 상층부가 굳혀져서 있었던 시대에는 저축자 하고 투자자에게 분해를 하여었던 상층부를 가진 쌍두대립에 사회에 시대로 이동을 하여었던 결과 라고 하는 일이 되여져서 있었던 점에 있습니다. 영국이 신 고전파에 황금에 시대로 부터 「풍요 속에 빈곤」으로 빠져든 점은 누구에 책임도 아닌 사회에 구조 변화에 결과로 있었다고 하는 생각으로 있습니다.

지금에 저축자는 그들의 소득에 일정한 퍼센트를 저축을 한다고 생각을 합니다. 이렇게 정해져서 있는 저축은 투자자가 결정을 하는 투자에 비해서 너무나 큰 경우에는 총소득이 마이너스에 소비(즉, 저축)가 투자 보다도 크고 따라서, 총 소득에 소비는 플러스에 투자를 웃돌고서 있습니다. 물론 총 소득이 란, 얻어진 임금과 이윤에 합계로 있습니다. 한편, 이윤이 란, 생산물에 총 가치에서 임금을 뺀 점 이므로 임금에 플러스에 이윤은 생산물에 총 가치 하고 같습니다. 그러하므로 총 소득이 생산물에 총 가치에서 동일한 점을 알 수가 있습니다. 이 처럼의 저축이 투자 보다도 크다고 하는 점은 생산물에 총 가치가 소비에 플러스에 투자는 마찬가지로 총 수요를 넘어서고 있었다고 하는 상태를 즉, 과잉 생산을 의미를 합니다. 이러한 과잉 생산에 과잉을 없애려고 하려면은 저축 율을 감소를 시켜서 소비를 증가를 시키지 않는 한, 생산에 축소를 하지 않으면은 안되게 되겠습니다. 그러하므로 실업이 발생을 합니다. 즉, 저축을 너무나 많이 하고서 있었기에 실업이 생겨져서 있었던 점에 있었습니다. 이렇게 하여서 「저축은 악덕이다.」「저축은 실업자에 적이다.」하고서 생각을 하게 되었습니다. 그리고서 이러한 슬로건 을 세계속에 어필을 하면서 특히, 미국인 하고 같은 미국에 문물에 물든 일본인 들에 지지를 얻어었던 점은 아시는 바와 같습니다.

3

그러하지 만은 영국에 경우에는 어떻게 하겠습니까. 금욕적인 (스토이크) 기풍을 존중을 하는 영국 사람들은 특히, 중산계급층 이상에 사람들은 여러분이 상상을 하는점 보다도 검소 합니다. 따라서, 높은 저축에 성향을 가지고서 있습니다. 예를 들면 영국에 중산계급 층 이상에 대부분에 모든 여자 분 들은 할머니가 사용을 하여었던 인형을 사용을 하면서 놀고서 있습니다. 인형 이라고 하면은 몇 대에 걸쳐서 사용을 한다고 하는 점이 영국인에 감각으로 있습니다. 제가 세크러테리 (비서) 에게 저축은 매우 금욕적 (스토이크) 이며, 좋은 일이지 만은, 너무나도 많은 저축을 하는 일은 좋지는 않다고 하는 케인즈 에 이론에 단편을 설명을 하였을 때에, 그 녀가 「무엇이 나쁘죠. 할머니가 사용을 하시었던 인형을 사용을 하는 점이 무엇이 나쁜 점 인지요.」하면서 정색을 하면서 저에게 대들어 썼던 일을 기억을 하고서 있습니다.

또한, 현재에도 런던에 아파트나 호텔 이나 오피스 (사무) 용에 빌딩에 안에서는 아직도 두레박 식에 수동식 리프트 (엘리베이터) 를 사용을 하고서 있는 곳이 있습니다. 저는 중학교 이래에 물리학 에는 약하여었기 때문에, 그 구조를 정확하게 설명을 할수가 없습니다 만은, 여하였든 리프트 에 바구니 속을 빌딩에 천장에서 지하까지 두줄에 로프가 통과를 하고서 있습니다. 그 중에 인장 한줄을 당기게 되면은 바구니는 올라가고 다른 한쪽을 당기게 되면은 바구니는 내려가게 됩니다. 어찌되였든 사람들이 몇 사람이 타고서 있는 바구니를 움직이는 일이니 까요. 엄청난 힘으로써 끌어서 당기지 않으면은 안됩니다. 하지만은 일단 움직이기 시작을 하면은 도르레의 원리와 관성에 법칙으로 내버려 두워도 매끄러웁게 올라 가기도 내려 오기도 하면서 계속하게 됩니다. 바구니를 멈추게 한다고 하면은 또 다시 큰 일을 하지 않으면은 안됩니다. 즉, 이번에는 마찰에 원리를 응용을 하는 점이 되겠습니다. 목적에 층에 접근을 할려고 하면은 운전수는 전체적인 체중을 밧줄에 걸쳐서 로프를 한쪽 으로 억누릅니다.

그렇게 하면은 엄청난 마찰이 생겨져서 그에 힘으로 브레이크가 되여져서 리프트는 멈추게 됩니다.

이러한 리프트는 원시적인 만큼 여간 하여서는 부서지지 않습니다. 영국인은 금욕적인 (스토이크) 국민으로 있기 때문이기에, 인형도 리프트도 부서지지 않는한, 버리는 일는 하지를 않습니다. 따라서, 오래 된 인형이나 리프트에 대한 교체에 수요는 매우 작게 있습니다. 수요와 함께 생산량도 축소하기 때문에, 소득은 적고 소득이 적으면은 인형 뿐만이 아닙니다. 그 이외에 상품에 소비도 적다고 하는 악 순환이 생기게 되겠습니다. 이렇게 자본주의에 초기에 있어서는 자본주의의 발전에 정신적인 기반으로 있었던 금욕의 기풍은 저축을 하고서 투자에 결의에 주체가 분리함과 동시에 발전에 장해가 되고서 있습니다. 즉, 케인즈 에 따르면은 게으름에 결과, 「영국병」에 걸리면은 검소한 생활을 강요를 받고서 있는 일이 아닙니다. 반대로 검소한 생활을 하고서 있기 때문에, 「영국병」에 걸려서 실직 (직업이 없음.) 에 따라서 게으름이 강요 되여져서 있는 점으로 있습니다.

여하였든 케인즈 의 정책이 효과를 올려서 전·후 에는 1970년에 이르기 까지에 영국은 완전 고용을 찬양을 하면서 계속해서 구가를 하여서 올수가 있었습니다. (제1표 참조.) 더 이상은 투자에 부족에 의해서 실직을 하는 일은 없었습니다. 그러하지 만은 투자에 부족으로 인한 실직은 없었지만은, 여전 하게도 투자는 아직도 충분하지 않았습니다. 투자는 완전고용을 겨우 실현을 할수가 있을 정도에 일에 불과 하였으며, 일 인당에 소득을 대폭으로 크게 상승을 할수가 있는 크기에는 도달을 하지는 못하였습니다. 즉, 완전고용은 지속이 되였습니다 만은, 경제에 성장에 비율은 크게 커지지는 못하고서 있었습니다. 높은 율 으로써 경제에 성장을 하기 위해서는 좀더 투자를 늘리려면은 외국으로 부터 수입이 늘어나서 국제에 수지가 악화를 하게 되겠습니다. 국제에 수지를 더 많이 나아지게 할려고 생각을 하면은 수입을 줄이지 않으면은 안됩니다. 수입을 줄이기 위해서는 투자를 줄이지 않으면은 안된다는 점은 이른바 「고·앤드·스톱」이라고 하는 상태를 되풀이 하여었던 점에 있었습니다. 그리고서 이 점이 또한, 「영국 병」에 증상에 하나 로서 정착을 하여서 있었던 점에 있습니다.

4

잉글랜드는 전쟁 중에서 전·후를 통해서 대단한 변모를 이루웠습니다. 더 이상 대 영제국은 아니 였습니다. 유럽의 한 쪽 구석에 작은 복지국가에 지나지 않게 되었습니다. 그렇지만은 대 영제국을 단념을 하고서 웰페어·스테이트로 전환을 한다고 하는 전환은 매우 훌륭한 일 으로서 있었다고 생각을 합니다. 저는 1956년에 처음으로 영국에 갔습니다. 그 때에 책방에서 서서 읽었던 책은 어느 아동에 도서로 매우 감명을 받았었던 책이 였었습니다. 그 점은 「로얄·네이비」이라고 하는 책이 였었습니다. 넬슨 이래에 잉글랜드의 「로얄·네이비」에 찬란히 빛나는 역사를 삽화를 넣어서 설명을 하여었던 책이 였었습니다. 제일 먼저 제가 그 책에서 관심을 갖게 되여었던 일은 트라팔가에 해전에서도 제트랜드 바다에 해전도 아닙니다. 오로지 단순하게 「프린스·오브·웨루스」에 격침을 어떻게 설명을 하고서 있는지를 알고 싶어었기 때문이였었습니다 만은, 이 책에서는 솔직하게 「프린스·오브·웨루스」가 일본에 공군기에 어이 없이 당하고 말았었다고 쓰여져서 있었습니다. 「이러한 점은 일본인이 해전에 전술에서 가져다 주워었던 대혁명에 있었습니다. 항공기에 결정적인 우위가 입증이 되였습니다. 대함대에 거포에 주의는 과거로서 꿈이 되여버렸다. 그러하나 아이러니 하게도 일본에 해군은 "자기자신"「自己自身」들이 개발을 하였었던 전법에 의하여서 결국은 뼈아픈 타격을 입게 되였다. 그들의 야마도 무사시 (大和武藏) (일본에 항공모함에 이름.)도 또한, 마찬가지로 폐함이 되여었기 때문으로 있었습니다.

대략은 이러한 일들이 쓰여져서 있었습니다 만은, 재미가 있었기 때문에 계속해서 읽어 보았습니다 만은, 전·후에 기술혁신에 대해서도 쓰여져서 있었습니다. 전·후에는 「로얄·네이비」는 몇 가지에 훌륭한 대 발명을 하였습니다 만은, 그 중의 하나는 항공모함에 효율성을 높이는 데에, 기여를 하였습니다. 즉, 옛날에는 항공모함에 갑판은 군함과 평행하게 되여져서 있었습니다. 최근에는 항공모함에 갑판은 미국에 제7함대에 텔레비전에 화상에 이미지로 잘 알려져서 있는 바와 같이 선체에 대해서 각도를 가지고서 있습니다. 착함을 할 때에는 굴뚝 이나 그 이외에 충돌을 하지를 않게 하기 위하여서는 각도를 측정을 하면서 발착을 갑판에 방향이 편리는 하겠습니다 만은, 그 점 뿐만이 아니였습니다. 활주로가 길게 되여져서 있었기 때문 이기에, 대 형에 항공기를 발착을 시킬수가 있는 점으로 되였습니다. 그러한 점과 동시에 잉글랜드 는 또한, 수직으로 이 착륙을 할수가 있는 비행기를 발명을 하여었던 일이 였습니다. 이와 같은 군사상에 획기적인 발명을 함으로써 영국에 해군는 공군에 절대 적으로 우위를 자랑을 할수가 있었다고 생각을 합니다. 잉글랜드는 현재로는 겨우 한척에 항공모함을 가지고서 있는 점에 지나지 않습니다.

그리고서 그 책에 마지막에 페이지 에서는 『이렇게 (로얄·네이비) 는 찬란한 역사를 가지고서 있습니다 만은, 그럼 에도 불구하고 결국은 사라져 버려야 할 운명을 가지고서 있었습니다. 잉글랜드 는 더 이상에 (그레이트·네이션) 은 아닙니다. 우리들은 작은국가 (컨트리) 로써 연명을 하여서 가지 않으면은 안됩니다. 그러하기 위해서는 더 이상에 커다란 「로얄·네이비」는 불 필요로 있다. 그러하나 아직은 「로얄·네이비」에 사명은 끝난 일은 아닙니다. 그들은 아직도 당분간은 필요로 하게 될 것입니다. 우리는 필요 함에 따라서 최 소한에 해군을 계속해서 가지고서 있겠습니다 만은, 때가 오면은 「로얄·네이비」는 사라져 가지 않으면은 안된다.』 이러한 일들이 쓰여져서 있었던 점에 있었습니다. 전승국가로서 있었으며, 심지어 그들의 해군는 훌륭한 역할을 완수를 하여었던 국가로서 차세대를 짊어지고서 나아갈 아이들에게는 (아이들은 당연히 훌륭한 해군을 희망을 하고서 있었겠지 만은,) 우리의 해군은 결국은 사라지지 않으면 안된다. 이라고 말을 하고서 있는 점을 분명하게 주장을 하고서 있었다는 점에 있었습니다.

이러한 식으로 잉글랜드에서는 전·후에 비상한 결심을 가지고서 국가에 척추를 교체를 하여서 갈아서 넣는다는 일에 착수를 하였습니다. 대 영제국은 아닙니다. 작은 복지에 국가를 건설을 하기 위해서 다양한 방책이 실시가 되여었던 점에 있었습니다. 교육제도,에 개혁으로서 사회보장제도,에 충실함으로써 주택정책, 지역개발, 도시개조, 소득에 불평등시정, 등등으로 이들의 노력은 일인당에 국민에 소득이 대폭으로 증가를 가지고서 오지는 않았습니다 만은, 그러한데도 그 결과는 잉글랜드가 더욱더 살기가 좋은 나라가 되여져서 있었던 점은 사실로 있습니다. 프랑스나 독일로 이주를 하여서 온 노동자들은 일이 끝나고 나면은 (나이가 들면은,) 모국으로 돌아갑니다 만은, 잉글랜드로에 이주민 들은 정착을 하여서 버리는 일이 통례로 있습니다. 이 점은 이주를 하여서 온 노동자들에게도 잉글랜드가 대단히 살기가 좋은 나라임을 보여 주고서 있습니다.

지구상에는 아직도 극단적으로 가난한 나라가 있습니다. 이러한 나라에 사람들에게는 「가난 하면서도 행복.」으로 있다는 점은 대부분은 불가능 합니다 만은, 일본이나 잉글랜드 등에 선진국에서 만에, 한 하여서 말을한다 면은, 경제적인 번영이 반드시 사람들에게 만족을 초래를 하지는 않습니다. 경제적으로 부진한다 하더라도 행복은 할수는 있습니다.

자본주의의 국가에서는 분배에 방법에서는 변경을 하는 일을 좋아하지 않았기 때문 이기에, 국민에 물질적인 행복을 늘리기 위해서는 순수한 생산물에 총액을 증가를 시키지 않으면은 안됩니다. 이에 반하여서 복지에 국가에서는 국민에 행복을 높이기 위해서는 순수한 생산물을 어떻게 분배를 할지를 생각을 하고서 있기 때문 이기에, 순수에 생산물이 증가를 하지를 않아도 분배에 방법을 개선을 하여서 행복을 증진을 시킬수가 있습니다. 복지국가에 있어서는 경제에 성장에 비율이 낮다는 점은 괴로운 일이 되겠습니다 만은, 치명적이지는 않습니다. 복지국가에 성적은 그 자체에 척도로 평가가 되어야 만이 됩니다. 고전적인 자본주의를 보는 눈으로서 채점을 하여서는 안됩니다.

5

일본에 여러분은 「잉글랜드 에서는 티·타임이 있습니다. 오전에도 오후에도 티·타임이 있기 때문에, 일에 능률이 오르지 않는다.」 하면서 자주 말을하지 만은, 이탈리아와 스페인 의 시에스타 만큼은 아니더 라도 티·타임은 일본인 에게 있어서는 진정으로 성가 스럽게 하는 일이 되겠습니다. 그러하지 만은 그러한 시간적인 로스 (낭비) 는 대학교에 직원에 경우에는 오전과 오후에 맞추워서 길게 잡아서 한시간 이나 짧으면은 30,40분 이기 때문에, 「잘 놀고서 일을 잘 하여라.」 하는 말에 원칙에 어긋나지 않을 정도 이라면은, 티·타임에 제도는 생산성에 향상에 플러스의 사고 (思考) 하고 마이너스의 사고 (思考) 로 있다고 하여도 결정을 할수는 없습니다.

제 자신의 경험에 비추워서 보면은 일본하고 잉글랜드의 근면하고 게으름에 상황을 비교를 할수가 있는 점은 대학교에 직원 뿐 만으로 되겠습니다 만은, 제가 오사까 대학교 (大

阪大學校) 에서의 경험을 기억을 하면는 최 대한으로 공정하게 잉글랜드의 대학교에 사무원에 근무에 평가를 하여서 보겠습니다.

아시는 바와 같이 잉글랜드 나 미국에 대학교에서는 각 교수에 세크레터리 (비서) 가 배치가 되여져서 있습니다. 교수가 논문을 쓰면은 그 녀가 곧바로 타이프를 쳐서 줍니다. 유학 시절에 이 일을 몹시나 부러웁게 생각을 하였었던 일본에 선생님 들이 「미국의 학자가 업적이 오르는 일은 비서에 덕분이다. 일본에 교수도 비서를 가져야 만이 된다.」 이라고 생각을 하고서 있었습니다. 일본에서도 비서에 제도를 도입을 하여었던 분도 계셨습니다 만은, 미국은 잘은 모르겠습니다 만은, 적어도 잉글랜드의 비서는 일본인이 생각을 하고서 있는점 처럼에 비서는 아닙니다.

일본의 대학교에서는 여러분이 아시는 바와 같이 학부장 하고 나란히 사무장이 있습니다. 사무장에 밑에는 교무계장, 서무계장, 회계계장, 등에 몇 명에 계장이 있습니다. 매우 충실하게 있습니다. (제가 있었던 오사까 대학교에 연구소에서는 10명에 교관에 대하여서 7명에 문교부문 사무관 하고 6명에 사무원 하고 2명에 비서가 있었습니다.) 이에 반하여서 잉글랜드의 대학교에 경우는 일본하고 같은 큰사무부는 각학부에는 존재를 하지를 않습니다. 런던·스쿨의 경제에 학부에 경우에는 약 55~60명에 달하는 교관이 있습니다. 아마도 일본에서는 최대에 경제학부에 하나가 될점으로 생각을 합니다. 그러한 경제학부 이지만은, 학부장에 직속을 하고서 있는 디파트먼트·세그레터리 (여자로 있습니다 만은, 일본에 사무장에 해당이 됩니다.) 하고 각 교수님에게 한명씩 배치가 되여져서 있는 비서 이 외에는 사무를 하고서 있는 사람은 한 사람도 없습니다. 교수가 12명이 있습니다 만은, 비서도 12명이 있습니다. 이 점이 전부로 있습니다. 그 이외에 수명에 보조에 타이피스트 이 외에는 아무도 없는 점에 있습니다. 교수 이 외의 선생님은 3,4명 씩 그룹으로 나뉘어져서 각 교수님 분들에게 배속이 되여집니다. 그리고서 이러한 사람들이 공동으로 한 사람에 비서를 채용을 하는 점에 있습니다. 비서는 자신의 그룹에 전체의 교관에 편지이며 논문에 타이프를 치는 일 만은 아닙니다. 통상으로 학부에 사무를 하여야 만이 됩니다. 즉, 학생을 불러내거나 교재를 준비를 하면서 모든 교무하고 서무를 하면서 또한, 몇 사람의 선생님에 타이프를 치고서 있습니다.

그 이외의 다른 교수님 분들도 자신들에 밑에는 비서가 있기 때문 이기에, 그녀가 하는 모든 일은 교수가 감독을 하지 않으면은 안됩니다. 따라서, 교수는 일본에 서무계장 이나 교무계장 에 일에는 몇 사람에 일을 맡아서 하고서 있다는 점이 되겠습니다. 일본에 대학교에 선생님 분 들은 개인적인 비서를 두고서 그 중에는 주간지에 화제가 되여서 있었던 분 들도 계셨습니다 만은, 이러한 천국은 잉글랜드 에는 없습니다. 잉글랜드 의 교수는 사무원을 겸용을 하고서 있습니다. 동시에 비서도 또한, 사무원을 겸용을 하고서 있습니다. 그 들은 정규에 강의나 사무 이 외의 논문을 쓰기도 하면서 그 일을 타이프를 치기도 하면서 또한, 티·타임 에 차를 마시고서 있는 점으로 있습니다.

티·타임 에 비서를 호출을 할려고 한다는 전화를 걸어도 전혀 받지도 않습니다.

「아아~ 또 가버렸네.」하고서 짜증이 나는 일도 있습니다 만은, 시간을 조절을 하면은 그 다지 일에는 영향을 받는 일은 없습니다. 일반 적으로 말을한다 면은, 그녀들은 높은 능률로서 근무를 하고서 있습니다. 높은 생산성을 발휘를 하고서 있다고 생각을 합니다. 저는 잉글랜드의 비서가 일본에 사무원 이나 또는, 일본의 사설에 비서에 비해서는 노동에 질,이나 양,에서 떨어져서 있다고는 절대 적으로 생각을 하지는 않습니다. 일반에 노동자에 대해서 이렇게 단언을 하는 점은 여기에서는 삼가를 하겠습니다. 적어도 화이트·컬러에 관련에 한 하여서는 노동에 생산성은 일본하고 비교를 하여도 떨어지지 않는다고 믿고서 있습니다.

사실은, 소우세기 (夏目漱石) (나쯔메 소우세기 : 일본에 유명한 소설가.) 도 런던에 하숙집에 아주머니들이 오전하고 오후에 두 차례에 티·타임을 포함을 하여서 다섯번 이나 식사를 하는 일에는 놀랐습니다. 다음과 같이 쓰여져서 있었습니다.

우리집에 여자 들은 하루에도 다섯번 이나 식사를 한다. 일본에서는 중 노동을 하는 사람들도 네번 이다. 누가 무엇이 라고 하여도 이 점에는 놀랐었으며, 그 대신에 아침부터 밤 늦은 새벽녁 까지 일을 하고서 있습니다.

6

일본에서 출판이 되여서 있었던 많은 서적은 「영국은 계급의 국가로 있습니다. 노동자 는 자본가에 상대에 대한 오랜 세월 에 쌓인 증오가 축적이 되여져서 있었습니다. 따라서, 노사에 논쟁은 끊임이 없이 계속이 되였습니다. 그 때문에 다수의 노동에 일수가 상실이 되어져서 있었습니다.」이라고 쓰여져서 있었습니다. 지금에 이러한 단정이 과연 정확한 일 인지 어떠한 점 인가를 검토를 하기 위해서 세계에 주요한 8개국 (일본, 프랑스, 서독, 이탈리아, 영국, 미국, 캐나다, 호주,) 에 대하여서 최근에 10년 동안 (1965~1974) 에 노동자에 일 인당은 파업으로 인한 손실노동일수를 조사를 하여서 살펴를 봅시다. 각 국에 매년 파업에 의한 손실 노동 일수 는 International Labour Office, *Year Book of Labour Statistics* 1975 에서 나와 있습니다. 봉급에 고용자 하고 임금에 고용자에 총수 (이하, 간단하게 총 고용에 인수로 부릅니다.) 는 해마다 주워지지 않아 썼으므로 각 각에 나라에서 매년 파업에 손실노동일수 는 일정한 연도에 총 고용에 인원으로 나뉘어져서 있었습니다. 제2표에 마지막 란,이 그 연도를 나타내고서 있습니다. 1965년 부터 1974년 도에 사이에서 총 고용에 인원수는 이들의 국가에서 변동을 하고서 있었기 때문에, 일정한 연도의 총 고용에 인원으로 나누는 일은 난폭한 일 입니다. 또한, 총 고용에 인원수가 잡히고서 있었던 연도는 나라 마다 다르기 때문 이기에, 미묘한 국제 적인 비교를 하는 점은 삼가를 하지 않으면은 안됩니다. 그렇지 만은 얻어진 수치를 대략은 국제 적으로 비교를 하기 위해서는 충분한 신뢰성을 가지고서 있다고 생각을 합니다.

〈제2표〉 파업에 의한 고용자 1인당 손실노동일수

	1965	66	67	68	69	1970	71	72	73	74	
일 본	0.16	0.08	0.05	0.08	0.10	0.11	0.16	0.14	0.13	0.27	1974
프 랑 스	0.06	0.14	0.24	—	0.13	0.10	0.25	0.21	0.22	0.19	74
서 독	0.00	0.00	0.02	0.00	0.01	0.00	0.19	0.00	0.02	0.05	74
이탈리아	0.51	1.06	0.63	0.68	2.78	1.53	1.09	1.43	1.72	1.43	75
영 국	0.13	0.11	0.12	0.21	0.30	0.48	0.60	1.05	0.32	0.65	74
미 국	0.28	0.30	0.50	0.58	0.50	0.79	0.57	0.32	0.33	0.57	74
캐 나 다	0.26	0.58	0.44	0.57	0.87	0.73	0.32	0.87	0.65	1.04	75
호 주	0.16	0.15	0.15	0.22	0.40	0.49	0.63	0.41	0.54	1.30	73

출처 : ILO, *Year Book of Laboru Statistics,* 1975. HMSO, *National Income and Expenditure, 1965~75.*

제2표에서 일견을 하면은 다음에 점을 알수가 있습니다. (1) 1인당에 손실노동일수가 가장 적다는 점은 (가) 서독,에 이어서 (나) 일본, 프랑스, 그 다음에 (다) 영국, 미국, 캐나다, 호주, 그 중 에서도 가장 많은 점은 (라) 이탈리아,로 있습니다. (2) 이렇게 8개국을 네개에 그룹으로 나누웠을 경우에는 각 그룹에 사이에는 현저한 차이가 있습니다. 그룹 중 에는 대부분이 별 차이가 없습니다. (3) 제3의 그룹에 소속을 하고서 있는 점은 모두가 영국계 (또는 앵글로·색슨계) 에 나라에 있습니다. 그 이외의 그룹에 소속이 되여져서 있는 국가는 모두가 비 영국계에 여러 국가로 있습니다. (4) 제3의 그룹에 가운데 에서는 영국에 지위는 결코, 나쁘지는 않습니다. 1972년을 제외를 하면은 영국은 최고에 우등생으로 있다고 조차도 말을 할수가 있습니다.

이러한 표 에서 「영국은 옛날 부터 계급에 사회로 있었기 때문에, 노사에 분쟁은 끊임이 없었다.」 이라고 하는 결론을 이끌어내는 점은 조금은 무리가 있다고 생각을 합니다. 영 본국에서는 계급에 관계를 청산을 하여 썼다고 할테인데 미국 이나 캐나다 나 호주 에서도 대부분이 비슷한 정도에 노사 분쟁이 일어나고서 있었기 때문에, 오히려 표 에서는 노사에 분쟁은 「노동자는 자본가에 대한 수년 동안에 증오 하고는 무관한.」 점인지 또는, 그러한 「증오」 는 더 이상에 잉글랜드 에서는 존재를 하지를 않는다. ―파업에 의한 손실 노동 일수에 영향을 주는 정도는 존재를 하지를 않는다. ―하고서 생각을 하여야 한다는 점을 시사를 하고서 있습니다. 무엇 보다도 이표 만으로 그러한 결론을 낸다고 하는 점은 비 과학적에 있습니다. 다른 뒷 받침이 필요로 하겠습니다 만은, 제 2표 에서 얻은 다음에 세가지에 추측 (conjecture)은 충분히 고찰을 하고서 검토를 할만한 가치가 있다고서 생각을 합니다.

(1) 노동자는 자본가에 대한 증오감에 정도는 일정한 한도 내에 머무르고 있는 한, 파업에 격렬함은 증오감에 정도 하고는 무관함에 있습니다. (파업은 감정에 의해서 좌·우 돼지를 않습니다.)
(2) 영국은 노동자에 대한 자본가에 감정은 상기에 일정에 한도를 초과를 하지는 않습니다.
(3) 파업을 할것인가 안 할것인가 에 언제쯤 상대방 하고 타협을 하는가에 대해서는 노동자나 자본가에 태도가 영국 계에 여러 국가 하고 비 영국계에 여러 국가에 사이에는 현저하게 상당히 다르다고 말을 하고서 있습니다.

저는 현재 으로서는 위에 세 가지에 명제는 어느 것도 올바르다는 점이 아닐까, 하고서 생각을 하고 있습니다. 물론 자세한 연구를 하지를 않고서는 이러한 주관 적인 추측에 당부는 단정을 할수가 없습니다.

여하였든 표는 또한, 파업으로 인한 직접적인 손실노동 일수에 대하여서 보고서 있는한, 최고에 우등생으로 있는 서독하고 가장 열등생으로 있는 이탈리아에 사이에서도 크나큰 차이가 없음을 보여 주고서 있습니다. 1969년을 제외로 하고서 양자에 사이에는 이틀 이하에 차이밖에 없기 때문이기에, 공휴일이 이틀 많은지 적은지에 차이에 있습니다. 그점 뿐만이라면은 그렇게 크나큰 문제는 없습니다. 그러하나 파업은 공휴일 하고는 달라서 간접적인 영향을 가지고서 있습니다. 예를 들면 전력에 회사가 파업을 하면은 송전이 멈추워져서 많은 공장에 기계는 운전을 정지를 하지 않으면은 안됩니다. 이 들에 공장은 파업을 하고 있지 않았기 때문에, 노동자 들은 공장에 와서 일을 하고서 있다는 점으로 되여져서 있습니다. 실제로는 생산에 활동을 대부분은 할수가 없습니다. 항만에 노동자가 파업을 하였을 때에도, 수입에 원료는 공장에 도착을 하지를 못하였으며 광범위 하게 걸쳐서 생산에 활동은 저해가 되겠습니다. 따라서, 파업이 어떠한 효과를 가지고서 있는지는 직접적인 손실노동일수에 의해서가 아닙니다. 파업에 의해서 직접 간접적으로 감소가 되여져서 총 생산량에 즉, 파업이 생산량에 미치는 승수(乘數)에 효과로서 계산이 되여야 만이 되겠습니다.

　승수(乘數)에 효과에 크기는 노동 조합이 어떻게 조직이 되여져서 있는가에 따라서 달라지게 되겠습니다. 일본 에서는 노동 조합은 기업별 로 조직이 되여져서 있습니다 만은, 잉글랜드 에서는 직종별 로 있습니다. 기업별로 있다고 한다면은, 파업에 직접 적인 효과는 파업을 하였었던 회사 만으로 한정이 되겠습니다 만은, 직종별에 경우에는 그 직종에 사람들을 쓰고서 있는 모든 회사에 영향을 주게 되겠습니다. 예를 들면 파일럿 (조종사)에 조합이 파업을 결행을 하였을 경우에는 닛코 (일본 항공)도 아나 (전 일본 항공)도 동시에 운항을 정지를 하게 됩니다. 닛코 (일본 항공) 만이 파업을 하였을 때에는, 손님은 아나 (전 일본 항공)에 몰려 와서 있겠습니다 만은, 닛코 (일본항공)도 아나 (전 일본항공)도 운항을 하지를 않았을 경우에는 항공편은 완전히 두절이 되겠습니다. 이 들에 두 회사에 파업에 경우에는 파업에 참여를 하는 노동자에 인원수는 동일은 하지 만은, 생산물에 미치는 효과는 매우 다르다고 하겠습니다. 이 처럼에 노동 조합이 어떻게 조직이 되여져서 있는지는 대단히 중요한 문제로서 잉글랜드의 노동 조합은 일본에 비교를 하면은 노동자 에게는 유리 하도록 조직이 되여져서 있습니다. 그러하므로 파업에 승수(乘數)에 효과는 일본 보다도 잉글랜드의 방법이 더 크다는 점으로 추정을 하게 되겠습니다.

7

그리고서 또한, 다음과 같은 추론을 하는 사람들도 있습니다. 「전쟁 중에 잉글랜드 에서는 파업이 다수 발생을 하였습니다. 이러한 점은 일본인에 있어서는 믿겨지지가 않는 사실이 발생을 하여서 있었던 일로서 잉글랜드 가 (일본 하고는 달라서) 계급에 국가로 있었기 때문에 그렇습니다. 끊임없이 시달리고서 있는 노동자에 계급은 국가에 대한 충성심은 당연한 일로서 희박하게 있습니다. 마찬가지로 전·후에 영국에 국민에 소득에 성장율이 다른 나라에 비해서 낮아 썼다는 점도 궁극적으로는 노동자는 국가에 대한 의식이 부족함에 기인을 하고서 있습니다.」 이하에 이러한 추론이 적절한 일인지 아닌지에 여부를 생각을 하여서 보겠습니다.

확실히 잉글랜드 는 전쟁에 후반에는 노사에 분쟁이 많이 발생을 하여었던 일은 사실로서 있습니다. 또한, 정부는 파업이 다발로 일어나었던 점에 곤란을 격고서 있었던 점도 사실로 있습니다. 그리고서 더욱더 잉글랜드가 산업에 혁명 이래에 전형적인 계급국가로서 있었다는 점도 사실로 있습니다. 그렇지만은 그 이외에도 여러가지에 사실이 있습니다. 이러한 일체에 사실을 애매하게 해두고서 스포트라이트만을 비추워서 내여서 놓아 놓고서는 연결을 하는 경우에는 대단히 위험한 사람들을 잘못 된 결론으로 이끄는 추론으로서 그럴듯하게 사실인것 처럼 으로써 이끌수가 있다는 점에 있습니다.

예를 들면 전쟁 중에 일본에서도 전쟁에 말기에는 정부는 노동자에 대책에 매우 곤란한 문제가 있었다는 사실이 있었습니다 만은, 이와 같은 사실을 첨가를 하여서 생각을 다시 한번 하여서 보겠습니다. 전쟁이 길어져서 3년이나 4년이 지나가 버리게 되면은 일시적으로 고양을 하여었던 전의가 쇠퇴를 하여서 가는 점은 동·서양을 불문 하고서 다르지는 않습니다. 쇠약해져서 가는 점은 어리석었다는 인간성이 당연 하다는 일로서 있으며, 자신들에 전의가 몇 년이 지나고 나서도 쇠약해지지 않았을 경우에는 도리어 자기들 자신들에 인간성을 의심을 하여야 함으로서 심약해져서 있을 경우에는 자신들은 악마가 아니여 썼다고 오히려 안심을 하여야 하는 일이 아니여 겠습니까. 다행 하게도 일본 에서도 전의는 현저하게 쇠퇴로 되여져서 갔습니다. 일본에 정부는 파업을 용납을 하지 않았으며, 인간 성을 가지고서 있는 사람들을 비 국민들 이라고 욕설을 하였습니다. 그러하기에 일본 에서는 인간성은 지하에 잠적을 하여져 버려었던 점에 있었습니다. 노동자는 표면 적으로는 일을 하고서 있었습니다 만은, 일에 속도는 떨어졌으며 무언의 저항이 계속이 되였습니다. 그러하지 만은 전쟁이 끝났을 때에는, 우리들은 하루종일 울고서 있었습니다. 그 후에는 부끄러움도 수치심도 없었으며 패전을 환영을 하여었던 일이 되였습니다.

잉글랜드에서도 일본에서도 정부는 장기전을 각오를 하고서 있었습니다. 그리고서 어느 단계에서 노동자에 불만에 직면을 하게 되였습니다. 이러한 경우에는 정부는 강권 으로서 불만을 힘으로 눌러서 버리는 일 대신에 오히려 불만을 오픈을 하여서 평상시 하고 변함이 없는 태도로서 불만을 처리를 할수가 있었습니다. 단기 전 이라고 하면은 또는, 전자가 좋은 일이 되겠습니다. 장기 전 이라고 하면은 후자를 취하는 일이 좋다고 생각을 하겠습니다. 불행인지 (또는, 다행히도,) 일본에 군부는 전자를 채용을 하여서 주웠습니다. 현명 하게도 잉글랜드 는 후자를 취 하고서 있었던 점으로 있었습니다. 이렇게 새로운 사실을 하나를 추가를 한다고 하면은 완전하게 새로운 추론 으로써 그럴듯하게 보이고서 있습니다. 오른 쪽으로 저의 논리도 새롭게 여러가지 에 사실을 더 한다고 하면은 수정이 되는 일로 되겠습니다. 여하였든 여기에서는 제가 말을하고 싶은 점은 잉글랜드가 계급에 국가로 있다고 하는 사실에 모든 점에 귀착을 시키면은 안된다고 하는 점에 있습니다. 그 이외 에도 영국도 또한, 영국인에 다양한 특성이 있습니다. 저는 위에서 저의 추론에 있어서는 영국인이 관용(tolerance) 에 있다는 말을하는 특성을 활용을 하였었던 점에 있습니다. 이러한 성격은 계급에 의식에 못지 않을 정도에 중요한 역할로서 잉글랜드의 사회에 있어서는 역할을 하고서 있습니다.

관용이 란, 무엇이 있겠습니까. 예를 들면 미니·스커트 가 유행을 하였을 무렵에 런던에 크나 큰 중심 거리를 중산모를 쓴 윗분 하고 미니·스커트 를 입은 비서가 걷고서 있는 일을 흔히 볼수가 있었습니다. 이러한 상태를 관용 이라고 하겠습니다. 반대 에 예,로는 최근에 오사까 대학교 (大阪大學校) 에

서 일어난 청바지에 사건입니다. 신문에 따르면은 오사까대
학교 (大阪大學校)에 와 있었던 청바지를 싫어하는 미국인에
비상근무 강사가 청바지를 입고서 온 여학생에 청강을 허락
을 하지를 않았다고 합니다. 이러한 일 등은 가장 관대하지
않은 예, 로서 있습니다. 관대하기 위해서는 자기에 자신이
싫더라도 용납을 하지 않으면은 안됩니다. 런던·스쿨에서는
여름이 되면은 몇사람에 비서는 배꼽을 내놓고서 복도를 걷
고서 있습니다. (우리들은 그것을 보기가 싫어도 아무런 불평
을 말을하지 않습니다.) 교수회에서 작은칼 하고 나무조각을
가지고 와서 회의 중에 공공연 하게 조각을 하고서 있는 사
람도 있었습니다. 그러하나 그 누구 한사람도 불평을 말을하
지 않습니다. 잉글랜드 인은 관용에 있다고 하는 점을 대단
히 소중한 미덕으로 있다는 믿음으로서 있습니다.

다시 한번 전쟁 중에 이야기를 하겠습니다. 타임즈에서는
「이십 오년 전」이라고 하는 란이 있었습니다. 25년 전에 그
날의 타임즈에 기사에 가운데에서 재미있는 기사를 발췌를
하고서 있었습니다. 수년 전에 25년 전에는 전쟁 중에 있었습
니다. 그중에 다음과 같은 기사가 있었습니다. 「다음주 주말
에는 아마도 적의 공습이 있을수가 있습니다. 그러하므로 만

약에, 여러분이 외출을 하였을 경우에는 돌아 올 기차가 불통이 될려는지도 모른다고 하는 점을 계산에 넣어서 조심을 하여서 외출을 하여 주십시요.」 그러하니까. 당시에 일본인으로써 볼때에는 비 국민 적으로 행동을 하여었던 점은 단지 노동자들 뿐만은 아니여 습니다. 잉글랜드 인에 전체가 많든 적든 그리하여 썼다고 생각을 합니다.

잉글랜드 인이 나치즘 에 대해서 완강하게 싸워었던 점은 관대한 사회를 보존을 하기 위함에 있습니다. 따라서, 전쟁 중에 만들어진 전의 교양 영화에 대부분은 나치스에 국가하고 대비를 하여서 영국에 있어서에 자유를 상당히 강조를 하고서 있었습니다. 그에 따라서, 많은 영화 에서는 독일인은 매우 규율이 정확하게 잉글랜드 인은 오히려 헤이된것 처럼 그려져서 있었습니다. BBC 에서 방영이 되여었던 코르디츠·포로에 수용소로부터 탈출을 하는 이야기 에서도 포로가 되여있던 잉글랜드의 군인을 감시를 하고서 있는 독일에 군인에 비해서 「기합」이 들어있지 않는 것 처럼 그려져서 있었습니다. 포로들이 궁리를 거듭을 하고서 위험을 무릅쓰고서 점차로 탈출을 하여서 나아가는 이야기는 잉글랜드 인에 가장 자랑스러운 전쟁중에 하나의 추억 으로 있습니다.

8

여하였든 영국은 계급국가로 있습니다. 제2표에서 보여서 드렸듯이 일본이나 독일하고 비교를 하면은 잉글랜드의 노동자가 자주 파업을 한다는 점은 사실로서 있습니다. 그러하지 만은 근대적인 계급국가는 일본인이 통상으로 생각을 하고서 있는 일처럼에 구원을 받을수가 없는 대물―일단은 어느 계급에서 태어났다고 한다면은 평생을 그 계급에서 나올수가 없다는 경직적인 신분사회―는 아닙니다. 자본주의에 체제적인 계급은 카스트 하고는 다르게 있습니다. 마르크스가 주장을 하고서 있듯이 자본주의의 사회에서는 각 개인은 형식적으로는 대등함에 있습니다. 모든 개인은 자유에 의지로 행동을 할수가 있습니다. 그러하나 이러한 형식적인 대등은 실질적인 대등을 의미를 하지는 않기 때문에, 가지지 못한자에 계급에 사람들은 자유에 의지로서는 일을 하지 않겠다고 하는 점을 원한다고 하여도 일을 하지를 않을수가 없습니다. 형식적으로서는 완전히 자유이라고 하지만은 실제로는 불완전하게 밖에 자유롭지 못하다는 점에 있습니다. 그래도 불완전 하면서도 자유는 남아서 있습니다.

그러하므로 노력에 나름 이나 기회에 나름에 따라서는 노동
자에 계급에서 자본가에 계급으로 이동을 할수가 있습니다.
반전에 이동은 좀더 자주로 가차 없이 발생을 합니다. 이 점
이 근대적인 계급에 국가와 봉건적인 신분사회나 카스트 에
제도하고 다르게 있습니다. 가장 봉건적인 신분에 사회에서
도 일본에 애도시대 (江戸時代) 에 말기하고 같은 계급 간에
이동이 원칙 적으로는 부정이 되여져서 있었서도 헛 점과 편
법에 있어서는 실제로는 이동이 매우 자유롭게 있었던 사회
도 있었습니다.

일본인은 옛날 부터 「일군만민」에 천황제도 국가가 이상
적이다 하고서 있었습니다. 한 군주가 있었으며, 나머지는 모
두 다 만민 (만백성) 입니다. 적자 (赤子) 가 있으며, 적자 (赤子)
에 사이에는 완전하게 평등으로 있어야 한다고 일본 사람들
은 생각을 하고서 있었기 때문 이기에, 일본 사람들은—현실
에서 일본은 계급 국가 적 임에 있었음에도 불구하고—다른 나
라에 특히, 잉글랜드의 계급에 제도에 대하여서 대단히 엄
격한 태도를 취 하고서 과대시 하는 경향에 있습니다. 그렇
다 면은 현실 에서는 잉글랜드 에서 어느 정도의 계급 간에 이
동이 있을수가 있겠습니까. 이 문제에 대답을 하기 전에 저

의 주위에 사람들에 둘,셋의 예를 들어서 잉글랜드의 사회에서는 계급에 성향에 대해서 저의 개인적인 감상을 소개를 할려고 생각을 합니다.

8,9년도에 전이 되겠습니다. 일본에서 TV 관계에 논설위원이 잉글랜드의 에섹스 대학교에 오셨습니다. 「일본인이 온단다. 너도 참석을 해라.」하고서 말을 하여서 당시에 저는 그 대학교에서 있었기 때문에 참석을 하였습니다. 당시에 사가다 (坂田) 문교부 장관이 「에섹스 대학교 이야말로 새로운 대학교에 모범으로 있습니다.」하고서 말을 하여었던 일도 있었기에 에섹스 대학교에는 상당히 많은 일본에 훌륭한 분들께서 견학을 할려는 일이 있었습니다. 고노 요헤이(河野洋平) 씨를 비롯하여서 많은 분들께서 오셨었던 일이 있었습니다. 에섹스 대학교에 쪽에서는 그러한 일들을 신기하게 보고서 있었습니다. 「왜 이렇게 일본에 훌륭하신 분들께서 이러한 시골에 대학교를 보러 오시는 일이 겠습니까 요.」하고서 물어 보았기에 「에섹스 대학교는 일본에서는 모범 대학교로 있습니다.」이라고서 말씀을 드려썼더니 「그러면은 일본은 혁명을 할려는 생각이 있다는 것일까.」하고서 감탄을 하시고서 있었습니다. 그렇게 말씀을 드리는 점은 잉글랜드에서는

에섹스 대학교는 전혀 가치를 인정을 받지를 못하는 급진파의 대학교 이라고 하는 정평이 나서 있었습니다. 몇 번 인가에 학생들에 분쟁이 있었으며, 정말로 최근에도 일년에 걸쳐서 학생들에 분쟁이 있었기 때문에, 에섹스 대학교에 악명은 영국의 국내 에서는 소문이 자자하게 퍼져서 있었습니다. 엉뚱한 대학교를 만들어서 버린 것이 아니냐고 하며 잉글랜드 의 사람들이 한탄을 하고서 있었습니다 만은, 일본에서 대거를 하여서 자민당 (自民黨) (일본에 국회에 여당.) 에 거물급 분 들께서 모범 대학교 이라고 말을 하면서 보러 오시기 때문 이기에, 정말로 당황을 하여었던 일이 되겠습니다.

그렇지 만은 그에 논설 위원이 오셨을 때에 입을 막 열자마자 그는 계급 국가에 문제를 꺼내여서 놓고서는 잉글랜드에서는 노동자로 태어났다 면은 절대로 위 로에 계급 으로는 이동을 할수가 없는지 노동자는 노동자 만으로서 있는지 이러한 점을 어떻게 생각을 하느냐고 질문을 하여었던 이유로 있었습니다. 답변을 하였었던 사람은 에섹스 대학교에 계시는 강사 (렉처러) 이였습니다. 그가 말을 하기를 「계급에 차이에 대한 교육 상에 불공평 이라고 하는 점은 더 이상 잉글랜드 에서는 그렇게 크나 큰 문제는 아닙니다. 그러한 점 보다도 오히려 지역에 차이에서 따르는 교육에 불평등을 어떻게 극복을 하느냐. 하는 점에 방향이 현재에는 절실한 문제로 되고서 있습니다.」하는 말을 하고서 있었습니다. 그리하였더니 그의 논설 위원은 일본어로 저에게「일단은 그렇게 대답을 하시겠지요.」하고서 말씀을 하셨습니다. 저는 통역은 아니여 습니다 만은, 순간에 이 미묘한 일본어를 어떻게 영어로 통역을 하며는 좋을까. 하고서 생각을 하였습니다.「서로가 다른 나라를 이해를 한다고 하는 일은 어려운 일에 있습니다. 우리들도 오해를 하고서 있을지도 모르겠습니다 만은, 여러분도 우리나라 (일본) 를 게이샤·걸 (기생) 에 나라 이라고 생각을 하고서 있으니까요.」이라고 하는 말을 통역에 말로 보충을 하여었던 일이 생각이 납니다.

그렇지 만은 그러한 대답을 하여었던 강사 (렉처러) 는 노동자에 계급에 출신으로 있었습니다. 그의 아버지는 탄광부로 있었으며, 따라서, 그는 샌드위치에 교육을 받았습니다. 2년을 학교에서 공부를 하고 나서 그리고 나서는 실무로 갔다가 다시 되 돌아와서 학교를 졸업을 하였습니다. 이러한 교육을 잉글랜드 에서는 샌드위치 교육 이라고 부르며 그러한 교육을 받는 사람들은 잉글랜드 에서는 많이 있습니다. 얼마

전에도 아이가 「저는 오픈·샌드위치에 교육을 받을 겁니다.」
하고서 말을 하였기에 「그 것이 무슨 말이냐.」 하고서 물어 보
았더니 「학교를 도중에서 취업을 하고서 난 다음에 학교에는
되돌아가지 않는다.」 하는 말을 하고서 있었습니다.

그 이후에 그 강사 (렉처러) 는 발탁이 되였습니다. 32 세에
젊은 나이에 맨체스터의 대학교에 교수가 되였습니다. 잉글
랜드의 대학교에서 그 해에 교수가 된다고 하는 일은 매우
드문 일 입니다. 탄광부에 자식이 일변을 하여서 엘리트 가
되여서 있어썼던 점에 있었습니다. 또한, 한 사람을 제가 알
고서 있는 젊은 교수는 피시·앤·칩스 에 가게집에 아이 이었
습니다. 피시·앤·칩스 이라고 말을하자 면은, 일본에서 말을
한다 면은, 아마도 덴뿌라 (튀김) 우동집 가게에 해당이 되지
는 않겠습니까. 본인에게 힘만 있다면은 잉글랜드 에서는 덴
뿌라 (튀김) 우동 집 아이들 이나 탄광부에 아이들이 대학교에
교수가 되는 데에는 아무런 장애도 없습니다.

이러한 예,는 이 이외 에도 순위에 과정을 들을수가 있겠
습니다. 수년 전에 저는 같은 고등학교를 나온 두 명에 대학
원에 학생을 지도를 하여었던 일이 있었습니다. 한 사람은
옥스포드 대학교에 수학을 나오고 다른 한 사람은 캠브리지

대학교에 수학을 나와서 런던·스쿨에 수리 경제학과에 왔었습니다. 두 사람 모두 다 매우 우수 하여 썼습니다. 한 사람은 시험에 실패를 하였으며 도중에 퇴학을 하고서 관사 (官史)가 되었습니다. 다른 한 분은 우등생에 성적으로 졸업을 하고서 자유당에 경제 계획용에 모델을 분석을 하고서 있습니다.

잉글랜드에서는 통상에 학생이 어떠한 가정에서 왔는지는 알수는 없습니다 만은, 두 사람에 경우에는 우연히 알게 되었습니다. 낙제를 하여었던 분(그는 학자가 되고 싶어 하였으며 저도 대단히 기대를 하고서 있었습니다.) 에게는 추가에 시험에 기회를 주기 위해서 급락회의가 끝난 뒤에 본인을 호출을 하여야 할 필요가 생겼을 때에, 본인은 이미 부모님에 집으로 돌아가 버렸으므로 저는 호출장에 형태로 속달을 아버지에 편으로 보내었습니다.

그리하였더니 아버지로 부터 「본인은 시험에 성적이 나빴었기 때문 이기에, 비관을 하여서 기분 전환으로 여행을 떠난다고 하였다 면서 곧장 여행지로 연락을 하였으므로 며칠 이내로 런던으로 갈 것으로 생각을 하고서 있습니다.」하는 취지에 편지가 왔었습니다. 「자신들은 매우 걱정을 하고서 있기 때문에, 어떻게 하든지 졸업을 할수가 있도록 기원을 하고서 있습니다.」이라고 하는 취지에 일본의 아버지와 같은 애정으로 피력이 되여져서 있었습니다. 그리하여서 본인이 나타났을 때에는 아버님은 무엇을 하고서 계시는가 하는 일이 자연스러웁게 화제가 되였습니다.「초콜릿의 회사에 근무를 하시고서 계십니다.」하는 말을 하였기에「사무직 인가, 기술직 인가.」하고서 물어보자「초콜릿을 흘리고서 있습니다.」이라고 하는 말로서 초콜릿을 만드는 방법을 자세하게 설명을 하여서 주었습니다.

또, 다른 한 사람은 우등생 으로 계시는 분은 어느 날의 일「수리 경제 학은 무 의미 합니다. 자신은 대학원을 퇴학을 하겠습니다.」하며 말을 하였기 때문에, 설득을 하기 위하여서 여러가지 의 가정 적인 일을 제가 캐물어서 보았습니다.「아버님은 무엇을 하시고서 계시는가.」하고서 물어 보아더니「학생 으로 있습니다.」하는 말을 하여었기에「농담을 말하지 마세요.」하고서 말을 하였더니「아니요, 정말 입니다. 경제학을 하고서 계십니다. 아버지의 경제학은 수리 경제 학이 아니고요. 통상에 경제학 으로써 더욱더 현실 적으로 도움이 되고서 있습니다. 아버지는 만족을 하시며 공부를 하시고서 계시지 만은, 자신이 수리 경제학을 전공을 하여었던 점은 아무래도 실패 이였습니다.」이라고 말을 하였습니다. 그리 하여서 자세하게 물어보자 아버지는 교사가 되는 일을 염원을 하고서 계셨습니다 만은, 가난하여었기 때문에, 대학교에는 가지를 못하였기에 회사에서 일을 하지 않으면은 안되였습니다. 20년을 일을 하고 나서 겨우 경제적인 기반도 마련이 되었으므로 부친은 퇴직을 하고 나서 염원을 하여었던 지방 대학교에 입학을 하여서 그 이후에 아버지는 학부형 학생 이라는 아들은 대학원 학생 이라고 하는 변칙에 상태가 생겼다고 말을 하고서 있었습니다. 「아버지를 본 받으세요.」하고서 말을 하였더니 「아버지도 대단 하시지 만은, 어머니도 고생을 하시고서 계십니다.」하는 의미에 말을 하고서는 그는 돌아가 버렸습니다.

9

그러나 이러한 성공자 만을 거론을 한다면은, 이야기에 줄거리를 만들어서 버리는 일은 지극히 위험 하겠습니다. 잉글랜드의 계급 간에 이동에 가능성에 대하여서 객관적인 결론을 내어서 놓기에는 제일 먼저 견본이 되는 노동자를 몇 백명 인가를 무작위로 추출을 하여서 조사를 하지 않으면은 안됩니다. 따라서, 상당히 많은 시간하고 노력하고 조사비가 필요로 하겠습니다 만은, 다행 하게도 우리들은 이미 다른 사람이 내어놓은 연구에 결과를 이용을 할수가 있었습니다. 즉, 버틀러 하고 스톡스 는 잉글랜드 의 사회를 여섯 가지의 직업에 계층으로 나뉘어져서 계층 간에 이동을 고찰을 하였습니다 만은, 그 다음으로 그 들에 여섯 개에 계층을 두개에 계층으로 재 편성을 하여서 축소가 되여진 형태 로서 그 들에 연구에 결과를 알려서 드리는 일로 하겠습니다. [1]

〈제 3 표〉 잉글랜드 의 세대 간에 계급 이동 1970년

(단위%)

		아버지의 직업 계층		
		I	II	계
아들 의 직업 계층	I	7.0	10.8	17.8
	II	5.4	76.8	82.2
	계	12.4	87.6	100.0

우선은 고용주, 경영자, 고·중·하·급 간부, 지적 직업자,

자영업자를 한 테두리로 묶어서 제Ⅰ의 계급을 만들고서 그 이외의 사람들 (직장, 감독, 사무원, 하급, 비 근육 노동자, 숙련, 및 미숙련, 근육 노동자, 기타,) 을 정리를 하여서 제Ⅱ의 계급으로 합니다. 나누워서 말을 하자면은 제Ⅰ의 계급은 화이트·컬러 계급으로 있습니다.

제Ⅱ의 계급은 노동자에 계급 이라고 하는 점으로 되겠습니다. 제3표는 버틀러 하고 스톡스에 여섯개에 계급에 표를 두개의 계급에 표로 고쳐서 썼어던 점에 있습니다 만은, 표에세로 Ⅰ,Ⅱ는 아들에 직업에 의한 계급 표시로 있습니다. 가로의 Ⅰ,Ⅱ는 아버지에 직업에 의한 계급에 표시로 있습니다. 샘플에 크기는 약 2000 으로 있습니다 만은, 그 중에서 17.8%는 아들이 제Ⅰ의 계급에 속하며 이들에 가운데 에는 7.0%는 아버지도 제Ⅰ의 계급으로 있었습니다. 나머지 에 10.8%는 제Ⅱ의 계급에 속하여서 있는 아버지를 가지고서 있는 사람들은 즉, 제Ⅱ의 계급에서 상승을 하여서 온사람들로 있습니다.[2] 마찬가지로 아들에 82.2%는 제Ⅱ의 계급에 속하지 만은, 이들 가운데에서 5.4%는 제Ⅰ의 계급에 속하여서 있는 아버지를 가지고서 있는 이른바 제Ⅰ의 계급에서 떨어져서 나온 사람들로 있습니다. 나머지에 76.8%는 아버지도 아들도 제Ⅱ의 계급에 속하여서 있는 사람들로 있습니다. (떨어졌다 든가 올라간다 든가 하는 표현은 싫습니다 만은, 용서를 하여 주시기를 바랍니다.) 전락 조(組)에 퍼센트 5.4%로 하고 상승 조(組)에 퍼센트 10.8%에 차이 만으로서 순수에 상승이 있습니다. 그 만큼 아버지에 대 보다도 아들에 대에서는 제Ⅰ의 계급이 커지고서 있습니다. 표에 최하렬에 숫자는 아버지에 대 에서는 계급에 비율을 나타 내고서 있으므로 표에 맨오른쪽에 숫자는 아들에 대에서 계급에 비율을 나타내고서 있습니다.

이상 (以上)이 버틀러 하고 스톡스의 결과에 있습니다. 그들에 표를 새로이 가공을 한다면은 재미있는 결론을 이끌어서 낼수가 있었습니다. 지금 세로에 제Ⅰ의 계급에 숫자를 그에 맨 밑에 란에 숫자로 나눈다고 하면은 제Ⅰ의 계급에 속 하고서 있는 아버지를 가지고서 있는 아들이 제Ⅰ의 계급에 머무르고 있는 비율 및 제Ⅱ의 계급으로 전락을 하였던 비율을 얻을수가 있습니다. 그 들은 각각 56% 하고 44%에 있습니다. 마찬가지로 세로에 제Ⅱ의 계급에 숫자를 그의 맨 밑에 란,에 숫자로 나누워서 제Ⅰ의 계급에 아버지를 가지고서 있는 아들이 제Ⅰ의 계급에 직업에 취업을 하여었던 비율 (12%)하고 제Ⅱ의 계급에 머무르고서 있는 비율 (88%)을 얻을 수가 있습니다. (제4표 참조.)

<제4표> 잉글랜드의 세대 간에 계급 이동

(단위%)

		아버지의 직업 계층	
		I	Ⅱ
아들 의	I	56	12
직업 계층	Ⅱ	44	88

이하 (以下) 에서는 이들에 비율은 이러한 특정에 샘플에 대해서 뿐만은 아닙니다. 잉글랜드의 경제활동인구에 전체에 대해서도 옳다고 가정을 합니다. 심지어 선택이 되여서 있었던 특정 연도 (1970년) 뿐만이 아닙니다. 상당한 장기간에 걸쳐서 이러한 비율로 계급 간에 이동이 이루워 진다고 가정을 한다면은 즉, 샘플에서 얻은 이동에 비율을 가지고서 이동에 확률에 추정치로 간주를 하여서 이동에 확률은 장기간에 걸쳐서 안정을 하고서 있었다고 가정을 하고서 있습니다.

제4표에서 곧바로 다음에 점을 알수가 있습니다. 제 I

의 계급에 가정에 아들이 제Ⅱ의 계급에 직업을 가질수가 있는 확률은 제Ⅱ의 계급에 가정에서 태어난 아들이 제Ⅰ의 계급에 직업을 가질수가 있는 확률 보다도 훨씬 더 큽니다. 즉, 좋은 말은 아니지 만은, 전락하는 일은 쉬우며 상승을 하는 일은 어려운 점에 있습니다. 따라서, 제Ⅰ의 계급에 가정에서 태어 났다고 하여서 자신이 제Ⅰ의 계급에서 머무를 수가 있는가에 여부는 매우 확실하지 않은 점으로 있습니다. 무엇 보다도 제Ⅱ의 계급에서 태어난 경우하고 비교를 한다 면은 다섯배에 (=56%÷12%) 가까이 유리 하다는 점으로 있습니다.

이와 같이 제Ⅱ의 계급에서 태어났다고 하면은 제Ⅰ의 계급으로 상승을 하는 일은 어려웁지 만은 제Ⅱ의 계급에 사이즈가 크기 때문에, (87.6%)로 그로 부터 제Ⅰ의 계급으로 대량으로 상승을 하여서 옵니다. 한편 제Ⅰ의 계급에 방향 에서는 절반에 가까운 탈락자가 발생을 합니다. 따라서, 아래에서 올라서 오는 점하고 동시에 아래로 내려 가고서 있기 때문 이기에, 인구는 계급 간에 주류를 하는 점에 있습니다. 제Ⅱ의 계급이 큰 만큼 제Ⅰ의 계급 으로서에 유입자는 유출자를 웃돌고서 제Ⅰ의 계급이 커지고서 있으며, 제Ⅱ의 계급이 작아지고서 있습니다. 제Ⅱ의 계급이 커지게 된다고 하면은 제Ⅰ의 계급에 안에 있어서는 유입에 멤버가 역대에 멤버 보다도 다수가 되겠습니다. 1970년에 잉글랜드는 그러한 상태에서 제3표가 보여주는 바와 같이 제Ⅰ의 계급에서 60%가 유입자로 있습니다.

그러하면은 제Ⅰ의 계급으로서에 순수에 유입은 언제쯤 멈추게 되겠습니까. 당연한 일이 되겠습니다 만은, 유입자 하고 유출자가 골고르게 나누워지게 되면은 순수에 유입은 제로가 되겠습니다. 그 이후에 계급은 상대적으로 크기는 불변으로 유지가 되겠습니다. 지금 이러한 계급에 상대적인 크기에 균형치를 구하도록 제Ⅰ의 계급에 경제에 활동에 총인구에서 차지하는 비중을 X이라고 하겠습니다. 그렇게 하면은 제Ⅱ의 계급에 비중은 1-X가 되기 때문 이기에, 제Ⅰ의 계급에서 유출은 0.44X 유입은 0.12(1-X)가 되겠습니다. 유출하고 유입이 고르게 하기 위하여서는 $0.44X = 0.12(1-X)$ 이라고 하는 방정식을 풀어서 X를 구한다고 하면은 좋은 점으로 있습니다. (여담이지 만은, 이러한 식은 마르크스가 경제가 단순한 재 생산에 상태로 있기 위한 균형에 조건 으로써 얻은 조건—계수에 의미는 다르게 있습니다 만은—하고서 완전하게 똑같이 있습니다.) 식을 풀면은 X가 21.4%로 있다고 하는 점을 알수가 있습니다. 즉, 제Ⅰ의 계급이 경제에 활동에 총인구에 21.4%로 됨에 따라서, 제Ⅱ의 계급이 78.6%가 되면은 계급간에 순수에 수입은 제로로 되는 점에 있습니다. 물론 그 이후에도 계급간에 인구에 주류는 계속이 되겠습니다. 이러한 정상에 주류에 시대가 오기까지는 제Ⅰ의 계급에 비중에 증가는 계속이 되겠습니다. 즉, 사회에 화이트·컬러 화가 진행을 하는 점에 있습니다. 제4표에 주워져서 있는 계급간에 이동에 확률에 변화가 없는 한은 정상에 주류에 시대로 도달을 할때 까지는 또한, 새로운 2세대 (약 50년)를 필요로 하겠습니다.

상식 으로서는 영국 보다도 일본에 쪽이 계층 간에 이동이 격렬 하다고 믿어지고서 있습니다. 과연 그러하게 습니까. 이러한 의문에 대답을 하는 일은 어렵게 습니다 만은, 다행히도 이상하고 동일한 연구가 일본에서도 일본에 사회학회에 손에서 행하여 지고서 있었습니다.[3] 영국에 조사 에서는 제4표에 이동에 비율에 표를 이끌어서 내어었던 점과 동일한 절차로서 일본에 조사에 결과 에서는 일본에 이동에 비율을 구한다고 하면은, 제5표 에서 얻을수가 있습니다.[4] 다만,

일본에서는 연공서열제를 하기 위하여서 관리직 이나 전문
직 (제 I 의 계급) 에 자제 이라고 하여도 젊은 시절은 사무원
(제 II 의계급) 으로서 일을 합니다 만은, 이듬 해에 후년에는
승진을 하여서 제 I 의 계급에 도달을 합니다. 이러한 연령
에 따른 일시적인 겉 보이기에 계급에 이동을 지우기 위해서
는 아들 하고 아버지 하고에 사이에 관계가 아닙니다. 아버지
하고 할아버지 하고 관계에서 제5표에 일본에 계급 간에 이
동에 비율을 계산을 하였습니다.

〈제 5 표〉 일본에 세대 간에 계급 이동 1955년

(단위%)

| | | 할아버지 의 직업 계층 | |
		I	II
아 버 지 의	I	55	9
직 업 계 층	II	45	91

제 4 표 하고 제 5 표를 비교를 한다고 하면은 제 I 의 계급
에 대하여서는 일·영에 사이에는 대부분이 차이가 없는 점을
알수가 있습니다. 즉, 영국에 제 I 의 계급에 아버지로 부터
제 II 의 계급에 아들이 태여나는 비율은 일본에 제 I 의 계급

에 할아버지로 부터 제Ⅱ의 계급에 아버지가 태어나는 비율
하고는 거의 동일을 합니다. 즉, 제Ⅰ의 계급에서 제Ⅱ의 계
급으로 전락을 하는 격렬함은 일·영에 사이에는 별 다른 차
이는 없었습니다.

그러하나 제Ⅱ의 계급에 관하여서는 차이가 있는 듯이
생각을 합니다. 영국에서는 제Ⅰ의 계급에 아버지로부터 태
어난 아이들에 12%는 제Ⅰ의 계급으로 상승을 하였습니다
만은, 일남에서는 제Ⅱ의 계급에 할아버지로부터 태어났던
아버지에 9% 밖에 제Ⅰ의 계급으로 상승을 하지 않는 점에
있습니다.

이 들의 결과는 분명하게 우리들에 상식 하고는 일치를
하지는 않습니다. 그러하나 일본에 사회학회 에서도 다양한
조사를 하여었던 결과는 동일한 결론에 도달을 하여었던 점
과 같습니다. 사실은 동학회에 조사위원회는 「일본에서의 이
동은 프랑스 하고 동일한 정도로 있었습니다. 평소에 이동이
적혀져서 있었다고 생각을 합니다. 잉글랜드가 오히려 일본
이나 프랑스 보다도 크나 큰 이동을 나타 내고서 있습니다.」
하고서 결론을 짓고서 있습니다. [5]

1) D. Butler and D. Stokes, *Political Change in Britain. The*

Evolution of Electoral Choice (London：Macmillan),1974, p.96.

2) *Annual Abstract of Statistics*, No. 107, Central Statistical Office 1970 에 통계에서 계산을 한다면은, 1966년에 있어서는 제 I 의 계급은 경제에 활동에 총 인구에 19％를 차지를 하고서 있습니다.

3) 일본에 사회 학회에 조사 위원 회「일본에 사회에 계층 적인 구조.」유비 각 (有斐閣, 1958년) (쇼와：昭和 33년) 에 이러한 조사는 1955년도에 시행이 되었습니다.

4) 제 5표는 전게서에 163항에 전국에 표에서 도출을 하였습니다.

5) 전게서에 96항에 또, 만약을 위해서 아들과 아버지에 관계 (같은 책에 160항에 전국표.) 에서 계급에 이동에 율을 계산을 하면은 아래에 단위 하고 같은 표가 되겠습니다. 즉, 제 I 의 계급에 아들은 제 II 의 계급에 크나 큰 비율로 전락을 하겠습니다. (이점은 전에 진술을 하였었던 바와 같이 연공 서열에 의거 하여서 겉 보기에 따른 위에 전락에 있습니다.) 제 II 의 계급에서 태어난 아들이 제 II 의 계급으로 상승을 하기에는 어려우며 겨우 8% 밖에 지나지를 않습니다.

<table>
<tr><td></td><td colspan="2" align="right">(단위%)</td></tr>
<tr><td></td><td colspan="2">아버지의 직업 계층</td></tr>
<tr><td></td><td>I</td><td>II</td></tr>
<tr><td>아 들 의　I</td><td>34</td><td>8</td></tr>
<tr><td>직업 계층　II</td><td>66</td><td>92</td></tr>
</table>

　그리고서 그 다음에는「잉글랜드는 보수적인 나라로 있습니다.」하고서 말을하는 사람들이 많이 있습니다. 잉글랜드이라고 하는 나라는 몇십년이 지나서도 변하지를 않습니다. 옥스포드하고 캠브리지는 옛날부터서 그 대로에 그 모습으로 있습니다. 30년 전에 갔었을 때와 똑같이 같은 위치에 같은 넥타이가 걸려져서 있었으며, 동일한 가격으로 판매가 되고서 있었습니다. 그렇다 하여도 가격에 관하여서는 최근에는 이러한 점을 말을하는 사람들은 없었습니다. 여전하게도 전체적으로써에 인상으로 남아서 있는 잉글랜드의 사람들은 보수적으로 있습니다. 따라서, 영국은 옛스러운 오래된 나라로 있다고 믿어지고서 있습니다.

　저의 생각으로서는 잉글랜드의 사람들은 호기심이 강하며, 새 것을 즐겨서 찾는 사람들로 있습니다. 비틀즈를 탄생을 시켰으며, 미니·스커트를 선두에 서서 유행을 시켰으며, 탐험을 좋아하며, 변신을 빨리 하고서 타협을 잘하는 점이 잉글랜드의 사람들에 신상이라고 생각을 합니다. 저의 말이 거짓말이라고 생각을 하시는 분은 옥스포드나 캠브리지나 또는, 런던 이라도 좋습니다. 가시게 되시면은 한번쯤 길 모퉁이 에서 사방을 상세히 둘러 보시기를 권장을 드립니다. 유럽의 건축에는 그리스, 로마, 고딕, 네오클래시컬, 튜더, 조지아, 등에 다양한 양식에 건물이 있습니다. 시대 마다에 건축에 유행이 몇 번이고 변화를 하여서 왔습니다. 그러하지 만은 카렛지 등에 건물은 "일조일석"「一朝一夕」으로서 건물 이 지여져서 있는 일이 아닙니다. 몇 세기에 걸쳐서 잇달아 서 건물이 지여져서 있었던 점으로 있었기 때문에, 건축물에 일부는 로만·스타일 다른 부분은 고딕 또한, 다른 부분은 네 오클래시컬 이라는 상태 으로써 다음은 누더기 같은 모순 투 성이에 일관성도 통일성도 아무것도 없습니다. 이러한 건물 을 짓고서도 아무렇지도 않다는 점이 잉글랜드 의 사람들로 있습니다. 이러한 혼란 스러운 건물이 생기여 썼던 점은 잉 글랜드의 사람들이 조화며, 비례며, 균형에 아름다움이 무감 각 으로 있었기 때문 이기도 하겠습니다. 가장 큰 원인은 그 들이 새것을 즐겨서 찾는다고 하는 성질 으로써 있기 때문에, 그때그때에 유행하는 건물을 경솔 하게도 점차로 지여져 가 고서 있었기 때문 입니다. 역사 적인 대 가람에 바로 옆에서 품위가 없는 유리 하게 건물을 짓고서도 「네버·마인드」 이라고 용서를 하여 버리는 나라에 국민으로 있습니다.

　전쟁중에 일본 사람은 「중국 사람들은 포기가 빠르다. 그들은 곧바로 메이화즈 (沒法子 : 괜찮아요.) 말을 하고서 단념을 하고서 말아 버려요.」이라고 자주 말을 하였습니다. 중국 사람이 「메이화즈」(沒法子) 이라고 하는 말을 할때에는 잉글랜드의 사람은 「네버·마인드」이라고 말을 합니다. 그리고서 포기를 하고서 잊어 버리고서 용서를 하여 버립니다. 예를 들면 미국에서 시작이 되여었던 스포츠는 매우 엄격 하여서 야구에 경우에는 볼이 홈·베이스 위에를 스쳤는가 스치지 않았는 가에 큰 싸움으로 변하게 됩니다. 잉글랜드에서 시작이 되여었던 스포츠에 경우에는 아주 느슨 하여서 속임수를 썼다고 하여도 네버·마인드 으로써 있습니다. 럭비에서 공이 터치·라인 을 넘어서도 엄격하게 그 위치에서 라인·아웃 이 이루워지지 는 않습니다. 대체로는 한 발짝 두 발짝 벗어나서 있어도 전혀 네버·마인드 으로써 있습니다. 마찬가지 로 사회에 틀도 느슨하게 신축자재 (伸縮自在) 로 만들어져서 있었기 때문 이기에, 누군가가 한 걸음 오른쪽 으로 벗어나서 있거나 왼쪽 으로 벗어나서 있었다고 하여도 사소한 일에는 이러쿵 저러쿵 일체히 말을하지 않습니다. 잉글랜드 는 아시는 바와 같이 관습에 법에 나라로서 있습니다. 관습으로써 받아들여지게 된다고 하면은 법률이 되여져서 버립니다. 예를 들면 일본에 적군파에 지난번에 납치사건 처럼에 그 들의 협박으로 인하여서 옥중에 있었던 범인들을 넘겨 주워다고 하는 일 같은 사례가 되풀이가 된다고 하면은 법률로 되여져 버릴수도 있는 불안한 나라로 있습니다. 이러한 국민은 결코, 보수적인 완고한 사람은 아닙니다. 실정에 맞추워서 지극히 유연한 처치를 취하는 사람들 이라고 생각을 합니다.

일본은 명치(明治)에 초기에는 근대국가를 만들기에 즈음하여서 여러나라로 부터 여러 다양한 제도를 수입을 하였습니다. 그때에 통일적인 종합적으로 수입에 계획을 세우지 않았었기 때문 이기에, a는 A국 에서 b는 B국에서 이라는 난잡하게 abc……를 한곳으로 집합을 시킨 합성국가로 되여져서 있었습니다.

예를 들면 우편 및 철도는 영국에서 수입을 하였습니다. 도교에서 "북방회향" 하는 비행기로 런던으로 직행하는 사람들은 일본하고 똑같은 빨간색 우체함(우체통)이 런던에서 있는 점을 보고서 당연한 일처럼으로 생각을 할수도 있겠습니다 만은, 미국 이나 구라파(유럽)에 여러 제국을 돌아다 보고서 난 후에 잉글랜드에 오신 여러분들 께서는 빨간색 우체함 (우체통) 을 재회를 하고서 매우 정다웁게 느껴지실 것이라고 생각을 합니다. 마찬가지로 동일한 철도도 일본에 것 처럼에 높은 위치에 플랫폼 이 있습니다. 수평에 기차가 아니라 면은, 전철을 탈수가 있는 점은 잉글랜드 계에 것이 였습니다. 미국 및 유럽의 여러 제국에 철도에 플랫폼은 일본에 시전 (市電) (노면전차) 에 플랫폼 처럼으로 낮으며 기차와 전차에는 걸어서 올라가지 않으면은 안됩니다. 똑같이 일본이 경영을 하여었던 만주에 철도나 조선에 철도는 미국 식으로 있었다고 생각을 합니다. 중국도 미국 식으로 있었습니다.

그러나 대학교에 경우에는 일본은 미국 식으로 있었기에, 잉글랜드에서 수입을 하여었던 것은 아니였 습니다. 대학교에 마을이 란, 무엇인가 하는 질문을 한다고 하면은 대부분에 일본 사람들은 대학교가 있는 마을이라고 대답을 할것 입니다. 그러하니까. 대부분에 일본 사람들은 다음과 같은 "삼단 논법" 「三段論法」의 추론을 합니다. 대학교에 마을 이라는 점은 대학교가 있는 마을로 있습니다. 옥스포드나 캠브리지는 대학교에 마을으로서 있습니다. 그러므로 그 들의 마을에는 대학교가 있습니다. 그리고서 이러한 추론에 의거 하여서 선입견을 가지고서 이들에 마을을 방문을 하여었던 사람들은 완전히 기대에 어긋난 점을 알고나서 적어도 잉글랜드 에서 는 대학교에 대학 마을 이라는 점은「대학교가 있다는 마을」 이 아니라는 점을 깨달게 되겠습니다.

옥스포드 나 캠브리지 에 갔었던 사람들은 마을에 어느 곳 이 대학교가 있다고 하는 점일까. 하고서 이상하게 생각을 하겠습니다 만은, 대학교는 마을에 특정이 되여진 위치에 있 는 일이 아닙니다. 대학교는 마을에 가운데에 산재 하여져서 있습니다. 따라서, 도시에 한곳에 대학교가 있는 점이 아닙 니다. 대학교에 가운데에 마을이 있다는 점에 있습니다. 마 을에 전체가 대학교로 있습니다. 대학교에 건물과 건물이 이 어지고서 있는 길이 만들어 지고서 그 길에 양쪽에는 가게가 생겼기에 마을이 형성이 되여져서 있었던 점에 있습니다. 따 라서, 잉글랜드 에서는 대학교에 마을이 란,「대학교에 안에 있는 마을.」이라고 말을하는 설명에 방법이 적어도 역사 적 으로는 정확하며 상당히 미국 화가 되였다고는 하지만은 옥 스포드 나 캠브리지는 기본 적으로는 아직도 잉글랜드 의 의 미에 있었서는 대학교에 마을로서 있습니다. 그러하므로 이 러한 대학교로 유학을 온 후에도 하버드 대학교를 방문을 하여었던 사람들은 하버드 대학교 에서 도교 대학교, 교도 대학교, 와세다 대학교, 도시샤대학교, 등에 모습을 발견을 하고서 매우 반가웁게 생각을 하면서 느껴지실 것 입니다. 잉글랜드 에서도 신설하는 대학교에 대부분에 모두는 많거나, 적거나, 어느 정도는 미국식 으로 있습니다. 미국식 에서는 마을에 일부분 내지는 교외에 캠퍼스 이라고 명칭을 하는 인텔리 이라고 하는 성이 있는 점이기 때문 이기에, 자칫 하면은 마을에 사람들 하고 분단이 되여져서 「속세를 내려다 보고서」 등에 말을 하며 노래를 부르며 "허송세월" 「虛送歲月」을 보내게 될수도 있습니다. 캠퍼스가 도시에서 떨어져서 있으면은 있을수록 그 경향이 강해지는 점은 아닐런지요.

잉글랜드 식의 대학교에 마을은 대학교 하고 마을에 타협에 산물 으로써 언뜻 보기에는 복잡하게 보이 겠습니다 만은, 그 부분 에서는 타협의 역사에 무게가 있습니다. 학생들 하고 마을 사람들은 "혼연일체" 「混然一體」가 되여져서 있기 때문 이기에, 어린 아이와 같은 유치한 인텔리로 폼을 내는 행위는 없습니다. 그 결과 마을은 보수 적인 정취를 띄고서 있습니다.

일본에 육군은 프랑스에서나 독일에서 수입이 되었습니다. 제국에 해군은 로얄·네이비에 완전한 카피로 있었습니다. 해군에서는 육군하고는 다르게 계급에 표시를 위한 다양한 유니폼에 모방이 있었습니다. 그들의 대부분은 전부가 잉글랜드의 해군에 유니폼을 모방을 하고서 있었습니다. 복장 뿐만은 아니였습니다. 용어에서도 "예의범절"「禮儀作法」에서도 훈련 방법에 있어서도 잉글랜드를 흉내를 내고서 있었기 때문 이기에, 일본에 해군에 군인 가운데에는 잉글랜드 식에 젠틀맨이 대단히 많이 있었던 점은 결코, 놀라울 일은 아니여 습니다. 구라파(유럽)에서는 잉글랜드가 나치스의 독일에 밀리고서 있었던 1930년대에 후반에 일본에서는 해군이 황도파(皇道派) 하고 혹은 통제파(統制派)로 육군에 밀려 나고서 있었습니다. 잉글랜드는 마지막으로 버티어 내고서 반격에 나섰던 점에 있었습니다 만은, 일본에 흑심에 의해서 잉글랜드는 마침내 유린이 되여져서 일본에 굴복을 당하고 말아 버렸습니다.

전쟁에 중반을 넘어 서서는 이미 일본에서는 이길수가

있는 가망이 없어졌을 무렵으로 저는 해군에 예비 학생으로
끌려가게 되여 썼습니다. 그 무렵에도 많은 용어에는 대부분
이 영어로 사용이 되여져서 있었습니다. 그러하지만 이들의
영어에 대부분은 일본에 수병이 잉글랜드의 수병으로 부터
구전(口傳)(말로전함.) 으로 들어서 전달이 되는 일로서 관용
화가 되여져서 정착을 하여었던 점이여었기 때문에, 가다가
나 (외래어 발음으로 표기를 하는 글자.) 에 발음이 있었을 뿐
으로 영어에 스펠링을 물어 보아도 표기하는 글자를 아무도
모르고서 있었습니다. 하사관은 물론이며, 해병에 출신에 사
관에게 물어 보아도「모릅니다. 나는 모르는 일은 용감하게
모른다. 하고서 말을 합니다.」이라고 하는 묘하게 용감 하다
고 착각을 하는 것 같은 자랑 스러워 하는 듯한 답례가 있었
을 뿐으로 그러한 해군에 용어에 원어가 어떠한 영어에 단
어로 되여져서 있었는지는 아무도 모르고서 있었다는 점으
로 있습니다.

　이러한 말 중에는 오스탓뿌 이라고 하는 말이 있었습니
다. 오스탓뿌 이라고 하는 말은 다라이 (통) 이라는 말로 있
었습니다. 우리들은 밤에 잠자기 전에 오스탓뿌에 물을 가
득히 채워서 놓고서 야간 방화에 용수로 사용을 합니다. 다

음날 아침에 그 물을 사용을 하여서 갑판에 청소를 하는 일로써 있었습니다. 한 밤중에 소변을 하고 싶다는 사람들 중에는 화장실까지 가는 일은 성가스럽고 추워서 그러하는 동안에 잠이 깨워져서 버리기 때문에, 손 가까이에 있는 오스탓뿌에 물속에다 소변을 해버리고서 있는 사람도 있었습니다. 다음날 아침까지 물속에 소변에 농도는 어느 정도까지 높아졌서 있었는지는 모르겠습니다 만은, 어찌되여든 그 물속에다 걸레를 씻어서 갑판을 닦고서 그이외에 걸레질을 하면서 청소를 하였었던 일로서 있었습니다. 갑판이라고 하여도 군함에 갑판이 아니며, 평범한 병사에 마룻바닥이기 때문에, 마룻바닥을 소변물로 걸레를 씻어서 닦는다고 하는 일은 방 전체에 소변을 뿌리고서 있는 일하고 똑같은 점으로서 있습니다. 그 다음에는 우리들은 「먹어라」에 호령 한번으로 아침 식사를 취하고서 있었던 일 입니다.

어느 날의 밤에 제일고등학교에 출신으로 도교 대학교에 예비교 학생이 제가 방 하나를 비워서 놓아 두워었던 옆에 방 구석에 마룻바닥에서 자고서 있었습니다. 작은 목소리로 말을 하였습니다. 「알았어요.」「무엇을」「오스탓뿌에 스펠이—이 녀석이 알고서 있었는가 Washtub 말이야. 조금 전 부터 신경이 쓰여져서 잘수가 없었습니다 만은, 이제서야 시원해 겼어요.」저는 아직은 실험을 하여었던 일은 없습니다 만은, 런던에 노동자에 계급에 아주머님에게는 아마도 워시·튜브(Washtub) 이라고 말을 하면은 통하지는 않아도 오스탓뿌 이라고 말을 하면은 「오·이에스·히어·서」하고서 말을하는 일이 되지는 아니 하겠습니까.

어느 날의 일 저는 오무라 항공대 (大村航空隊) 에서 야간 근무에 부직장교를 하고서 있었습니다. 통상에 경우에는 야간 근무에 부직장교 에게는 대부분에 일은 없었습니다. 오전 2시나 4시 정각에 시종에 경비병 에게 종을 치게하는 일이 가장 크나 큰 일로 있었습니다. 그러나 그날 밤은 육군에 부대가 왔습니다. 오키나와 특공용 (沖繩特攻用) 에 폭탄을 산 옆 구멍의 벙커에 격납을 하고 나서 작업을 끝내고 나면은, 우리들의 부대는 뎀뿌라 (튀김) 요리를 하는 일로 되여져서 있었습니다. 육군에 병대에 한 명이 숙박 준비를 하기 위해서 남아서 있었습니다. 작업대가 심야가 돼여도 돌아 오지를 않았었기 때문 이기에, 그는 몇 번이고 저에게 와서 「XX중위님 에게 육군에 부대는 아직도 돌아 오지를 않고서 있습니다.」하고서 물으러 왔었습니다. 방에 들어 올때 에는, 육군 식에 거수 경례를 하고 나서「들어 가겠습니다.」하고 말을 하고서 들어옵니다. 돌아갈때 에는「돌아 가겠습니다.」하고는 말을 하고서 돌아 갑니다. 제가 이야기를 시작을 하면은 군화에 뒷축을 찰 까닥 하며 소리를 내면서 직립부동에 자세로 듣고서 있습니다. 이에 반해서는 저의 시중당번에 병사는 의자에 앉아서 책상 위에 턱팔받침을 하고서는 코털을 뽑으면서, 커다란 하품을 하고서는「졸리는 군요.」하고서 말을하는 것 입니다. 육군에 병사가 돌아 간 후에,「육군이 있는 동안에는 조금은 주의를 하시지요.」하고서 말씀을 드렸더니「이야~육군은 대단 하군요. 분 대사님 싫어 지시지 않았습니까. 전쟁은 언제 까지 계속이 될것 같습니까.」하고서 말을하는 투에 모양새 입니다. 하지만 그렇다고 하더라도 정시가 되면은 벌떡 일어나서 직립 부동에 자세로「부직 장교님 한시 삼십 분이 되었습니다. 3번 종을 치게습니다.」「좋아 그렇게 해」종을 치고서 난 후에 또 다시「분 대사 님 졸리 시지는 않으셨습니까. 싫어 졌습니다.」

확실히 해군에는 엄격한 계급에 제도가 있습니다. 그 점을 통해서 상·하에 질서가 유지가 되고서 있었습니다. 이러한 관계로서 지배를 하고서 있었던 지휘에 계통에 영역에 관계는 한정이 되여져서 있었습니다. 사적인 범위에서는 매우 편안한 분위기로 가득차 있었습니다. 그리고서 그러한 일이 전쟁 중에도 국민이 해군을 지지를 하고서 신뢰를 하여었던 가장 큰 이유로 있었다고 믿고서 있습니다. 먼저 진술한 바와 같이 많은 점에서 일본에 해군은 잉글랜드의 해군에 복사로 있었으며 일본에서 가장 잉글랜드 적으로써 있었던 점이 해군이라는 점으로 있습니다. 분명히 잉글랜드는 계급에 제도에 나라로 있습니다. 그러하기 때문에 즉시, 숨이 막히는 일 처럼의 불만 스러움이 잉글랜드에서 쌓이고서 있었다고 속단을 하는 점은 경솔한 일로서 있겠습니다.

12

일본에 돌아와서 친분이 있는 분들에 환영회에 초대를 받았을 때에 일이 였습니다. 맛 있는 음식을 대접을 받고 나서 이러한 말을하는 일은 은혜를 원수로 갚는 일 같아서 죄책감을 느끼는 마음 입니다 만은, 일본에서는 너무나도 일본의 전형적인 예,로서 있기 때문에 말씀을 드리기로 하겠습니다.

　예의에 따라서, 연회가 진행이 되는 가운데에서 술을 많이 마셨던 한 사람이 주정을 부리기 시작을 하였습니다. 「모리시마 (森嶋) 씨 일본으로 돌아 오시지는 않으시 겠습니까. 잉글랜드 따위에서 가르치는 일 보다도 일본에서 일본인 학생을 가르쳐서 주십시요.」 저는 당황을 하였습니다. 아무말도 하지 않으면은 사태는 더 나빠 질수가 있다고 생각을 하여었기 때문에, 저는 정직하게 「지금은 일본에 돌아올 생각은 없습니다.」 하고서 말씀을 드렸습니다. 그리하였더니 「저는 대체로 두뇌에 유출 이라고 말을 하는 일은 싫습니다. 당신은 말이지 일본에서 일본에 학생을 가르칠 의무가 있는 일이 아닙니까. 두뇌에 유출 이라는 점은 말이지 일종에 배신자가 아닌가.」 그래서 저는 저의 두뇌가 두뇌에 유출 이라고 소란을 떨 정도에 일이 아님을 역설을 하였습니다. 덕분에 연회석은 완전히 능청 스러운 일이 되여져 버렸습니다.

　이렇게 자기 자신은 이 사람을 이렇게 하는 방법이 좋다고 생각을 한다고 하면은 그 사람에게 그렇게 하라고 충고를 하거나 또한, 새롭게 심한 감정 적으로 되여진 집단 으로서 무리하게 그 사람을 그렇게 만든다고 하는 일은 참으로 일본 적으로 있습니다. 이에 반하여서 잉글랜드 에서는 모든 사람들은 경제학에 효용에 이론 그 대로에 발을 맞추워서 행동을 하게 되겠습니다. 효용에 이론 에서는 모든 사람들은 각자에 자신에 효용에 함수 (만족도) 를 극대화를 하도록 행동을 한다고 가정을 하고서 있습니다 만은, 개 개인에 만족도는 어떻게 결정이 되는 일인가 하고서 말을한다 면은, 그 사람들에 물건을 재산에 지분에 따라서 결정이 된다고 하는 점에 있습니다. 제가 느끼는 만족도는 제가 가지고서 있는 물건에 재산에 수량에 의존을 합니다. 따라서, 저의 효용에 함수를 극대화를 하기 위해서는 제가 가지고서 있는 물건에 재산에 수량이 만족도로 가능한 만큼에 높아 질수가 있도록 배치가 되면은 좋은 일이 되겠습니다.

그러하지 만은 통상에 인간에 경우에는 그 사람이 느끼는 만족도는 그 사람이 가지고서 있는 물건에 수량 뿐만은 아닙니다. 다른 사람 (예를 들면 라이벌.)이 가지고서 있는 물건에 수량에도 의존을 하는 일로 되겠습니다. 잉글랜드 의 사람들은 특별 하여서 그 들은 타인이 무엇을 가지고서 있던지 흔들리지는 않습니다. 오로지 자기가 느끼는 만족도는 자신이 가지고서 있는 물건에 수량만으로 의존을 한다고 믿고서 타인이 가지고서 있는 물건에는 무 관심에 있습니다. 예를 들면 가짜 악어가죽에 핸드백을 들고서 파티에 가면은 친구가 진짜를 가지고서 온 경우에는 눈이 어질어질 하는 아가씨도 있겠습니다 만은 — 그리하여서 저는 그러한 아가씨를 귀엽다고 생각을 합니다. — 잉글리쉬·걸 (특히, 인텔리에 계급에 잉글랜드 에 아가씨.) 는 그러한 경우에는 곧바로 네버·마인드 이라고 포기를 하고서 마는 점에 있습니다. 따라서, 만약에 타인에 소지품에 영향을 받았다고 하여었도 그의 효과는 즉시 소실이 되여져서 사라져가 버립니다. 그리고서 잉글랜드 에 사람들은 자신이 그러하기 때문에, 타인도 그러할 것 이라고 생각을 합니다. 이렇게 하여서 모두가 각자에 효용에 함수에 독립성과 상호간에 무영향성을 인정을 하면은 서로간에 불필요한 참견은 하지를 않게 됩니다.

그러하니까. 잉글랜드의 사람들은 타인에 대하여서 간섭 같은 일을 좀 처럼 하지를 않습니다. 예를 들면 「외국에서 있는 일과 일본에서 있는 일하고 어느 편이 모리시마 (森嶋) 씨는 행복 합니까. 일본에서 있는 편이 행복 할테 인데요.」 하고서 생각을 하는 잉글랜드 의 사람들은 많이 있을지도 모르겠습니다 만은, 그 들은 저에게 그러한 점을 말을 하지 않습니다. 그러한 만족도에 계산을 하는 일은 본인에 모리시마

(森嶋) 씨 이겠습니다 만은, 자기들에 일이 아니다. 우리들은 알바가 아니다. 하고서 그 들은 생각을 하고서 있다는 점에 있습니다. 미국 사람에 경우에는 상당히 다르게 되여져서 있습니다. 그 들은 타인에 효용에 함수에 민감하게 있습니다. 효용에 이론에 수정 판으로 있는 데몬스트레이션 이론은 미국에서 일어 난 일이기 때문에, 이에 대한 이론은 개 개인에 타인 —주변에 있는 사람들 이나 라이벌 이나 유명인들— 의 행동에 영향을 받으면서 행동을 한다고 가정을 하고서 있습니다.

제가 잉글랜드에서 장기간 체류를 할것을 결심을 하였을 때에, 캠브리지 대학교에서 이십년 이나 가르치고서 있었던 어느 유명한 미국인에 선생님이 「당신도 여기에서 오래 있기로 결심을 하였다 면은, 하나 주의를 하여야 하겠는데요.」하는 전제를 말하고서 (이라고 하는 점은 그가 이미 완전한 쁘리티슈가 아니라고 하는 점에 있습니다. 잉글랜드 의 사람이여 썼다 면은, 그러한 「주의를 하여서 두겠는데 요.」 등등 에 말은 하지는 않습니다.) 「미국 사람들 하고는 달리 잉글랜드 의 사람들은 남에게 절대로 주의를 하지를 않는다. 그러하니까. "자기자신" 「自己自身」 만으로 이 것으로 되겠나, 저 것으로 되겠나, 하고서 항상 조심을 하지를 않으면은 깨달았을 때에는, 엉뚱하게도 사람들로 부터 멀어져서 가버릴수가 있습니다. 돌이킬수가 없는 일로 되여버려져서 있을지도 모른다.」하고서 말을하며 주의에 말을 하여서 주어었던 잉글랜드의 사람은 한 사람도 없었기 때문 이기에, 새삼스럽게 이 사람이 미국인 이라고 하는 사실을 확인을 하였습니다. 어찌되였든지 일본은 미국 보다도 더욱 더 미국 적으로 서로에 주의, 간섭, 보살핌, 배척, 등을 서로가 하고서 있습니다.

이와 같은 일본에 사람하고 잉글랜드의 사람들에 사교에 방식은 완전히 정 반대로 있습니다 만은, 매우 유사한 상황에 한 에서는 이러한 차이가 생긴다는 점은 주목을 할 만한 일 이라고 생각을 합니다. 말을하지 않더라도 잉글랜드 하고 일본은 서로가 섬나라로 있습니다. 섬나라 이라고 하는 점들은 하나에 배와 같은 점으로 동일한 나라에 사람들은 모두가 합승객 으로 있습니다. 이 점에 관하여서는 일본 사람도 잉글랜드 사람도 똑 같은 감각으로 있다는 생각을 합니다. 모두 한 배에 타고서 있기 때문 이기에, 일본에 있어서도 가장 크나큰 형벌은 유배를 보내기 즉, 「이 배에서 내려서 다른 배로 옮겨서 타 달라.」이라고 하는 말이 였습니다. 사실, 뱃사공에게는 가장 중요한 일은 배 안에서 화합을 유지를 한다고 하는 점에 있습니다. 일본에서는 최초에 헌법으로 있는 17조 헌법에 제1조에 있어서는 성덕태자(聖德太子)가 「화(和)를 가지고서 귀(貴)를 하기로 한다.」하고서 말씀을 하시였던 점은 이러한 생각을 하시고서 계시는 그분께서는 단순한 착상이나 우연은 아닙니다. 화(和)는 서로가 상대를 존중을 하면서 마음을 합하는 관계를 말함. 즉, 일본에 정신에 야마도(大和)는 (지금에 나라 현(奈良縣)에 (전 지역을 말함.) 다마시(魂)는 "영혼불멸"의 정신, 신령, 일본의 마음에 근간(根幹) (사물을 넓게 보고서 최대한 소중하게 여기면서 정중히 받들다.)에 뜻에 있습니다. 이러한 점은 야마도 다마시(大和魂)에 근간으로 있습니다. 그렇지만은 소중한 일은 그다음에 있습니다. 화(和)가 제일 먼저 소중한 덕성으로 있다고 하여도 화(和)가 무엇에 있는가를 명확하게 알지를 못하면은 「X를 가지고서 귀(貴)한 일로 한다.」 이라는 말을 하고서 있는 점하고는 아무런 차이가 없습니다. 성덕태자(聖德太子)는 매우 현명 하시여던 분이 였었기 때문에, 이러한 점을 마음으로 가지고서 있음을 아시고서 계셨기에 다른 조문에서 화(和)이라고 하는 점이 무엇에 있는지를 충분히 설명을 하시고서 계십니다. 즉, 화(和)이라고 하는 점은 형제나 친구도 사이 좋게 지낸다. 그리고서 부모나 윗 사람이 말씀을 하시는 점을 잘 받들어야 한다. 또한, 다수파(마조리티)에 의견에 따르는 일에 있다는 설(設)을 말씀을 하시고서 계십니다. 그러하므로 윗 사람에 명령에 복종을 하며, 다수파에 대하여서 순종을 하는 일이 야마도 다마시(大和魂)(야마도 영혼.)에 소유자로 있습니다. 그렇지 않은 사람은 하선을 하여서 달라고 하는 점에 있습니다. 이렇게 하여서 일본은 국내에 평화, 치안,을 유지를 할려고 하여었던 점에 있습니다.

한편 잉글랜드에서는 국내에 의지를 통일을 하는 일으로서 화(和)를 유지를 하는 방법 하고는 완전히 정 반대에 방법으로써 화(和)를 유지를 할려고 하고서 있었습니다. 타인에 일에는 신경을 쓰지마라. 그 사람에 일은 그 사람이 할것이니 까요. 자신은 자신에 일만을 하여라. 타인을 버리는 일로 인해서 양립을 하여서 타인으로 부터 거리를 두는 일이 타인에 대한 최대에 배려가 되는 점으로 있습니다. 딱 달라서 붙는 일로 인해서 서로의 따듯함을 느끼고서 왔었던 국민들 하고 서로간에 사이에서 공간을 넓게 만드는 일로 의해서는 자유롭게 생활을 누리고서 왔었던 국민들에 차이가 있습니다. 잉글랜드 가 섬 나라 가 아니여 섰더라 면은, 이러한 삶의 지혜를 잉글랜드 의 사람들은 터득을 하지를 못하였을 지도 모르겠습니다 만은, 좁은 섬 나라 인 만큼 잉글랜드 의 사람들은 거리(距離)를 취하는 방법이 매우 뛰어나 있었다고 생각을 합니다. 유사한 환경이 주워진다고 하여도 발상에 방법이 조금은 다르기 때문 이기에, 전혀 상반 된 결론에 도달 하게 되여진 현저한 예, 이라고 생각을 합니다.

13

「잉글랜드 는 자유가 있어서 좋겠습니다 만은, 사회가 매우 냉철하게 되여져서 있습니다. 우리들에 나라에는 자유가 빈약은 하지만은 서로는 아주 따듯하게 살고서 있습니다. 나는 자유 보다도 따뜻한 편을 선택을 하겠습니다.」 후진 국 에서 잉글랜드 로 온 유학생은 종종 이러한 말을 이야기를 합니다. 상당히 근대화가 되여져서 있다고 하는 일본 사람 이라도 이러한 불만을 품고서 잉글랜드 를 떠나서 가버리는 사람들이 많이 있으리 라고 생각을 합니다 만은, 일 전에도 이란에 학생이 완전히 똑같은 푸념을 늘어 놓고서 있었습니다.

분명히 잉글랜드 에서는 냉철하게 느껴지는 그러한 점들이 있습니다.

런던에 지하철은 지하 만을 달리고서 있는 점이 아닙니다. 종종히 지상도 달리고서 있습니다. 어느 지상 역에서 탔을때에 일이 였습니다. 전차를 탔을때 에는 차 안이 밝아서 있었기 때문에, 느끼지는 못 하였습니다 만은, 곧장 지하로 들어가기 때문 이기에, 캄캄 해져서야 전철안에 전등이 켜지지 않았었다는 점을 알았습니다. 저 하고 같은 역에서 탔었던 승객에 대다수는 저하고 똑같이 깜깜하여 졌었기 때문에, 놀랐었을 일이라고 생각을 합니다. 하지만은 그 누구 한사람도 소리를 내지는 않았습니다. 어두움 속을 무언으로 있었을 때에, 전차 만이 고~하고서 소리를 내면서 3분 정도를 달렸습니다. 이윽고 다음 역에 도착을 해서야 플랫폼 에 전등에 빛 으로 밝아 졌습니다. 그러한데도 그 누구 한사람 한숨 조차 짓지를 않았습니다.

아마도 미국이나 일본이라 면은, 깜깜 해지면은 그 누군가가 큰 소리로 농담을 하였던지 「어두워요~」하고서 고함을 지르며 모두는 웃으면서 그 일을 계기로서 서로가 친해져서 어둠속을 보통 이상에 큰 소리로 시끄러웁게 떠들어 가면서 웃음 소리와 함께 다음 역에 도착을 하였을 것이겠습니다. 이러한 미국식에 명랑함은 나쯔메 소우세기 (夏目漱石) 류로 말을 한다 면은, 「차부·車夫: 마정·馬丁」에 매너에 있습니다. 위와 같은 잉글랜드 적인 침묵은 어디 까지나 인텔리에 계급에 매너로 있습니다. 그러나 제가 전차를 탔었던 지상역은 스토라토포드 이라고 불리우는 런던의 이스트·엔드 (마르크스 엥겔스에 시대 이래에 빈민가 이라고 믿어지고서 있는 지구 (地區)에 있는 역.)으로 있었으니 까요. 승객에 대부분은 잉글랜드에 수전에서는 「차부·車夫: 마정·馬丁」으로 있었을 점으로서 있겠습니다.

그렇다고 하면은 잉글랜드의 사람들은 어떠한 식 으로 친절 이나 애정을 표현을 하는 점 으로 있겠습니까. 이러한 질문은 잉글랜드에 사람들 자신에게 물어보는 일 보다도 오랜 세월에 잉글랜드에서 살고서 있습니다 만은, 다른 나라에 출신인 사람들에게 물어보는 방법이 공평한 대답을 얻을수가 있습니다. 제가 들어었던 봐로는 옥스포드 대학교에 선생님으로 부인은 잉글랜드의 사람 입니다 만은, 그의 자신은 고등학교 시절에 구라파 (유럽) 대륙으로 부터 잉글랜드 로 와서 제2차 대전에 잉글랜드 에 군인 으로써 싸워었던 유대인

이였습니다.

그는 다음과 같이 대답을 하여서 주었습니다. 지금 만약에 눈이 나쁜 사람 이라든지 꽤 나이가 많이든 노인이 길을 걸어 가고서 있었다고 합시다. 그리고서 그 일을 보고서 있었던 친절한 잉글랜드 에 사람이 어쩌면은 위험한 일이 일어날 지도 모른다고 느끼여 썼다고 합시다. 그러하면은 그 에 잉글랜드 에 사람들은 만약에, 위험이 발생을 한다고 하여도 도울수가 있을수 있는 거리를 유지를 하면서 그는 눈이 나쁜 사람에 노인에 뒤를 들키지 않도록 몰래 뒤 따라서 갑니다. 그리고 나서 위험이 없어지 면은, 아무런 말도하지 않고서 그의 곁을 떠나 갑니다.

이러한 잉글랜드 식에 친절을 들었을 때에, 저는 제 자신 스스로가 경험을 하여었던 미국 식에 친절이 기억에서 떠올라 썼습니다. 저는 자동차를 운전을 할수가 없었기 때문에, 스탠포드에 대학교에서 반년 정도 있었을 무렵에 도보(徒步)로 대학교에 다니고서 있었습니다. 제가 살고서 있었던 곳은 주택가 이였었기에 그 곳에서 대학교 까지는 아무런 위험도 없이 걸을수가 있었습니다. 거리는 상당히 있었습니다. 대략 40분이 걸렸습니다. 그러나 아름다운 주택가를 걸어서 가는 일은 즐거웠으며 저는 아침과 저녁녘에 40분에 산책을 충분히 즐기고서 있었습니다.

그렇지 만은 저는 두 가지에 일에 고민을 하여야만 하였습니다. 하나는 적의 감으로 다른 또, 하나는 친절로 있었습니다. 아무리 주택가 이라고 하더라도 미국 사람들은 걷지를 않고서 자동차로 주변을 달리고서 있습니다. 그러하니까. 반려견 들은 자동차 에는 완전히 익숙 해져서 길들어져서 있었기에 어떠한 속도로 달린다고 하여도 어떠한 기발한 색상에 자동차가 달려서 온다고 하더라도 태연하게 있습니다. 그러하지 만은 저의 구두발 소리가 나 면은, 그들은 경계를 하고서 제가 그들에 앞에 나타나 면은, 저를 향해서 짖기 시작을 합니다. 그러하니까 만약에, 다섯 채 가운데 에서 한 채가 반려견을 기르고서 있다고 한다고 하면은 저는 집에서 대학교에 캠퍼스에 들어갈때 까지에 약 30분 동안을 저는 계속해서 반려견이 짖어대는 소리를 들으면서 걸을수 밖에 없었다고 하는 셈이 되겠습니다.

그렇지 만은 그렇다고 하여도 저는 계속해서 걸었습니다. 캘리포니아 에 하늘은 정말로 맑아서 있었습니다. 여러가지의 일 들을 생각을 하면서 걷는 일은 즐거운 일이 였었기 때문 이였습니다. 그렇지 만은 저는 또, 다른 하나에 번거로움에 모면(謀免)을 할수가 없었습니다. 저의 옆을 달려서 지나가고 있는 자동차 중에는 열 대나 이십 대 가운데에 한대 는 정차를 하면서 「타고 가시지 않겠습니까. 자택 까지 태워다 드리겠습니다.」하고서 말을 걸어서 오는 일이 였습니다. 처음 에는 「고맙습니다. 하지만 산책을 즐기고서 있으니까요.」하고서 정중하게 거절을 하였습니다 만은, 한동안「또야, 좀 놔두세요. 시끄럽다.」이라고 외치고 싶어 집니다. 「왜 이렇게 미국 사람들은 참견을 하는 것일까. 걷고 싶은 사람들은 비가 내려도 개가 짖거나 뱀이 구불거리며, 도로를 지나가든 걷 도록 놓아 두면은 좋은 일을」그러하나 잉글랜드 식에 친절이 보편적인 사회하고 미국식에 친절이 보편적인 사회를 비교를 한다고 하면은 그의 따른 사정이 동일하게 있는 한은 미국식에 방법이 잉글랜드 식 보다는 경제 적으로 효율이 좋다는 점은 명백 합니다. 효율이 좋지 않은 동료를 좋아하지 않으며 돕지 않는 잉글랜드 에 공원 하고는 내가 도와주겠어 하고서 선뜻하게 도와주는 미국에 공원하고 비교를 하여서 보아 주십시요.

14

　이제는 이야기를 매듭을 짓지 않으면은 안되게 되었습니다. 다시 한번 한 말씀을 드리지 않으면은 안되는 일이 남아서 있습니다. 이전에 건축 건물을 예를 들어서 잉글랜드의 사람들은 보수적이지 않으며 진취에 기풍이 있는 새 것을 즐겨서 찾는 털털함에 국민으로 있다고 하는 점을 말씀을 드렸습니다. 다른 분야에서도 매우 대담한 행동을 하고서 있는 국민으로 있다는 생각을 합니다. 잘 알고서 계시는 바와 같이 히스씨는 보수당에 당수로 계셨습니다. 그가 수상으로 있었을 때에 시대에는 주3일에 노동제를 실시하게 되었습니다. 탄광부에 파업이 길어져서 있었기 때문에, 석탄에 저장에 물량이 바닥이 나서 있었습니다. 그리하여서 연료를 절약을 하기 위해서는 주3일 이상은 일을 하여서는 안된다고 하는 일로 되었습니다. "기상천외"「奇想天外」에 일로 있었습니다 만은, 상당히 어린 아이 같은 유치한 무책에 정책으로써 있었습니다. 그 정책이 순식간에 승인이 되여져서 모두가 어찌하나 어찌하나 하는 동안에 시행이 되여져서 버렸습니다. 주3일제에서 제외가 되여었던 곳은 학교하고 병원 뿐으로써 그러하나 우리들은 5일 동안은 일을 하였습니다. 일반에 상점이나 회사나 공장은 재빠르게 매주 주4일간을 휴무를 하여 버렸습니다. 제일 곤란을 하여었던 곳은 일 잘하는 일본에 회사에 런던지점으로 있었습니다. 주3일만 일을하는 것은 아무래도 수습이 되지를 않는다. 하고서 가만히 있을수는 없었습니다. 일본에 본사로 부터는 이러쿵저러쿵 하면서 독촉을 하여서 옵니다. 그렇지 만은 전기는 멈추웠고 자가 발전을 돌리지 않으면은 안된다. 자가발전에 기계는 어디에서 팔고서 있는지를 양초를 대량으로 사서 놓으려고 할려면은 어떻게 하면은 좋을까. 크게 당황하며 당황을 하였습니다. 일본에 회사만은 어떻게든 자가 발전을 돌리면서 촛불을 켜기도 하면서 어떻게 해서든지 주5일간을 잔업도 포함을 하면서 일을 해내여었던 점에 있었습니다.

이러한 과감한 일을 해내여었던 점은 총리 뿐만은 아니여 습니다. 대학교도 마찬가지로 있었습니다. 저는 일본에 대학교에 있었을 때에, 교수회에서 여러가지에 제안을 하였습니다. 그 때에 저는 매우 기발한 안(案)을 제안을 하였습니다. 안(案)이 기발 하면은 기발 할수록 채용이 되지를 않을 것이라는 자신이 있었습니다. 그렇지 만은 잉글랜드에 대학교에서는 여간해서 각오를 결정을 하고 나서가 아니며는 기발한 안(案)을 내여서는 안될 것입니다. 첫째는 기발하다고 할정도에 명안이라고 생각이 되는 확률이 높아져서 일단은 명안 이라고 말을 하기라도 한다 면은 「입안자(立案者)인 당신이 해 보아라.」하고서 그를 위한 위원회에 위원장을 임명을 받기도 합니다. 그렇게 되면은 안(案)이 기발한 만큼에 실행 하기가 어려운 안(案) 으로 있으므로 결국에는 자신이 내놓은 안(案) 이기에 자신이 고통을 받개되는 일로서 되겠습니다.

제가 에섹스대학교에 있었을때에 일이 되겠습니다. 에섹스 대학교 에서는 「수학 하고 경제학.」이라고 하는 코스가 있었습니다. 그 코스를 졸업을 하면은 「수학하고 경제학.」에 박사호를 받을수가 있습니다. 수학을 반인분(반 인분 : 기술이나 경험이 부족하여서 일인분에 못미쳐서 반인분 밖에 일을 할수가 없음.) 경제학을 반인분을 공부를 하는 점으로 있습니다. 매우 독특한 코스로 있습니다. 이러한 특이한, 코스를 가지고서 있는 잉글랜드 에 대학교는 많이 있습니다. 그 중에서 가장 유명한 점은 옥스포드에 PPE 코스로 있습니다. 철학, 정치학, 경제학, 중에 어느 하나를 반인분을 하고 나서 나머지 2개에 학문을 4분의 1인분을 하나씩 공부를 한다고 하는 코스가 있었습니다. 이러한 코스는 모두 옛날에 엉뚱한 안(案)을 내는 사람이 있었으므로 명안이다. 그것으로 가자 하고서 말을 하여었기에 그렇게 되여져 버렸었던 점이라고 생각을 합니다.

그렇지 만은 에섹스대학교에서 수학하고 경제학에 코스는 제가 재직중에 중대한 위기에 직면을 하고서 있었습니다. 이렇게 말씀을 드리는 점은 그 코스에 학생들 가운데에서는 수학을 잘하는 학생은 수학을 일인분을 하고 싶어 합니다. 수학에 능력이 불충분한 학생은 경제학을 일인분을 하고 싶어 합니다. 이들의 사람들은 일년이 끝날 무렵에 학과에 변경을 신청을 하여서 개개인은 수학 코스나 또는, 경제학에 코스로 이동을 합니다. 그렇게 하면은 2년 이후에 그 코스에서 남아서 있는 일은 수학을 중도에 정도의 능력으로 지극히 작은 소수에 학생들 뿐이라고 하는 점으로 되겠습니다. 어쩌면은 학생이 전혀 없어져셔 버려질지도 모른다고 하는 걱정을 하지를 않을수가 없게 되겠습니다.

「디더·스트라스」하고서 학부장이 비명을 지르고서 모두는 근본적인 개혁 안(案)을 생각을 하게 되였습니다. 결국은 저의 안 (案)이 명안 이다. 이라고 하는 점으로 되였으며 제가 실행위원장이 되였습니다. 일년간에 걸려서 안 (案)에 자세한 세부 사항에 개혁 안 (案)을 결정을 하였습니다. 그렇지만은 그 때에는 이미 저는 런던·스쿨로 전근이 정해져서 있었으므로 안 (案)이 실행이 되였을때에는, 저는 그 자리 에서는 없었습니다. 저의 안 (案)은 1년간 실행이 되여져서 있었던 일로서 폐기가 되여져서 버렸었던 일이 되였습니다. 저의 후임자가 또 다시 다른 안 (案)을 내여서 놓고서는 교수회는 「그것이 좋네요. 그것으로 갑시다.」하고서 그렇게 진행이 돼였습니다.

영국은 이대 정당 (二大政黨) 에 나라로 있습니다. 이렇게 새로운 새것을 즐겨서 찾는 국민이 정당을 선택을 하는 권리를 주워지게 되면은 도대체 어떻게 되는 점으로 되겠습니까. 어느 때에는, 보수당 으로 그러한 점이 안된다고 하면은 노동당 으로 또 다시 보수당 이라고 하는 점으로 불안정한 격렬한 정권에 교체가 시행이 됩니다. 이 세기에 들어와서는 역대에 내각은 제6표 하고 같이 있습니다. 연립에 내각에 기간을 제외를 하면은 남아서 있는 기간에서 각당이 연속해서 정권을 집권하는 평균에 년수는 약5년 으로 있습니다.

이러한 점은 일견을 하면은 국민이 엄정한 심판을 정당에
업적에 대해서 내려지고서 있는 점으로서 있습니다. 정권에
교체는 민주적으로서 이루워져서 있다는 점으로 있습니다.
정치학에 교과서에서 모범에 예, 이라고도 말을 할수가 있겠
습니다.

〈제6표〉 영국 역대 내각

A. J. Balfour	보수	1902년	A. N. Chamberlain	보수	1939
Sir H. CampbellBannerman	자유	1905	W. S. Churchill	연합	1940
H. H. Asquith	자유	1908	W. S. Churchill	보수	1945
H. H. Asquith	연합	1915	C. R. Attlee	노동	1945
D. Lloyd George	연합	1916	C. R. Attlee	노동	1950
D. Lloyd George	연합	1918	W. S. Churchill	보수	1951
A. Bonar Law	보수	1922	Sir A. Eden	보수	1955
S. Baldwin	보수	1923	H. Macmillan	보수	1957
J. R. MacDonald	노동	1924	H. Macmillan	보수	1959
S. Baldwin	보수	1924	Earl of Home	보수	1963
J. R. MacDonald	노동	1929	(Sir A. Douglas-Home)		
J. R. MacDonald	노동 (거국)	1931	H. Wilson	노동	1963
S. Baldwin	보수 (거국)	1935	E. Heath	보수	1970
			H. Wilson	노동	1974
A. N. Chamberlain	보수 (거국)	1937	L. J. Callaghan	노동	1975

그렇지 만은 그러한 일은 어떠한 경제적인 귀결(歸結)을
가지고서 올수가 있겠습니까. 노동당이 어느 산업에 국유화
를 하겠습니까. 다음에는 정권을 집권을 하여었던 보수당은

그 점을 비(非) 국유화를 합니다. 또 다시 노동당은 재(再) 국유화를 하고 나서 이어서 보수당이 재(再) 비국유화 또 다시 재재(再再) 국유화 다시 또 재재(再再) 비국유화 이라고 하는 일이 반복이 되겠습니다. 언제나 항상 격렬한 움직임이 있습니다. 하나의 움직임은 다음에 움직임 으로써 상쇄가 되여서 결국은 장기 기간 으로서에 부동(不動)에 자세로 헛되게 「국유화」에 앞에서 재재(再再) 이라고 하는 글자가 끊임이 없이 누적이 되기만 하므로서 현재에 상황 에서는 결정 적인 결별에 날이 영구(永久) 히 다가 오지는 않습니다.[1]

이 처럼의 이대정당(二大政黨)에 체제는 장기 적으로는 보수당에 승리를 보장을 하고서 있습니다. 현재에 상황 에서 탈피를 하여서 진보가 되여진 새로운 단계를 확보를 할려고 하려면은 노동당은 이기기를 계속해서 나아가지 않으면은 안됩니다. 그 점은 보수당이 완전히 쓸모가 없게 되여져 버려져서 실질 적으로는 일대정당(一大政黨)에 체제로 되여져 버리고서 있다는 점을 의미를 하겠습니다. 경제적인 관점 에서는—다른 사정으로 인해서 변하지 않는한,— 이대정당(二大政黨)에 체제 보다도 일당 독재(一黨獨裁)에 체재에 측이 장기간 적으로는 효율이 좋다는 점은 공산권 제국에 히틀러에 정권이나 일본에 전·후에 자민당(自民黨)에 독주 체제에 예,로 보아도 명백하다고 할수가 있습니다. 대립을 하는 이대정당(二大政黨)은 장기간에 경제에 계획에 장애가 있습니다. 일당에 독재(獨裁)는 데모크라시(민주주의)를 부정을 하고서 있습니다.[2]

그리하여서 우리들은 데모크라시(민주주의)에 경제에 성장에 있어서는 "이자택일"「二者擇一」이 불가피 하게 되겠습니다. 국민이 상당히 빈곤한 동안에는 아마도 경제에 성장이 우선이 되겠습니다 만은, 어느 수준에서 의 식 주 를 조달을 하게 된다고 하면은 데모크라시(민주주의)가 중요하게 되는 점으로 되겠습니다. 이대정당(二大政黨)에 체제를 옹호를 하여서 나아서 감으로써 경제에 성장에 가능성을 잃어버리게 되면은 그 점은 데모크라시(민주주의)를 유지를 하기 위하여서 지불한 비용(코스트)으로 보아야 만이 하는 일이 되겠습니다. 잉글랜드의 사람들은 관대 하며, 새로운 새 것을 즐겨서 찾는 취향으로「네버·마인드」에 국민 으로서 있기 때문이기에, 영국 에서의 이대정당(二大政黨)에 체제가 정착을 하여었던 일이 되겠습니다 만은, 그 결과 영국에 국민은 높은 경제에 비용을 지불을 하지 않으면은 안되게 되여었던 점에 있었다는 생각을 합니다.

먼저 위에서 말씀을 드렸었던 바와 같이 앵글로색슨 족은 독일 사람들 이나 일본 사람들 하고는 달리 권리에 의무에서는 감각을 가지고서 있었습니다. 잉글랜드의 사람들은 미국 사람들 하고는 달리 친절한 마음을 가지고서 있습니다. 그 결과 잉글랜드 에서는 다른 나라 들 보다도 인디비쥬얼리즘 (개인주의) 이 두터웁게 보호가 되고서 있습니다. 일본에 한 회사에서는 매일 아침에 조회가 있습니다. 일을 시작하기 전에는 그 날의 당번인 사람이 자신에 소감이나 각오를 모두에게 말을 하지 않으면은 안된다고 합니다. 이러한 풍습을 잉글랜드의 회사에 가지고서 온다고 하는 점은 절대로 불가능에 있다고 생각을 합니다. 확실히 표면 적으로는 당번인 사람은 자신의 소감을 무엇이든 표현을 하여도 좋다는 점으로 되여져서 있습니다 만은, 실제적인 문제 로써는 「이러한 아침 조회는 그만 둬 버려라.」이라고 하는 의견을 아침 조회 에서 말을하는 일은 매우 어렵다고 생각을 합니다. 그러하기에 아침에 조회 에서 이야기는 대체 적으로 「회사를 위하여서 일을 합시다.」이라고 하는 점으로 되는 일이 아닐련지요. 이렇게 조회는 단체에 정신을 고양을 시킵니다. 인디 비쥬얼리즘 (개인주의) 을 억압을 한다고 하는 효과를 가지고서 있습니다. 잉글랜드에 사람들은 어떠한 기획이 단체에 정신을 고양을 시켜서 가지고서는 어떻게 하면은 생산성이 오르고 결국은 자신들이 이득을 본다고 하는 점을 알고서는 있습니다만은, 만일에, 그러한 점들이 동시에 다른 방법으로 인디비쥬얼리즘 (개인주의) 을 억압을 하는 그러한 일이라고 하면은, 그들은 여간하여서 그러한 기획을 승인을 하지는 않습니다. 즉, 잉글랜드의 사람들은 데모크라시 (민주주의) 뿐만은 아닙니다. 인디 비쥬얼리즘 (개인주의) 을 지키기 위하였기 때문 이기에, 높은 대가 (코스트) 를 지불을 하고서 있는 점에 있습니다.

1) 이러한 사태는 이론적으로는 발생을 할수가 있다고는 하여도 현실에서는 국유화에 앞에서 재차 (다시) 이라는 글자가 어느 정도으로서 줄지여져서 있는 일은 아닙니다. 그렇지만은 철강업은 노동당 (애틀리 내각.) 에 의해서 국유화가 되었습니다. 그 후에 보수당에 의해서 비국유화가 되여져서 또다시 노동당에 의해서 다시 비국유화 되였습니다. 또한, 자동차에 화물운송업은 노동당에 의해서 국유화가 되었습니다. 그 후에 보수당이 일부는 비 국유화를 하였습니다. 다이렉트·그랜드·스쿨 (제2장 참조.) 은 노동당에 의해서 폐지가

되였습니다. (1960년) 에 보수당은 정권을 잡게 되면은 부활을 시킨다고 말을 하고서 있었습니다.

2) 영국에 역대에 내각이 항상 효율적인 경제에 정책을 이행을 하고서 있다고 하여도 그 점은 단기간으로 의미를 하는 효율적으로 있다는 점에 지나지 않습니다. 단기적으로 효율적인 상태가 연속이 된다고 하여도 반드시 장기적으로 효율적인 상태가 실현을 한다고 하는 점에는 제한이 없습니다. 정권에 교체가 정책에 불연속성을 가져다가 주며는 불효율이 발생을 하기 때문으로 있습니다.

영국 과 일본

- 그 교육과 경제 -

Ⅱ. 잉글랜드의 중등교육
- 계급하고의 투쟁 -

「이 전쟁에서 이기기 위해서는 엄청난 노력과 크나 큰 희생이 필요로 하게 되겠습니다. 퍼블릭·스쿨 (공립학교)에 최대에 가치는 단결심을 왕성하게 (고양) 시키기 위해서 기꺼이 희생을 할것을 모두에게 가르치고서 있다는 점에 있습니다. 그렇습니다. 퍼블릭·스쿨 (공립학교)에 졸업생이 주저를 하고서 있으면은 아무도 그 뒤를 따라서 오지를 않는 점은 명백하게 있습니다.」

(폴·존즈 : 제1차 대전에서 전사(戰死))
B. Gardner, *Public Schools.*

1

일본 에서는 지금 교육에 문제가 크나 큰 사회에 문제가 되고서 있습니다. 그의 해결 책까지는 못간다고 하더라도 적어도 개선에 책을 찾기를 위해서 하나에 자료를 제공을 한다고 하는 의도 로서 잉글랜드 의 교육에 대하여서 이야기를 할려고 생각을 합니다.

잉글랜드 의 교육에 중심은 뛰어난 자연 적으로서 사회적인 환경 속에서 보다 더 뛰어난 소수에 자제 에게 질이 높은 교사를 아낌없이 배합을 다한 사치를 최선을 다하고서 있는 귀족적인 중·고등·학교에 교육으로서 있다고 하면서 열심히 말을 하고서 있습니다. 저도 그렇게 생각을 합니다. 분명히 퍼블릭·스쿨 (공립학교) 이나 옥스포드, 캠브리지, 대학교 에 교육은 세계 적으로 교육에 사상에서 경의 적인 성공에 사례 로 있습니다. 그 들이 이 세상에 내여서 보낸 인재는 셀수가 없을 만큼에 수없이 많이 있습니다. 아마도 또 다른 현저한 성공에 사례는 단명 으로 끝 났었습니다. 저의 나라 (일본)에 구제고등학교에 있는 점으로 되겠습니다.

그러하나 모든 일에 공로 에는 죄가 따라서 다닙니다. 명

(明) 에는 암 (暗) 이 따릅니다. 잉글랜드의 귀족적인 중·고등
·학교에 교육에 경우에도 예외에 일은 아닙니다. 근대에 잉
글랜드의 교육에 운동은 퍼블릭·스쿨 (공립학교) 에 지위를
둘러싼 투쟁 (鬪爭) 에 역사 (歷史) 로서 있었다고 하여도 과장
은 아닙니다. 그렇다 면은 잉글랜드의 귀족적인 교육이 란,
무엇이 있겠습니까. 그것은 어떠한 점에서는 성공을 하고서
있었지 만은, 어디 인가에 약점이 있다는 점으로 있겠습니다.
또한, 그러한 점 이 이외의 서민적인 교육은 어떻게 실시가
되고서 있었던 점에 있겠습니까. 오늘은 이러한 문제에 대하
여서 특히, 중학교 고등학교에 교육에 초점을 맞추워서 시
간이 허락이 되는한, 자세한 설명에 말씀을 드리려고 합니다.

잉글랜드의 교육에 시스템은 매우 복잡하게 있기 때문
이기에, 설명이 조금은 복잡하게 있습니다. 일본에 시스템
하고는 상당히 다른 만큼에, 일본에 교육을 개선을 하기를
위해서는 힌트를 얻을수가 있을지도 모르겠습니다. 통찰에
이해를 돕기 위하여서는 잉글랜드의 교육에 기구를 촘촘히
일본 식으로 번역을 하거나 일본하고 비교를 하거나 하면서
설명을 하겠습니다. 그렇게 하기 위해서는 제일 먼저 처음에
일본에 교육에 시스템에 대하여서 간단하게 요약을 하여서

놓아두는 일이 편리하지 않을까. 하고서 생각을 합니다.

전쟁 전에 일본에 중·고등·학교에 교육에 체계는 초등학교·고등학과, 청년학교, 중학교, 실업·중학교, 실업·전문학교, 고등학교, 대학교, 등등에 여러가지에 다양한 학교가 병립이 되여져서 복선에 체계를 유지를 하고서 있었습니다. 그러하니까요. 초등학교 정도에 수준에 교육으로도 괜찮다는 사람은 초등학교에 고등학과에서 청년학교로 가면은 되므로서 중학교에서 그정도에 교육으로 희망을 하는 사람들은 실업·중학교로 고등학교에 교육을 받고 싶은 사람은 중학교 실업·전문학교에 코스로 진학을 하거나 중학교, 고등학교, 대학교에 코스로 진학을 할수가 있습니다. 이러한 복선에 체제에서는 장점, 단점, 다양한 코스를 선택을 할수가 있으므로서 어떠한 코스를 나온다고 하여도 정도에 차이는 있습니다. 모두는 훌륭한 사람으로서 사회로 나아 갈수가 있었던 점에 있었습니다.

그렇지 만은 전쟁 후에 일본에 교육에 체계는 단선 식으로서 즉, 중학교, 고등학교, 대학교, 이라는 하나의 코스 밖에 없는 간단한 점으로 되여져서 버렸습니다. 물론 실업·고등학교 나 공업·전문학교 등에 기본에 코스에서 벗어나서 있는 학교도 있습니다 만은, 이 들은 어디 까지나 보조 적에서 부수적인 일에 지나지를 않습니다. 「교육에 기회 균등.」「모든 사람들 에게는 동일한 교육을.」이라고 하는 말로서 주장을 내세운다고 하면은 이렇게 할수밖에 없습니다.

복선식 하고 단선식은 어떠한 장점, 단점, 을 가지고서 있는 점에 있겠습니까. 먼저 복선식에 장점을 말씀을 드린다고 하면은 교육에 기간에 정도를 선택을 할수가 있다. 하는 장점을 가지고서 있습니다. 그러하나 이점은 동시에 그에 대한 체계에 단점으로 되고서 있습니다. 만약에, 개인이 아무런 강제를 수반하는 일이 없이 완전하게 자발 적으로서 자유로운 교육에 코스를 선택을 하고서 있었을 경우에는 문제는 없습니다. 실제에 문제로서의 그렇게 말을하는 점은 불가능에 있습니다. 빈부에 차이는 가정에 환경 에서 그 이외에 기타에 따른 눈에는 보이지 않는 강제가 있으므로 그러한 강제에 밑에서 교육에 코스가 선택이 되여져서 있습니다.

저의 초등학교 시절에 대단히 성적이 우수한 친구가 있었습니다. 그는 결국은 직공 (織工) 에 학교로 갔습니다. 이러한 일은 그에게 있어서는 물론 억울 하였었던 일생에 있었서에 통탄을 할 일이여 겠습니다 만은, 저 에게도 잊을수가 없는 돌이킬수가 없는 슬픈 기억으로 남아서 있습니다. 단선 식에서는 이러한 일은 좀처럼 일어나지 않는다고 생각을 합 니다. 부잣집에 아이들는 사립학교로 갑니다. 사립학교 하고 공립학교 하고에 차이는 제가 갔었던 7년제 고등학교 하고 그가 갔었던 직공학교 하고에서의 차이에 비하면은 문제는 되지를 않습니다.

그러하나 단선에 체계에서 이러한 두드러진 성과는 반대 로 이번에는 그에 체계에서 가장 큰 약점에 원인으로 되고 서 있습니다. 즉, 단선에 식에는 교육 기간에 선택에 자유는 없습니다. 물론 중학교 만으로도 학교를 그만두거나 고등학 교 만으로도 그만 둘수가 있습니다 만은, 그렇다고 하면은 설익은 고구마를 접시에 담아서 놓는 일하고 같습니다. 정 도에 수준에 차이가 있는 각종에 완성된 교육(예를들면 공업 학교, 공업·고등학교, 공업·대학교에 교육.) 은 신제(新制) 에 단선교육에 기구에 안에서는 예외가 되겠습니다. 그 점 들을 예외가 되지를 않게 하려면은 단선에 노선을 복선화를 하지 않으면은 안되는 일이 되겠습니다.

이와 같이 단선에 체계로 짧은 완성으로 되여져서 있는 교육이 불가능으로 된다고 하면은 무리하게 하여서라도 전원이 장거리를 오직 한길만으로 걸어서 가지 않으면은 안됩니다. 그 결과 억압에서 미치는 수험에 경쟁이 생겨나서 공부를 싫어하는 아이들는 장거리에 여행을 강요를 당하는 일 뿐만이 아닙니다. 그 기간 동안에 너는 실력이 없는 못난 인간이라고 하는 판정을 몇 번이고 반복해서 듣지 않으면은 안됩니다. 이러한 일은 심각 합니다. 인생이 70년 이라고 한다면은 그는 최초에 3분의1을 완전히 회색으로 물들어 져서 버려진 사람으로서 자신감 이나 자부심 이나 위엄이 있겠습니까. 기억력, 이나 추리력, 이 인간에 전부는 아닙니다. 용기나 애정이나 인내심 이나 자기 희생심(自己犧牲心) 등에 인간 에게는 여러가지에 다양한 중요한 덕성(德性)이 있습니다. 인생에 3분의1을 학교의 생활에 가두워서 놓고서는 주(主)으로써에 지적인 측면에서 만이 평가를 하면서 등급을 정하는 일은 지적으로 뛰어나지 않은 아이들에게는 견디기가 어려운 고통으로 있습니다. 본래에 다르게 있는 이들을 무리하게 억지로서 무 차별하게 취급이 되여져서 새로운 차별을 만들어 내고서 있다는 점에 있습니다.

2

다음은 보시는 바와 같이 현재에 잉글랜드는 표면적으로는 교육에 단선화를 시도를 하고서 있는 일처럼으로 보이고서 있습니다만은, 본질적으로는 여전하게도 복선에 교육에 국가로 있습니다. 이에 반해서 일본은 단선교육에 선배에 국가로써 심지어 그 위에서 현재로서 그에 장점도 단점도 들어나 있는 국한된 상황으로 도달을 하고서 있습니다. 그러한 데에도 심지어 이렇게 생각을 할수가 있습니다. 그러므로 잉글랜드 하고 일본은 완전히 대각에 선상에서 상대적으로 대립을 하고서 있는 두 정점하고 같은 점으로 있습니다. 그러하므로 제가 잉글랜드의 관해서 말을 할려고 하는 점을 여러분들께 알려 드리기 위하여서는 본론으로 들어가기 전에 준비에 운동을 하고 나서 여러분에 의문점을 풀어서 드리고서 단선에 노선을 위해서 어떻게 일본인에 교육관이 얼마나 극단적으로 되여져서 있으며, 기형화가 되여져 버렸는가를 자각을 하여서 주실 필요가 있습니다. 그렇지 않으면은 그에 따르는 극단적으로 있는 잉글랜드인에 교육관을 이해를 하는 일은 불가능에 있다고 생각을 합니다.

그 위에서 먼저 준비에 운동으로서 일본에 가까울 정도의 교육의 광에 나라에 있는 그리스의 현상에 대해서 관찰을 하여서 주시기를 바랍니다. 1974년 현재로서 그리스로부터 1천350명에 유학생이 잉글랜드에 오고서 있습니다. 영·연방을 제외를 하면은 이러한 인원은 이란,에 이어서 제2위에 크기로 있습니다. 기타, 미국, 이탈리아, 프랑스, 독일, 등에서도 수많은 인원에 유학생을 보내고서 있기 때문에, 그리스의 고등교육에 열이라고 하는 점은 대단한 일로 있습니다.

그렇다고 하면은 왜 그리스에 사람들은 외국에서 공부를 하고 싶어하는 점에 있겠습니까. 그리스에서도 아테네, 슬로니카, 바트라스, 등에 대학교가 있습니다. 그러하나 이들에 대학교는 대부분이 문과계로 대부분에 학생은 고전에 그리스어를 배우고서 법률을 공부를 하고서 졸업을 하면은 솔리시터(사무 변호사)가 됩니다. 그리하여서 아테네에 도시에는 방대한 인원에 솔리시터가 북적 거리고서 있습니다. 그의 수는 1만명 이라고 하는 말을 하고서 있습니다. 아네테에 인구는 200만명 미만이기 때문 이기에, 만일에, 평균적인 한 가족이 4명 이라고 한다면은 50체에서 한 집은 솔리시터로 있습니다. 아마도 일본에 담배 가게에 숫자에 이상으로 있다. 이라고도 생각을 합니다. 따라서, 1인당에 소득은 낮게 있습니다. 대학교를 나 온다고 하더라도 가난한 생활을 하고서 있다는 점으로 있습니다. 저의 그리스 인에 친구도 또한, 솔리시터 로 있었습니다. 빈곤에 견디지를 못하고서 그리스를 탈출을 하여서 런던에서 공부를 다시 하고서 난후에 런던대학교에 경제학에 선생님이 되였습니다.

그러하므로 그리스에 있어서는 그리스의 대학교에 학위는 대부분이 무 가치로 있습니다. "자기 자신" 「自己自身」을 돋보이게 하기 위해서는 사람들은 외국에 학위를 가져야 만이 됩니다. 이렇게 하여서 학사에 학위를 가지려고 이탈리아로 쇄도를 합니다. 또한, 석사학위 및 박사 학위를 가지려고 잉글랜드 나 미국 으로 건너 갑니다. 그러하나 그 들이 학업을 마치고서 고향으로 돌아 왔었을때 에는, 아테네에 도시에서는 또 다시 양행(洋行)을 하고서 돌아와서는 공급에 과잉이 생기여 었기에 빈곤이 기다리고서 있었다는 점이 아니겠습니까.

이러한 그리스에 현상은 현대에 일본 에서도 조금은 바뀌어진 형태로 있습니다 만은, 좀더 크나큰 규모로 일어 나고서 있습니다. 근대에 산업이 발달을 하고서 있는 일본에서는 대학교에 졸업생은 솔리시터가 될 필요는 없습니다. 회사에 사무원이 되면은 좋은 일이 되겠습니다. 평균 적인 사무원이 되는데 에는 대학교에 졸업에 지식이 필요로 하겠습니까. 그의 대답은 분명하게 노 (NO) 이라고 말을 한다고 하면은 그렇다고 한다 하더라도 대학교에 진학을 하는 일은 왜 그렇게 하겠습니까. 심지어 초등학교 입학 이후에 12년 동안이나 공부 공부를 하면서 몰아 붙이면서 자신은 공부에는 적합한 인간이 아니라는 점을 "백번 만번" 「百番萬番」이나 잘 알고서 있다고 하는 아이들이 대부분 이라고 말을 하고서 있습니다.

왜 이렇게 중학교 만으로 고등학교 만으로도 사회로 뛰어 들어가지를 않는 점으로 있겠습니까. 중학교 만으로 고등학교 만으로도 사회로 나와도 충분히 한사람에 몫 으로서 일을 할수가 있도록에 직업 적인 준비에 교육을 위한 중등교육에 기관을 왜이렇게 정비를 하지를 않는 점으로 있겠습니까. 보통에 사람들 에게는 사무 노동자 보다는 적당히 몸을 사용을 하는 육체에 노동에 쪽이 재미가 있으며, 마음이 편한 일이 되겠습니다. 왜 이렇게 육체에 노동을 싫어하며 재미

없는 회사에 사무원이 되고 싶어하는 점으로 있겠습니까.

차별에 철폐를 표방을 하는 단선에 교육에 배후에는 격렬한 차별에 의식이 감추워져서 있습니다. 차별에 의식 에서 일소(一掃)에 싸움 에서는 우리들이 승리를 거두워서 대학교를 나왔다고 하는 말을하는 이유로서 사무원이 공원 보다도 높은 월급을 받는다고 하는 사태가 소멸이 된다고 하면은 아이들은 무의미한 교육에 경쟁에 참가를 하는 일을 거부를 하는 점으로 되겠습니다. 공부에는 취미가 없는 아이들을 그들에 회색에 색상에 앞에서 3분의1에 인생 으로 부터 해방을 시켜서 주는 일이 우리들이 아이들 에게 해줄수가 있는 최대한에 선물은 아니겠습니까. 이와 같은 문제에 의식 으로서 다음에 이야기를 들어 주셨으면 하고서 생각을 합니다. 잉글랜드는 일본하고 정 반대에 복선에 방식으로 있기 때문에, 여러가지에 많은 점을 배울수가 있다고 생각을 합니다. 잉글랜드의 방식이 모든 점이 좋다고는 말을 하고서 있는 점은 아닙니다. 자신들에 상반이 되는 점은 자신들에 장점 도 단점도 가르쳐 주고서 있습니다.

3

잉글랜드의 교육은 퍼블릭·스쿨 (공립학교)이 중심에 있다고 종종히 말을 하고서 있습니다. 모든 사람들은 그렇게 믿고서 있습니다. 외국사람들 뿐만이 아닙니다. 잉글랜드 사람들도 그렇게 믿고서 있습니다. 그렇지 만은 퍼블릭·스쿨 (공립학교) 이란, 무엇에 있는 점일까. 하는 점을 말을 한다고 하면은 법률적으로는 명확한 정의는 잉글랜드에서는 없습니다. 일상에 용어 로서는 그러한 말에는 통용이 되고서 있습니다. 문교부(Department of Education and Science) 에서 출판이 되여져서 있었다고 하는 통계서 에서도 퍼블릭·스쿨 (공립학교) 이라고 하는 항목은 없습니다.

퍼블릭·스쿨 (공립학교) 은 미국 에서는 공립학교 이라는 의미로 말을 합니다. 잉글랜드 에서는 반대로 사립학교 이라고 말을 하고서 있습니다. 아무리 잉글랜드 인이 하늘에 도깨비 (天の邪鬼) (아마노쟈구) 이라도 퍼블릭·스쿨 (공립학교) 을 사립학교 이라고 번역을 하는 점은 의역 (意譯)에 지나치기 때문에, 아마도 공중학교 (公衆學校) 이라고 번역을 하여야 만이 되지는 않을까. 하고서 생각을 합니다. 옛날 에는 부잣집에 자제는 학교 같은 데에는 가지를 않았습니다. 각 가정 에서 는 개인 교육을 받고서 있었습니다. 그 다지 부유하지 않은 가정에 아이들은 그러한 교육을 받을수가 없었기 때문에, 집 단에 교육으로서 참을수 밖에 없었습니다. 이렇게 하여서 집 단적으로 교육을 즉, 공중(公衆)을 위한 학교에 교육이 시작 이 되여었던 일이 되겠습니다. 이러한 교육은 근대에 국가로 되기 훨씬 이전에 일이였기 때문에, 당연한 점으로써 공중학 교는 공립학교가 아니며 사립학교로 있었습니다. 이러한 공 중학교는 시대에 변화에 흐름에 따라서 역사가 있는 훌륭한 학교로 되여저서 있었 <u>으므로</u> 공중학교 즉, 퍼블릭·스쿨 이 라고 말을 하면은 역사가 있는 훌륭한 학교 이라고 하는 점 으로 의미를 갖게 되였습니다. 이 들의 학교는 그에 대한 재 정 적인 기초도 확실하게 있었기 때문에, 국가에 원조를 받 지를 않아도 독립(인디펜던트)을 하여서 경영을 하여서 나아 갈수가 있었습니다.

잉글랜드 에서는 학교는 다음에 세 종류 으로서 나뉘어져 서 있습니다. 첫 번째는 공립학교 maintained school (국가 가 유지를 하고서 있는 학교.) 두 번째는 사립학교 independ-ent school (국가 에서 독립이 되어져서 있는 학교.) 세 번째는 조성학교 direct grant school (사립학교 이겠습니다 만은, 국가에서 보조금을 받고서 있는 학교.)로 있습니다. 잉글랜드에서는 사립학교를 만드는 일은 매우 간단하게 있습니다. 예를 들면 몇 사람에 교육이 있는 할머님 분들께서 상의를 하여서 학교를 만들고자 하게 된다고 하면은 나머지는 적당한 크기에 집만 마련이 된다고 하면은 할머님 분들 께서는 선생님이 되거나 용무원이 되기도 하면서 학교가 쉽게 만들어지게 되겠습니다. 쉽게 만들어진 일은 망하는 일도 간단 하여서 이러한 학교는 이윽고 할머님이 한 사람 세상을 떠나시고 두 사람 세상을 떠나시고 세 사람 이나 세상을 떠나시게 되면은 운영을 하여서 나아가는 기력이 없어져서 폐교 이라고 하는 점으로 되였습니다.

그러하기 때문에 사립학교 에서는 우수한 점 에서 부터 밑바닥 까지 여러가지에 다양한 이유가 있습니다. 실제로 저의 집 근처 에서도 크나큰 집에 내부를 개조를 하여서 몇 사람에 선생님 만으로 운영을 하고서 있었던 학교가 있었습니다. 학교는 폐교가 되여져 버리고서 집도 철거가 되여져 버렸습니다. 그 이후에 새로운 몇 수채에 중산층 계급에 집이 건설이 되였습니다. 이러한 사립학교 하고 설비가 갖 추워져서 있는 사립학교를 구별을 하기 위해서 정부는 일정한 수준에 이상 으로 설비가 제대로 갖추워져서 있는 사립학교를 선발을 하여서 공인을 하고서 있었습니다. 이러한 점은 문교부에서 공인학교는 independent school recognized as efficient 이라고 불리우고서 있습니다. 공인학교에 다 수는 소위 퍼블릭·스쿨 로써 있습니다.

이하에 이러한 공인사립학교를 간단하게 사립학교 내지는 독립학교 이라고 부릅니다. 잉글랜드 에서는 이 이외 에도 또 다른 하나에 주류에 사립학교 즉, direct grant school 이 있습니다. (「직접 조성」에 제도는 1910년에 도입이 되여서 제2차 대전 이 후에 강화가 되였습니다. 그 후에 말씀을 드려었던 바와 같이 이러한 주류에 학교는 유감 스럽게도 1976년도 이 후에 없어져 버렸습니다.) 그리고서 사립학교 입니다 만은, 정부로 부터 직접 조성금 (grant) 을 받고서 있는 대신에 이러한 점에 인해서 교환을 하면서 학생에 정원에 일부 내지는 전부를 정부에 양도를 합니다. 정부에 인도를 하여었던 자리에 대하여서는 학교에 당국은 학생에 대한 인선 으로 그 이외의 기타에 관하여서는 발언을 할수가 없습니다. 대부분에 학교는 모든 자리를 인도를 하지 않고서 몇 퍼센트 만을 남겨서 두고서 있었기 때문 이기에, 그 부분에 자리는 학교에서 시행을 하는 입학시험에 합격한 학생들로 가득차서 있는 그들의 학부형 으로 부터 수업료를 징수 할수가 있습니다. 정부로 인도를 하여었던 그부분에 자리에는 누구를 입학을 시킬점 인가는 학교에 당국에 의해서가 아니며, 정부에 의해서 결정이 됩니다. 즉, 각 지역에 교육위원회는 아이들이 11살이 되였을때에는, 시험 (이른바 일레븐·플러스 시험.)을 시행을 하고서 합격한 학생들을 그지역에 각자 조성학교로 배분을 하는 점에 있습니다. 이러한 학생들에 수업료는 정부가 이미 학교에 지불을 하고서 있기 때문에, 학부형은 학교에 수업료를 지불을 할 필요는 없습니다. 조성학교는 준사립학교(semi-independent school)으로써 있습니다. 이러한 학교 가운데에서도 이른바 퍼블릭·스쿨 이라고 불리우는 학교가 있습니다 만은, 학부형 이 자신들에 아이들을 위하여서 고액에 수업료를 부담을 하고서 아이들을 학교에 보내는 일을 퍼블릭·스쿨에 중요한 특징에 있다고 생각을 한다고 하면은 공인사립학교(independent school recognized as efficient) 이야말로 퍼블릭·스쿨 으로써 있습니다. 조성학교는 전부 (비록 통상에 퍼블릭·스쿨 이라고 생각을 하고서 있었던 학교에서도.) 퍼블릭·스쿨이 아니라는 생각을 하여야 만이 되겠습니다. 엄밀하게는 이와같은 입장을 관찰을 하여서 보면은 조성학교에 가운데에 순수사립학교에 부분(즉, 학부형이 수업료를 지불을 하고서 있는 학생에 부분.)은 제가 말을 하는 의미에서는 퍼블릭·스쿨 이라고 생각을 하여야 되겠습니다 만은, 이하(以下)에서는 그 부분을 무시를 하고서 간단하게 공인사립학교 = 퍼블릭·스쿨 으로서 간주를 합니다.

이 밖에 잉글랜드에서는 공립학교 즉, 국가에 직할학교(maintained school)가 있습니다. 그러한 일들은 학교에서도 여러가지에 다양한 점들이 있습니다. 그 중에 하나는 모던·스쿨(modern school) 다른 하나는 그래머·스쿨(grammar school)이 있습니다. 모던·스쿨 이라고 하는 점은 아마도 일본에 종전 전에는 초등학교에 고등학과 하고 청년학교를 연결한 점하고 매우 비슷하게 있습니다. 이러한 주류에 학교에서는 주(主) 으로써 고등교육에 과정에서 진학을 할 의지가 없는 학생들이 들어갑니다. 다음에는 그래머·스쿨은 일본에 구제중학교에 해당이 되므로 진학을 의도하여서 왔었던 학생들이 들어갑니다.

옛날에 잉글랜드에서는 monastery school, choir school chantry school, reformation school, religious school, 등에 종교학교 하고 나란히 서 있는 라틴어 이며, 그리스어를 가르치는 문법학교(grammar school)가 있었습니다. 말을 할 나위도 없이 이러한 학교에서는 문법학교가 가장 학문적 으로 있었습니다.

근대에 들어와서는 당연한 일로서 문법학교가 중등교육 에 주력으로 되여져서 있습니다. 퍼블릭·스쿨에 전신은 모 두 문법학교로 있습니다. 포츠머스·그래머·스쿨, 맨체스타· 그래머·스쿨, 하고 같은 명칭에「그래머」를 보존을 하고서 있 는 학교는 브렌트우드·스쿨, 하고 같은 그래머가 없는 학교 은 베드포드나 럭비하고 같은 그래머를 빼여 버렸었던 학교 등은 현재에 명칭은 여러 종류로 다양하게 있습니다. 이들에 퍼블릭·스쿨에 전신은 어떠한 점도 문법학교로 있었습니다. 따라서, 잉글랜드에 있어서는 그래머·스쿨 이라고 하는 점 은「학문적인 중등학교.」이라고 하는 일반적인 의미로 전환 을 하면서 새로운 공립학교에 따라서는 문법학교 으로서에 과거에는 없었던 공립학교 가운데에서도 그래머·스쿨 이라 고 일컬어지는 점이 많이 있었습니다. 또한, 나아가서는 지 금 에서는 그래머·스쿨 이라고 말을 하면은 일반 적으로는

「공립학교에 학문적인 중학교」를 의미를 합니다.

어린 아이에 연령으로 진학 형에 그래머·스쿨 하고 비 진학 형에 모던·스쿨 로서 나눈다는 일은 바람 직하지 않다는 생각을 바탕 으로서 양쪽을 합병 한 형태에 종합학교 (comprehensive school) 가 점차로 만들어 지고서 있었습니다. 일본 에서 대응에 물을 구한다고 하면은 종합학교는 결국에 는 공립학교에 신제 중학교, 고등학교, 이라고 하는 점으로 되겠습니다.

4

종합학교 화를 지지를 하고서 있는 점은 대부분에 노동당 계에 사람 들로서 보수당 계에 사람들에 대다 수는 이에 대해서 반대를 하고서 있습니다. 종합 화에 계획에 의거를 하여서 모던·스쿨 은 새롭게 종합학교로 되여었던 그래머·스쿨 하고 합병을 하여서 종합학교로 되었습니다. 1966년에 모던·스쿨 하고 그래머·스쿨 에 졸업생은 34만 명 하고 12만명으로 있었습니다. 1975년도 에는 각각에 13만명 하고 6만명에 미달에서 감소를 하고서 있습니다. 한편으로 종합학교에 졸업생은 똑같은 기간 6만 명에 미달에서 44만 명에 미달까지 늘어 났습니다. 이러한 종합학교에 확대는 일부는 인구에 증대 등에 이유로 인하여서 그의 대부분은 모던·스쿨하고 그래머·스쿨을 종합학교로 하여었기 때문에 있습니다.

이렇게 하여서 공립학교에 대부분은 종합학교로 되었습니다. 표면적으로는 일본에 가까운 듯한 상태로서 급속하게 되여져 가고서 있었습니다. 이와 같은 종합 화에 정책으로 모던·스쿨을 종합학교로 한다고 하는 점에서는 별 다른 반대는 없습니다 만은, 그래머·스쿨을 종합학교로 하는 일에는 강한 저항이 있었습니다. 또한, 이러한 종합 화에 과정에서 노동당 정부는 조성학교를 먼저 폐교를 하였습니다. (1976년 9월.) 앞에서 언급을 하였듯이 조성학교에 제도는 전통이 있는 사립학교로 정부 (지방지자체.)에 조성금 으로 학생이 무료로 다닐수가 있도록에 가능 하도록 하는 제도로 있었기 때문 이기에, 가난한 가정에서 태어난 머리가 좋은 아이들에게 있어서는 최대한에 좋은 제도로서 있었다고 생각을 하고서 있습니다. 그러하나 노동당에 정부는 이 와 같은 제도를 폐지를 하고서 종래에 조성학교로 완전한 사립학교로 할 점인지 일체를 방척 (放擲)을 하여서 정부에 직할학교 (直轄學校)

로 가야만 할 점 인가에 선택 으로 압박을 하였습니다. 재정
적으로는 독립을 하여서 나아갈 자신이 없는 학교는 직할학
교(直轄學校)로 되겠습니다.

　이렇게 하여서 정부는 우수한 퍼블릭·스쿨 을 공립학교
으로써 손에 넣어서 놓아 놓고서 종합학교로 만들어 버렸습
니다. 동시에 이제 까지는 정부에 조성금 으로서 조성학교에
갈수가 있었을 것 같은 머리가 좋은 아이들이 갈곳이 없어져
버렸 으므로 보통에 공립학교로 갈수 밖에는 없게 되였기에
공립학교에 질이 좋아 졌습니다.

　노동당에 있어서는 머리가 좋은 가난한 가정에 아이들에
전도(前途)를 가로 막는 일은 견딜수가 없었습니다 만은, 종
합학교를 길러서 나아가기 위해서는 그렇게 하여야 한다는
결심을 하였습니다. 그리고서 보수당이 종합화에 안에 대해
서 반대를 하고서 있는 점은 그야말로 이러한 점에 관련 하
고서 있습니다. 즉, 종합화에 있어서는 공립학교에 그래머·
스쿨이 종합학교로 되여져서 있으므로 특히, 조성학교도 없
어지 면은, 서민을 위한 진학(進學)학교가 없어 지므로써 부
자를 위한 퍼블릭·스쿨 만이 진학(進學)학교로서 남아서 계
급간에 간격이 오히려 확대를 하게 되겠습니다.

어찌되였든지 종합화에 과정에서 비중이 변하고서 있다고는 하여도 잉글랜드에서는 일본 류로 말을한다 면은, (가) 초등학교에 고등 학과 하고 청년학교를 연결한 점이 (모던·스쿨) (나) 구제 중학교 (그래머·스쿨) 및 (다) 신제 공립학교에 중학교 하고 신제공립학교에 고등학교를 연결한 점이 (종합학교) 이라고 말을하는 3가지에 공립학교가 존재를 하고서 새로이 그 이외에 (라) 공인사립학교 (퍼블릭·스쿨) 하고 (마) 조성학교 이라고 하는 사립학교 및 준수사립학교가 있습니다. 학생들에 학부모에 사회 적인 계층에서 말을한다 면은, (라) 는 일본에 7년제 구제고등학교 (마) 는 3년제 구제고등학교에 가까운 점은 아닐련지요. 양자에 학생들에 수는 전체의 6.3% 이기 때문에, 양, 적으로는 그 들은 중등교육에 주류 이라는 점은 아닙니다. 양, 적으로 가장 큰 점은 종합학교하고 모던·스쿨 이며, 전자 에 학생들에 수는 전체의 63% 후자에 그 들은 19% 그 위에서 공립학교에 그래머·스쿨은 8%로 있습니다. 이들은 어느쪽도 1974~75년 도에 숫자로 있습니다. 10년 전 (1965~66년) 에서는 종합학교는 9% 모던·스쿨은 55% 그래머·스쿨이 19% 이여었기 때문에, 상당한 속도로 종합 화를 하여었던 일이 되겠습니다.

이러한 종합 화에 움직임 보다도 잉글랜드가 단선 화에
방향으로 지향을 하고서 있었다고 생각을 할수가 있습니다.
「교육의 기회에 균등.」을 실현을 하기 위해서는 어린아이 단
계에서 아이들을 행선지가 다른 노선으로 실려서 가벼려서
는 않 되겠습니다. 종합화 안에 실행이 진행이 됨과 동시에
열 한살에서 아이들에 노선을 결정하는「열 한살 시험.」(일레
븐·플러스)는 대다수에 지역에서 폐지가 되였습니다.

장래에 공립학교 하고 사립학교에 주력이 각각에 종합학
교 하고 퍼블릭·스쿨이 된다고 하면은 일본에 현상으로 가
까워 질수가 있습니다. 그러하나 그러한 최후에 단계에서도
잉글랜드에 노선은 단순한 단선 노선 이라고 하는 점은 아닙
니다. 일본하고 결정적으로 다른 측면이 있습니다.

「교육의 기회에 균등.」은 결코 전원에게 동일한 교육을
베푸는 일로 있지는 않습니다. 인간에게 동일한 교육을 베푼
다는 점은 인간성을 모독을 하는 일 입니다. 개 개인은 각각
에 일치를 하지 않는 특색 이나 자질을 가지고서 있습니다.
교육을 받는 일로 인해서 자신이 어떠한 자질을 가지고서
있는지를 알수가 있습니다. 그러한 일들이 더욱 더 양육이
되여 지므로서 향상이 되여져서 갑니다. 그러한 일 뿐만이 아

닙니다. 개 개인에게는 능력에 차이가 있습니다. 자질에 차이 점에 있어서 균일한 교육을 하게 된다고 하면은 인간을 틀에 맞추워서 넣어 넣는다고 하는 일로 될수가 있도록 한다고 하면은 복수에 사람들에게는 장점을 향상을 시킬수가 있는 일은 할수가 없게 되겠습니다.

또한, 능력에 차이가 있는 사람들에게 균일한 교육을 한다고 하면은 능력이 있는 학생들은 수업이 너무나도 쉬워서 싫증을 내며, 능력이 없는 학생들은 너무나 어려워서 싫어져 버립니다. 학생들이 싫어지지를 않게 하기 위해서는 능력에 따라서 조편성을 하여서 사용을 하는 교과서도 바꿀 필요가 있습니다. 일단은 그 과목이 싫어져 버리고서 말았었던 학생에게는 교육을 시키는 일은 불 가능에 있습니다. 제 자신에 경험으로 말을한다 면은, 저는 제 자신에게도 불투명에 이유로서 화학이 싫어져서 있었습니다. 아마도 같은 클래스에 사람들 보다도 조금은 이해하는 능력이 아둔 하여었던 점에 있었다고 생각을 합니다. 그 때문에 화학이 싫어져서 있었기에 같은 선생님이 물리를 가르치고 계셨습니다 만은, 당연한 일 처럼으로 물리도 싫어져서 있었 으므로 결국은 자연과학에는 백지 적인 인간으로 성장을 하여서 버리고 말았습니다.

이러한 사태를 막기 위해서는 잉글랜드의 다 수에 학교에서는 주요 과목에 수업은 조 편성으로 나뉘어져서 있습니다. 수학 1조 수학 2조 그 이상은 프랑스어 1조 프랑스어 2조 이라고 하는 식 으로써 그리고 수학에는 특출하며, 어학에는 서투른 아이들은 수학은 1조 프랑스 어는 2조에 들어갑니다. 또한, 통상에 학문적인 학과에 과목 이 이외의 제도에 목공, 금속세공, 재봉, 가사, 농업, 상업, 등에 실습학이 있습니다. 재능에 따라서 학과에 과목에 선택을 바꾸워서 능력에 따라서 클래스를 조절을 하게 된다고 하면은 같은 학교에 안에서도 상당히 많은 흐름 (스트림)을 만들수가 있습니다.

대학교로 진학을 하는 일을 전제로 한 흐름(스트림)도 있습니다. 중학교를 마치고 나서 상업에 종사를 하는 이 이상으로 농업에서 종사를 하는 일을 전제로 한 흐름 (스트림)도 있습니다. 이러한 조 분류 제도는 퍼블릭·스쿨 에서도 있었습니다. 퍼블릭·스쿨 에서는 장래에 직업에 대응을 하여서 조 편성에 종류는 그다지 다양하지는 않습니다. 이튼 교 그 이외에도 회계사가 되기 위해서 계산기 교육을 하고서 있습니다. 비즈니스·스터디즈에 A-레벨 코스를 마련하고서 있는 학교도 있습니다. 문과계통 이과계통에 조편성은 빠른 단계에서 있습니다. 능력 별에 의한 조편성은 많이 있습니다. 종합학교는 진학을 전제로 하는 그래머·스쿨 하고 취업을 전제로 하는 모던·스쿨을 종합을 한 점이므로 퍼블릭·스쿨 보다도 한층 더 다양한 조편성이 있습니다. 따라서, 종합학교화는 결코 단선화를 의미를 하지는 않습니다. 이러한 점이 일본에 신제(新制) 중학교 고등학교 하고는 결정적으로 다른 점으로 있습니다. 하나에 학교에 안에서 복수에 노선이 있다는 점에 있습니다.

만약에, 이러한 조 편성에 제도가 일본 에서도 있었다고 하면은 제가 화학에 병(丙) 조에 라도 들어가서 있었다고 하면은 저는 아마도 병(丙) 조는 병(丙) 조에 나름대로에 화학에 대한 이해를 하고서 있었을 점으로 생각을 합니다. 혹은, 병(丙) 조에 조차도 따라가는 일이 불가능하다 면은, 정(丁) 조로 떨어지면은 되는 점으로 되겠습니다. 그러하나 표면적으로 무차별에 길들어져서 있는 일본인 에게는 이러한 능력에 의한 차별은 —아이들은 막연히 모르고서 있으므로 부모님 께서는— 견딜수가 없는 점 일지도 모르겠습니다. 아이들에 자신은 도대체 알수가 없는 수업을 받는 일 보다도 알수가 있는 교과서를 사용을 하여서 능력에 알맞는 수업을 환영을 할점으로 있겠습니다. 부모님은 자신에 아이가 을(乙)조에 들어갔었지 만은, 아무 아무개 씨에 아이는 갑(甲) 조에 들어갔다는 등을 말을 하면서 고함을 치면서 떠들지는 않겠습니까. 만약에, 그렇다고 하면은 어른들에 감각으로 아이들에 세계에 들여다 넣어 놓고서 죄없는 그 들의 행복을 괴롭히고서 있는 일이 되겠습니다.

5

「잉글랜드 에서는 엘리트에 코스를 밟기에는 옥스포드의 대학교나 캠브리지의 대학교를 졸업을 하지 않으면은 안됩니다. 그러하기 위해서는 퍼블릭·스쿨을 졸업을 하지를 않으면은 안됩니다. 그리고서 퍼블릭·스쿨에 아이들을 보낼수가 있는 일은 부자에 한정이 되여져서 있습니다.」 이러한 사고 방식이 일본인 이나 그 이외에 외국인 뿐만은 아닙니다. 일부 잉글랜드 인에 있어서도 모두가 믿고서 있습니다. 이러한 신앙에 전반에 부분은 사실에 여부는 다른 곳에서 논하는 점으로 하고서요. 여기 에서는 후반에 부분에서 즉, 이 두

개에 대학교로 입학을 할려고 하면은 퍼블릭·스쿨을 졸업을
하여야 만이 되 는지 안 되는지에 여부를 검토를 하여서 보
려고 생각을 합니다.

<〈제7표〉 옥스포드 및 캠브리지 대학교 진학 상담>

<제7표> 옥스포드 및 캠브리지 대학교 진학 상담

(단위 %)

연 도	출 신 교 별 분 포			진 학 률			
연 도	그래머·스쿨 & 종합학교	조성학교	공인사립학교	그래머·스쿨	종합학교	조성학교	공인사립학교
1967-68	44	21	34	1.5	0.2	5.8	5.2
68-69	40	19	40	1.5	0.1	5.4	6.2
69-70	44	21	34	1.3	0.2	5.5	5.0
70-71	42	23	35	1.5	0.2	6.4	5.7
71-72	42	21	34	1.6	0.2	6.3	6.1
72-73	46	21	33	1.6	0.3	5.5	5.2
73-74	40	19	40	1.5	0.2	5.4	6.7
74-75	42	23	35	2.0	0.2	7.1	6.3

출처 : Department of Education and Science ; Statistics of Education, *School
Leavers, CSE and GCE,* 1975, Her Majesty's Stationery Office.

옥스포드 하고 캠브리지 (이하 두교를 합쳐서 옥스브리지
이라고 부릅니다.) 에서는 매년 약 5천 명에 신입생이 있습니
다. 1974~75년도 에는 그중에 4천 100명이 남자학생 이며,
900명이 여자학생 으로서 있었습니다. 이 들의 학생은 (1) 공
립학교에 그래머·스쿨 (2) 종합학교 (3) 조성학교 (4) 공인사

립학교 에서 왔습니다. 앞에서 말씀을 드렸듯이 「부자집에 아이들은 퍼블릭·스쿨에 학생.」 이라고 하는 그룹은 사립학교에 학생들 하고 대체로 동일하게 있다고 생각이 되여었기 때문 이기에, 양자를 동일시 하는 일로 하고서 아래에서는 공인사립학교에 일을 퍼블릭·스쿨 이라고 부르기로 하겠습니다.

이 들에 4교에 학교에 남녀 학생들에 옥스브리지 으로에 입학에 상황은 제7표 하고 같습니다. 이 표에서 곧바로 알수가 있는 점은 1974~75년도 에서는 (1) 전체에 학생 가운데에서 퍼블릭·스쿨(공인사립학교) 출신에 학생에 비율은 35%로 있습니다. (2) 공립학교에 그래머·스쿨 안에서는 종합학교를 나온 학생에 비율은 40%를 넘는다고 하는 점으로 있습니다. 그리고서 이러한 비율은 결코 같은 연도 만에 일은 아닙니다. 최근 수년 동안에 사이에서 상당한 기간 동안에 걸쳐서 안정을 하고서 있습니다. 그렇다 하지만은 세간에 소위 퍼블릭·스쿨에 가운데에는 조성학교에도 있는 점도 많이 있으니까요. 사립학교에 그러한 점을 포함한 전체에 퍼블릭·스쿨에 비율이라고 한다고 하면은 50%를 넘는다고 보지를 않으면은 안됩니다. 그러나 조성학교 에서는 가난한 집에 아이들 이라도 열 한살에 시험에 성적만 좋으면은 입학을 할수가 있습니다. 50% 이라고 하는 숫자는 「머리가 좋은 도련님들.」이 옥스브리지 에서 차지를 하는 비율 으로서는 너무나도 크게 차지를 하고서 있습니다.

다음 으로 주목을 할만한 점은 양 대학교 으로서는 진학에 비율로 있습니다. 표 에서 보면은 조성학교에 진학에 비율이 가장 좋습니다 만은, 조성학교 에서는 학부형에 계급에 여하를 불문 하고서 수재가 모여서 있기 때문 이기에, 당연한 결과 이라고 말을 할수가 있습니다. 종합 학교에 진학에 비율은 매우 낮게 있습니다 만은, 이 점은 다수에 학생이 진학을 할 의지가 없는 학생이 있기 때문으로 대학교에 진학에 희망자 만을 가지고서 생각을 한다고 하면은 공립학교에 그래머·스쿨 하고는 그 다지 진학에 비율 에는 변동은 없지는 않을까. 하고서 생각을 합니다. 사실, 1967~68년 도에 옥스브리지 으로서에 입학에 상황하고 비교를 하여서 보면은 공립학교에 그래머·스쿨 에 입학자에 수는 대폭으로 줄었습니다. 종합학교에 입학자 수는 폭증을 하고서 있습니다. 이 점은 종합화에 정책 으로서 공립학교에 그래머·스쿨 이 종합학교로 전환을 시켰었기 때문 이였습니다. 공립학교에 그래머·

스쿨 하고 종합학교에 출신자가 옥스브리지 으로서에 입학자 총수에 가운데 에서 차지를 하고서 있는 비율 에서는 전혀 변화가 없습니다. 이러한 점은 공립학교에 그래머·스쿨이 종합학교로 되였어도 동일한 비율로서 옥스브리지로 학생을 보내고서 있다는 점을 제시를 하고서 공립학교에 그래머·스쿨의 종합학교 로서에 전환으로 관련 하고서 있는 이상은 보수당은 그 다지 반대를 할필요가 없었던 일은 아니였을까. 하고서 생각을 합니다.

그렇지만 또한, 하나는 보수당이 주장을 하고서 있는「조성학교는 폐지를 하여서는 안된다.」하고서 있는 논점에 대해서는 좀더 주의 깊은 고찰 (考察)이 필요 하다는 생각을 합니다. 제7표에 주어진 숫자는 어느 쪽도 남녀를 합친 전체에 학생에 대한 숫자로 있습니다. 부모는 엘리트로 성장을 하여서 줄것을 특히, 소망을 하고서 있는 점은 아들에게 있습니다. 딸에 경우에는 그 다지 소망을 하고서 있지 않기 때문이기에, 퍼블릭·스쿨 이라고 하는 경우 통상은 남자 학생에 사립학교를 말을 하고서 있습니다. 그러하므로 남자학생 만을 배출을 하여서 옥스브리지 으로서의 진학에 비율을 비교를 하자고 하면은 제8표 하고 같이 되겠습니다. 1974~75년

도에서는 표에서 퍼블릭·스쿨 하고 조성학교 하고 사이에는 별 다른 차이가 없는 점을 알수가 있습니다. 즉, 예를 들면 열 한살에 시험을 실시를 하고서 부모에 계급에 여하를 불문하고서 선발을 하는 점 보다도 뽑히지 않은 소년에 그룹 하고 대부분이 똑 같은 성과를 「도련님의 학교」로 있는 퍼블릭·스쿨이 높이고서 있는 점으로 있습니다

〈제8표〉 옥스포드 및 캠브리지 대학교에 진학 률

(남자만, 단위%)

연 도	그래머·스쿨	조성학교	공인사립학교
1967-68	2.6	8.2	8.9
68-69	2.4	8.4	10.1
69-70	2.4	8.0	8.1
70-71	2.4	9.8	8.9
71-72	2.5	10.3	9.6
72-73	2.6	8.2	8.1
73-74	2.3	8.8	10.8
74-75	3.3	10.9	10.4

출처 : Department of Education and Science; Statistics of Education, *School Leavers, CSE and GCE,* 1975, HMSO.

이와 같은 사태는 일본에서 구제 7년제 고등학교에 톱·클래스에 학교가 3년제 고등학교에 톱·클래스 하고 대부분이 비슷한 성과를 올리고서 있었던 점 하고 비교를 할수가

있습니다. 잉글랜드에서는 퍼블릭·스쿨에 지적인 교육이 성공을 하고서 있다는 점도 이와 같은 의미에서 있습니다. 타, 의 어떠한 학교 보다도 단연히 뛰어나서 있다고 하는 의미는 아닙니다. 부자집에 도련님 들을 모아서 놓은 학교로 있음에도 불구하고 부모에 계급에 여하를 불문하고서 수재를 모아서 놓은 학교하고 거의 동일한 정도에 지적인 수준으로 이르고서 있다고 하는 의미로서 있습니다. 어찌되었든 이러한 상태에 있을때에 퍼블릭·스쿨의 조성학교 화가 없어지면은, 이를 역으로 조성학교를 폐지를 하고서 조성학교에 일부를 또다시 순수한 사립학교로 되돌려서 놓아 버리면은 부유하지 않은 가정에서 태여난 아이들을 위한「좋은학교」는 없어져서 사라져 버립니다. 그럼에도 불구하고 노동당이 조성학교에 폐지를 단행한 일은 이전에 말씀을 드렸었던 바와 같이 노동당이 얼마 만큼에 종합학교에 강화에 기대를 하고서 있었는지를 보여서 줌으로써 나타내는 점이여 었기에 보수당이 조성학교 으로써 계속해서 고집을 하고서 있는 점은 그 들이 얼마 만큼에, 중산계급에 이하에 계급에서 지적으로 뛰어 난 아이들 에게 기대를 하고서 있었는지를 보여 주고서 있다는 점 이라고 말을 할수가 있습니다.

또한, 하나에 중요한 문제가 있습니다. 남자학생들 만을 뽑았다고 하면은 조성학교 하고 사립학교에 차이는 없었을 점으로 전체에 모든 학생 으로서는 상당한 차이가 있었다고 하는 사실은 여자학생들 만을 뽑았다고 하면은 사립학교는 조성학교 으로서 훨씬 못미쳐서 있었다고 하는 점을 의미를 하고서 있습니다. 사실, 여자학생들 만에 옥스브리지 으로서는 진학에 비율을 보게 된다고 하면은 1974~75년도에 있어서는 조성학교는 3.5% 사립학교는 1.2% 로 있습니다. 여자사립학교는 여자 조성학교 보다도 상당히 뒤떨어져서 있다는 점은 명백하게 인정을 하고서 있습니다. 심지어 남자학교 하고 비교를 하면은 크나 큰 차이가 있습니다. 잉글랜드 에서는 크나 큰 사회에 문제에 하나는 계급에 문제로 있습니다. 그이외의 하나는 남녀간에 공평에 문제로 있습니다. 잉글랜드에 여성은 일본에 여성하고 비교를 하는 경우에는 상당히 의식에서도 발달 하여서 있습니다. 나이팅게일 이후에 사회에 크나 큰 공헌을 하고서 있습니다. 그러하나 그녀들은 여전히 남성하고 완전히 평등하게 취급을 하고서 있다고는 말을 하기에는 어려우며 그녀들이 온갖 고난과 싸우면서 이와 같은 성과를 거두워었던 일을 잊어버려서는 안됩니다. 보통에 부모님 에게는 비록 무리를 하여서 라도 남자 아이들을 퍼블릭·스쿨 에 보낸다고 하여도 여자 아이는 공립학교에 그래머·스쿨 에 보낼수 있는 여유 밖에 없었던 일이 되겠습니다. 따라서, 여자 아이들에 사립학교는 남자 아이들에 사립학교가「도련님의 학교.」로 있습니다. 그 이상 으로「공주님의 학교.」인점으로 있습니다.

이러한 상황에 아래에서는 여자 조성학교로 완수를 하는 역할이 중대 합니다. 그 점은 잉글랜드의 여자학교 가운데에서 단연히 뛰어난 우수한 학교로서 있습니다. 조성학교를 없애버리게 된다고 하면은 여자학생에 교육에 수준이 상당히 저하가 되므로 여성에 해방이 뒤처진다고 하고서 생각을 하지 않으면은 안됩니다. 만약에, 남자 조성학교를 폐지를 한다. 하더라도 여자 조성 학교 는 계속해서 지속이 되여야 한다고 생각을 합니다.

6

옥스브리지 만이 대학교 이라는 점은 아닙니다. 이 이외의 잉글랜드 에서는 40 수 교에 대학교가 있습니다. 대학교

이외에도 폴리테크닉스나 사범학교(College of Education)
가 있습니다. 폴리테크닉스에는 보통에 학위에 코스 이 이외
의 티춰·트레이닝·코스나 여러가지에 자격증 검정시험을 위
한 코스가 있습니다. 학위에 코스에 소속이 되여져서 있는
이상은 폴리테크닉스 하고 대학교에 사이에는 대부분은 아
무런 차이도 없었기 때문에, 양자는 동격으로 있다고 보아
야 만이 되겠습니다.

현재는 고등교육에 기관을 (가) 옥스브리지 (나) 런던대
학 (다) 그 이외의 대학 (라) 폴리테크닉스의 학위에 코스에
네가지로 나뉘어져서 각 학교의 진학에 비율을 1974~75년
도에 대해서 계산을 하여서 보면은 제9표 하고 같이 되겠습
니다. 이 표에서 종합학교에 진학에 비율이 매우 낮다는 점
이 한눈에 알수가 있습니다. 이러한 일은 앞에서도 말씀을
드렸습니다 만은, 종합학교가 진학에 의지가 없는 다수에 학
생들을 포함을 하고서 있다고 하는 점으로 인해서 근거하고
있습니다. 그러나 이러한 숫자에서 대학생에 가운데에서 차
지를 하는 종합학교에 출신자에 지위를 낮게 보아서는 안됩
니다. 잉글랜드의 대학생 (폴리테크닉스의 학생을 포함.) 에
41%는 종합학교에 출신자 이며, 최대에 그룹 이기 때문 입

니다.

〈제9표〉 대학교에 진학 상황 (1974~75년)

(단위%)

학 교	그래머·스쿨	종합학교	조성학교	공인사립학교
옥스브리지	2.0	0.2	7.1	6.3
런 던	2.2	0.5	3.3	2.9
기 타 대학교	15.3	2.8	24.3	13.7
폴리테크닉 기타 학위코스	3.3	0.8	3.3	2.3
계	22.8	4.2	38.0	25.2

출처 : Department of Education and Science ; Statistics of Education, *School Leavers, CSE and GCE*, 1975, HMSO.

다음에 표에서 알수가 있는 점은 조성학교에 진학에 비율이 단연히 좋다는 점에 있습니다. 이점은 그 무엇도 올해에 한정된 일은 아닙니다. 다른 연도에 대해서도 거의 동일한 퍼블릭·스쿨 (공인사립학교) 을 훨씬 넘어서 많은 차이로서 웃돌고서 있습니다. 표에서 알수가 있듯이 퍼블릭·스쿨은 오히려 그래머·스쿨에 가까웁게 있습니다. 그위에서 표는 퍼블릭·스쿨이 현저하게 옥스브리지 및 런던에 지향형으로서 이러한점 이이외에 대학교로는 그다지 가고 싶어하지 않는 점을 보이고서 있습니다.

중등교육을 끝 마친 전체에 학생들에 가운데 에서 대학교 내지 폴리테크닉스의 학위에 코스에 진학을 하는 학생에 비율은 6.6% 입니다. 그러하나 그 이외에도 폴리테크닉스의 교원에 코스나 사범학교가 있습니다. 더욱이 폴리테크닉스 에서는 고등국가검정시험에 코스나 A-레벨의 코스 O-레벨의 코스 등이 있습니다. 이 들에 전부를 포함을 하면은 진학에 비율은 9.8% 로 되겠습니다. 더욱더 폴리테크닉스에 이 이외에서도 고등국가검정시험에 코스나 A-레벨의 코스나 O-레벨의 코스가 가르쳐 주고서 있습니다. 그 이외의 요리, 보육, 세크리터리에 코스도 있습니다. 이 들에 모든 점을 합쳐서 중등교육을 끝 맞치고서 난 뒤에도 학생 으로서 생활을 계속하고서 있는 학생에 비율은 21.6% 에 달하고서 있습니다. 그리고서 78.4%는 중등교육을 끝 맞치고 나면은 취직을 하는 점에 있습니다. 다만, 취업자는 지극히 적은 장래에 진학을 할 예정 으로서 일시적으로 취업자 및 진로가 불투명하게 있는 학생들을 포함을 하고서 있습니다.

제10표는 이러한 잉글랜드의 중등교육에 수료자에 취학 취업에 상황을 남녀 별로써 학교에 종류 별로서 세분화를 하여었던 점에 있습니다. 표에서 현저하게 두 개에 특징이 떠 오르고서 있습니다. 제1의 특징은 남자 학생은 종합학교 이 이외의 학교에서는 주(主) 으로서 대학교 및 기타에 학위 의 코스에 진학을 하고서 있습니다. 여자 학생은 조성학교에 학생을 예외로 하고서 그 외에 대부분은 교원양성을 하는 코 스로 진행을 한다. 거나「그 이외의 고등교육.」을 받고서 있 습니다.「그 이외의 고등교육.」에서는 요리, 보육, 세크리터 리의 코스를 포함을 하고서 있습니다. 이러한 현상은 놀라 울 점은 아니여었습니다. 주목을 할일은 대다수에 여자 학생 이 일본 처럼의 청춘에 한때를 즐기기 위해서 대학교에 들어 가는 일은 아닙니다. 고등교육을 끝 마치고 난 뒤에도 직업에 생활을 의식을 하고 나서 그러한 일과 관련이 되여서 어떠 한 코스에 진학을 할점 인지를 결정을 하고서 있다고 하는 점에 있습니다.

제 2의 특징은 종합학교는 물론 이며 세 곳에 진학 학교 (그래머·스쿨, 조성학교, 공인사립학교.) 에 어느 쪽이든 졸업 후에는 즉시 취직을 하는 비율이 상당하게 높다고 하는 점 에 있습니다. 부유한 가정에 남자 아이 들을 모아서 놓아둔 퍼블릭·스쿨 (남자에 사립학교) 에서 3분의1 이상의 학생들이 퍼블릭·스쿨 만으로 취직을 한다고 하는 사실은 그 밖에 3분의1에 학생들 만이 대학교에 들어가지 않는다고 하는 사실과 함께 일본인에게는 대부분이 이해를 할수가 없는점 이라고 생각을 합니다. 심지어「그 이외의 고등교육.」에 코스는 연도에 기간이 짧기 때문에, 조성학교나 퍼블릭·스쿨에 졸업생들 만을 보아도 그에 50~60%는 졸업을 하고서 난후에도 1,2년 안에는 취직을 하여 버립니다.

〈제10표〉 중등교육 수료자에 진로 (1974~75년)

(단위%)

	그래머·스쿨		종 합 학 교		조 성 학 교		공인 사립 학교	
	남	여	남	여	남	여	남	여
대학교 기타 학위 코스	28.8	17.1	5.3	3.2	45.3	30.9	33.6	14.7
교원 양성 코스	2.8	11.5	0.8	3.1	1.5	8.9	0.6	4.5
기타 고등교육	12.7	24.4	7.4	14.2	13.9	25.4	21.6	38.3
취 직	55.7	47.0	86.5	79.5	39.3	34.8	44.2	42.5
계	100.0	100.0	100.0	100.0	100.0	100.0	100.0	100.0

출처 : Department of Education and Science ; Statistics of Education, *School Leavers, CSE and GCE*, 1975, HMSO.

이 처럼의 잉글랜드의 고등학교에 학생들은 대학교 진학에 열이 낮기 때문 이기에, 잉글랜드에서는 대학교에 입학에 문제는 일본 처럼에 미친듯이 보이는 사회의 문제로는 되지는 않는다고 생각을 합니다. 그렇다 면은 왜 진학에 비율이 낮은 점으로 되겠습니까. 먼저 첫 째로 생각을 할수가 있는 원인은—그리고 나서 나 중에 알수가 있겠습니다 만은, 이러한 점이 없이는 제2 제3의 원인도 발생은 하지는 않겠습니다. —잉글랜드의 고등학교에 대한 교육이 일본에 고등학교 하고 상당히 다르게 있기 때문 이라고 생각을 합니다. 잉글랜드의 대부분에 고등학교는 일본에 공립고등학교 하고 같이 중학교 하고는 별도로 하나의 학교로 되여져서 있는 점이 아닙니다. 일본에 사립고등학교 하고 같이 중학교 부(部) 하고 함께 되여져서 있습니다. 고등학교에 부(部)에 해당하는 부분은 싯스즈·폼 (제6학년 sixth form) 이라고 불리우는 2년제로 있습니다. 싯스즈·폼·컬리지 이라고 말을하며 고등학교에 부(部) 만을 가지고서 있는 학교도 있습니다. 그 에 대한 숫자는 많지는 않습니다. 종합학교 하고 같은 비 진학교(非進學校) 에서는 의무교육을 끝 맞친 단계에서 학교를 마치고 지극히 적은 일부에 학생 (2할 이나 3할.) 이 그 학교에 싯스즈·폼 에 남게 되겠습니다.

싯스즈·폼의 교육은 상당히 전문화가 되여져서 있습니다.

나중에 자세히 설명을 할수가 있도록에 그에 주(主)가 되는 목적은 A-레벨 이라고 하는 국가시험에 통과를 하기 위하여서 있다는 점에 있습니다. A-레벨의 정도는 높으며, 적어도 일본에서 대학교에 교양 학부에 정도의 높이에 있습니다. 중학교를 끝맞친 직후에 16세에 아이들이 대학교에 교양학부에 정도에서 공부를 시작을 하여서 17살에 끝 마칠때 까지 A-레벨의 시험에서 합격을 하지를 않으며는 안되기 때문이기에, 다수에 과목에 걸쳐서 A-레벨의 시험을 치루는 일은 불가능에 있습니다. 대단히 잘 할수가 있는 예외적인 수재 로서는 4과목 정도는 잘 할수가 있는 학생이 2과목 이나 3과목 으로 있습니다. 그러하니까 고등학교에 단계에서 잉글랜드의 아이들은 극단적으로 전문화가 되여져서 있습니다.

옛날에 일본에서 구제고등학교에 입학을 하는 한 순간에 아이들이 갑작 스럽게 어른 스러워져서 있는 것 처럼의 잉글랜드 에서도 싯스즈·폼에 들어가 면은, 생활이 격변하게 됩니다. 선생님은 학생들을 성인 으로서 대우를 하면서 학생들은 자유롭게 거동을 할수가 있게 되겠습니다. 저의 자신에 아이를 예로 들어서 송구 스러웁 습니다 만은, 딸은 지난해 9월에 싯스즈·폼에 들어 갔습니다. 일본으로 말을한다 면은,

고등학교에 1학년 2학기에 초가 되겠습니다. 그녀는 A-level (A-레벨) 과목으로 수학하고 물리학 하고 경제학을 선택을 하기로 하였습니다 만은, 이와 같은 과목에 선택은 주(主) 으로써에 그녀가 결정한 일이므로 저의 지시나 제안은 전혀 들어가 있지는 않습니다. 제 자신은 수리경제학에 조금은 권태를 느끼고서 있었기 때문에, 수학하고 경영학을 A-level (A-레벨) 과목에 선택을 하겠다는 결정을 하였을때에는, 왜 그런지 그녀가 소화에 나쁜 음식을 먹으려고 하고서 있는 듯이 보여었기에, 혼자서 자연 스럽게 그녀에 무사를 기원하는 마음으로 있었습니다. 어찌되여든, 12월에 방학에는 그녀는 한계 대체 비율 이라든가 한계 비용 이라든가 수요(需要) 에 탄력성 등에 대하여서 복잡 스러운 점에 대해서 말을 할수가 있어쓸 정도가 돼여서 돌아 왔습니다.

이 처럼 아이는 고등학교에 단계에서 극단 적으로 전문화를 시켜서 성인 스럽게 놓아 두고서 보면은 그 들은 고등학교를 졸업을 할때에는 장래에 진로를 선택을 할 때에도 매우 조숙한 행동을 할수가 있게 되겠습니다. 일본 에서도 구제고등학교에 시대 에는 무엇이 어찌 되여도 도교 대학교에 시험을 치르거나 의과 대학교에 시험을 치른다고 말을 하는 일은 거의 없었습니다. 한살이나 두살이 젊어져서 균일에 교육을 베푸는 신제고등학교에서는 학생들이 완전히 어린아이들 처럼으로 되어서 송사리 떼에 무리를 지어서 행동을 하는 일 처럼에 일제히 특정에 대학교에 특정에 학과를 향하여서 쇄 도를 하게 되여었던 일이 되겠습니다. 일본에서도 대학교에 입학시험에 어려움을 해소를 하기 위하여서 시도를 여러모 로 시행을 하고서 있었습니다. 시험에 방법을 아무리 바꾸워 서 보아도 결과는 마찬가지로 있었다고 하는 생각을 합니다. 가장 효과적인 방법은 고등학교에 학생을 좀더 어른 스러웁 게 하는 일로 있습니다. 만약에, 가령 대학교에 학생이 조금 은 어린아이 다웁게 된다고 하면은 그들의 대부분에 모두는 대학원으로 쇄도하는 일이 됩니다. 대학원에서 시험에 지옥 이 생겨나게 되겠습니다. 실제로 그렇게 되지는 않았었던 점 은 대학교에서 전문교육이 시행이 되여져서 대학교에 학생 들이 충분히 어른이 되여져서 있었습니다. 그들이 인생에 전 체에 모든 일들을 생각을 하면서 취직을 한다거나 대학원에 들어가야 할점 인지를 결정을 하고서 있었기 때문으로 있었 습니다.

제2의 고등학교에서 전문화는 고등학교에 학생이 대학

교에 학부에 선택에 범위를 현저히 좁혀져서 있습니다. 예를 들면 고등학교에서 영문학, 역사, 지리를 A-level (A-레벨)의 과목으로 선택을 하여었던 학생들은 대학교에 의학부에는 들어갈수가 있다는 가망은 거의 없습니다. 그들에게는 허락이 되여져서 있는 점은 대학교에 문과 관계에 학부에 들어가거나, 교원이 되거나, 취직을 하거나, 하는 선택에 가운데에 하나로 있습니다. 학생은 이와 같은 범위에서 그들은 미래에 인생을 생각을 하면서 나아가게 됩니다. 그러하나 일본 처럼에 고등학교가 균등한 교육 이라고 하면은 고등학교에 학생은 법(法) 문(文) 경(經) 이(理) 공(工) 의(醫) 등에 대학교에 각 학부 가운데에서 어느 학부에도 들어 갈수가 있습니다. 그러하기 때문에, 의학부(醫學部)가 좋다라고 하면은 누구든지 너도나도 몰려드는 현상이 일어나게 되겠습니다.

제3의 고등학교에서는 전문 과목에 레벨을 대학교에 2학년 정도에 높이로 하여서 그에 과목에 대해서는 교실에서 강의에 대한 노트를 적을수가 있도록 할수가 있을 뿐만이 아닙니다. 도서관에 다니게 하면서 연구를 하며 조사를 하게 하면서 리포트를 써서 내어야 한다고 하면은 고등학교에 학생은 자신이 대학교에 생활에 맞을련지 안 맞을련지를 확실하게 자신이 진단을 할수가 있도록 하고서 있습니다.

저는 일본에 고등학교에 교육은 완전한 일반적인 교육은 아닙니다. 반 인분을 일반적인 교육으로 나머지에 반 인분을 여러 종류에 코스로 나뉘어진 전문적인 교육으로 할려고 한다 면은 고등학교에 학생들은 상당히 어른스럽게 된다고 하는 생각을 합니다. 그 들은 고등학교를 졸업을 할때에는 고등학교 만 으로도 취직을 하는 방향이 좋을런지를 대학교에 진학을 하는 방향이 좋을런지를 진지하게 생각을 하게 할수가 있게 됩니다. 인생에 전체에 가운데 에서 일환 으로서는 대학교에 대한 문제를 생각을 할수가 있도록 되겠습니다. 그 들의 대부분은 학위를 갖는 일 만이 인생에 전부가 아니라는 점을 깨닫게 되는 일이 되겠습니다. 자신이 그러한 코스 에 는 적합한 인간이 아니라는 점을 자각을 할수가 있는 일에 다 다를 수가 있다고 생각을 합니다.

잉글랜드 의 대학교에 진학에 비율이 낮다는 점은 특히 퍼블릭·스쿨에 졸업생들 조차도 3분의1 밖에 대학교에 가 지를 않습니다. 나머지에 대부분은 졸업을 하고 난 후에 1,2 년이 지나고 나서 (어떠한 무엇 인가에 자격증을 취득을 한 후 에.) 취직을 하고서 있었다는 사실을 이와 같이 설명을 할수가 있었다고 생각을 합니다. 인간은 전문교육을 받기 시작을 하면은 인생에 전체에 대한 일들을 생각을 하면서 걸어서 나아가게 되겠습니다. 따라서, 진학하고 취직을 상대화를 생각을 하면서 개개인은 "자기자신"「自己自身」에 길을 걸어서 가면서 송사리에 떼 처럼에 행동은 하지를 않습니다. 일·영 (日·英) 사이에는 대학교에 진학에 비율에 크나큰 차이는 주 (主) 으로써는 양국에 있어서 고등학교에 교육에 유형에 차이에서 원인이 되고서 있다고 저는 생각을 합니다.

7

학교에 따라서는 좋고 나쁘고는 선생님에 실력과 성품에 따라서 크게 의존을 합니다. 중등교육에서는 선생님에 지식에 수준 뿐만이 아닙니다. 선생님에 인품도 중요하기 때문이기에, 외면적인 선생님에 경력으로 만으로는 좋은 선생님 인지 아닌지에 판정을 하는 일은 아닙니다. 어느 정도에 어느 명문에 대학교를 나와서 있으며, 얼마나 좋다고 하는 자격을 가지고서 있다고 하더라도 신경질 적이거나 매력이 없는 사람은 결코, 좋은 선생님이 될수는 없습니다. 통계에 자료를 뒤 집어서 놓고서는 찾아서 보면은 선생님에 인원수를 세거나 선생님에 출신학교를 조사를 하거나 하는 점은 결코, 선생님에 질에 판정을 하는 일은 정당한 방법은 아닙니다 만은, 일일이 선생님을 인터뷰를 할수가 있는 일이 아니기 때문 이기에, 여기 에서는 그와 같은 통계 적인 기술에 만족을 하는 수밖에 도리가 없습니다.

지금 런던 시내에 있는 하나에 공인사립학교를 예를 들어서 보시겠습니다. 이러한 학교에는 약 700명에 학생이 있습니다. 모두가 남자 학생 뿐만 으로서 있습니다. 음악, 체조, 미술, 공작에 선생님을 제외를 하고서는 이러한 학교 에서는 교장하고 교감을 포함을 하여서 55명에 선생님이 계십니다. 대부분에 학생은 13명에 선생님이 한분에 비율로 있습니다. 이들의 선생님은 전원이 학사에 학위나 또는, 석사에 학위를 가지고서 계십니다. 그 중에 네사람은 특별히 박사에 학위를 가지고서 계십니다. 선생님 들에 출신교는 캠브리지 21명 옥스포드 13명 런던 9명 그 이외에 대학교는 11명 으로써 되여져서 있습니다.

다음은 여자학교에 예로서 옥스포드에 있는 공인사립학교를 들여다 보면은 이러한 학교는 초등학교를 포함을 하여서 520명에 학생이 있습니다. 초등학생 및 초등학교에 선생님을 제외 하면은 학생은 약 400명 선생님 (다만, 체조 음악, 미술을 제외.)은 31명이 되겠습니다. 선생님에 한 사람에 대해서는 학생수는 약 13명이 됩니다.[1] 선생님에 출신학교 별 분포는 캠브리지 1명 옥스포드 10명 런던 7명 이 이외의 대학교 11명 폴리테크닉스 2명이 되겠습니다. 앞에서 말씀을 드렸었던 남자에 퍼블릭·스쿨에 경우하고 마찬가지로 이러한 학교에서도 옥스브리지 및 런던에 졸업생이 교육에 주력이 되고서 있습니다.

다음에는 이러한 특정에 퍼블릭·스쿨 뿐만은 아닙니다. 일반에 학교 에서는 어떠한 선생님이 가르 치고서 있는지를 조사를 하여서 보십시다. 1974년에 현재로서는 일반에 공립학교 초·중·고등학교 (직접 조성학교를 포함.)에 선생님은 41만 명이 있었습니다. 그 중에 약 10만 명이 대학교에 졸업자입니다. 다음은 사범학교 (College of Education)는 그 이외에 졸업생 으로서 있었습니다. 사범학교는 통상 적으로 3년이나, 4년에 수업 (修業)의 연수 만으로서 있기 때문에, 연수 만으로 비교를 한다고 하면은 대학교 하고에 차이는 없습니다. 또한, 대학생도 대학교를 나 왔다고 하는 점 만으로는 통상에 경우에는 교원에 자격이 없기 때문 이기에, 졸업을 하고서 난 뒤에는 또 다시 1년 동안은 대학교나 사범학교 에서 교원에 양성 코스에 들어가서 자격을 습득을 하지를 않으면은 안됩니다. 이와 같이 중·초등·학교에 교원이 되기를 위해서는 회사원이 되는 일보다도 연수가 걸립니다 만은, 그럼에도 불구하고 잉글랜드의 대학생은 교사가 되고 싶어합니다.

1974~75년도 에서는 잉글랜드의 대학교를 졸업을 한, 학생들에 총수는 5만 7천 명이 있습니다. 그 중에서 7천 500명에 교원이 양성 코스에 들어 가면서 790명이 졸업을 하는 동시에 학교에 취직을 하였습니다. 새롭게 이 이외의 대학원에 남아서 대학원 에서 석사에 학위나 박사에 학위를 취득을 한 후에는 교원에 양성 코스에 들어 가거나 초·중·고등학교에 교사로서 취직을 하는 사람들도 있습니다. 이러한 사람들은 1974~75년도 에는 590명이 있었습니다. 같은 연도에 대학원에 입학을 하여었던 사람들에 가운데 에서도 동일한 수에 교사에 지망자가 있었다고 가정을 한다면은 교사에 지망자에 총수는 약 8천 900명이 되며, 졸업생에 15% 에 해당이 되겠습니다. 동일한 숫자로서 경제학을 전공을 하여었던 학생 에게 있서서 만에 대하여서 계산을 한다고 하면은 약

14% 정도가 되므로 그에 대해서도 정도는 변하지는 않습니다. 산업계에 가장 가까운 경제 학부를 졸업을 하였어도 잉글랜드의 대학교에 졸업생 들은 7명에 한 사람에 비율로서 교원이 되는 일이 되겠습니다. (예전에는 이와 같은 비율은 좀 더 높았으며, 1969~70년도에는 전체에 졸업생에 대해서는 17.6%로 있었습니다.)

이전에 말씀을 드렸듯이 잉글랜드에서는 대학생에 수는 아직도 상당히 적으며 대학교 로서에 진학에 비율은 폴리테크닉스를 포함을 하여서 6.6%를 제외를 하면은 5.6%에 있습니다. 따라서, 실업 계에 톱·클래스에서도 대학교에 졸업생에 수는 많지는 않습니다. 멜렛 씨에 연구에 따르면은 그의 샘플로써 선택한 104 회사 가운데에서 중역진에 75% 이상이 대학교를 졸업을 하고서 있는 회사 인은 겨우 18 회사 50%에서 74% 까지에 회사는 29 회사이며, 나머지 57 회사는 즉, 절반 이상은 중역진에 절반에 이하 밖에 대학교를 나오지 않았습니다.[2] 멜렛 씨에 샘플은 상당히 주의가 깊게 선택이 되여져서 있었기 때문에, 잉글랜드의 실업계에 현황은 그의 연구에 결과하고 그 다지 다를 바가 없는 점이 아닐까. 하고서 생각을 합니다.

이처럼에 대학생에 인원 수가 적으면은 실업계에 톱·클래스에서 보아도 대학교에 출신이 희소하다고 하는 데에서 교육계는 상당히 많은 대학교에 출신들을 안고서 있습니다. 교장 선생님에 가운데에서 몇 퍼센트가 대학교에 출신으로 있는지를 각종에 학교에 대하여서 계산을 하여서 보면은 그래머·스쿨에서 98% 종합학교에서 81% 가장 나쁜 모던·스쿨에서 조차도 53%나 있습니다. 새롭게 확대를 하여서 전체에 교원들에 가운데에서 대학교에 졸업에 비율을 들여다 보아도 공인사립학교 (다만, 초등학교는 제외.)에서 75% 그래머·스쿨는 75% 조성학교는 64% 종합학교는 43% 모던·스쿨는 21% 으로 되겠습니다. 이들에 가운데에서 공인사립학교 하고 그래머·스쿨의 전체에 교사에 대한 비율은 잉글랜드의 회사에 중역진에 관하여서 똑같은 비율하고 비교를 하여도 상위 20% 이상으로 위치하고서 있는 점으로 있습니다. 잉글랜드에서는 중등교육계가 얼마나 많은 대학교에 출신들을 흡수를 하고서 있는지를 보여주고서 있습니다.

이처럼 잉글랜드에서는 중등교육계에 주력은 사범학교에 졸업생이 아닙니다. 대학교에 졸업생으로서 있습니다. 그렇지만은 대학생에 수는 같은 연령층에 불과 6% 전·후에 지나지 않기 때문에, 잉글랜드의 대학생 이야말로 엘리트이라고 불러야 만이 되겠습니다. 이러한 엘리트에 획득 경쟁에 있어서 잉글랜드에서는 전통적으로서 중등교육계가 실업계를 압도를 하고서 있는 점으로 있습니다. 따라서, 실업계으로서에 파이프를 굵게 하도록 여러가지에 대책이 강요가 되여져서 사실, 상황은 상당히 개선을 하였습니다. 그렇지 만은 좀더 1974~75년 현재 로서는 앞에서 말씀을 드린 바와 같은 결과로 되여져서 있습니다. 「퍼블릭·스쿨을 나와서 옥스브리지를 졸업을 하였습니다.」이라는 말을 하고서 있는 남성의 경력에서 일본인에 다수는 외교관 이나 은행원을 상상을 할려는지도 모르겠습니다 만은, 저는 중학교에 선생님을 상상을 합니다. 그들은 젊고 이와같은 선생님에 3분의2는 40세 이하 (以下) 로 있습니다.

일본에서 대학교는 실업계, 관료계에 통로로 되여져서 있습니다. 잉글랜드에서는 중등교육을 유지를 하면서 발전을 시키는 일이 대학교에 졸업생에 주요한 임무로 되여져서 있습니다. 이들의 대학교에 출신에 선생님은 그래머·스쿨이나 직접조성학교 나 공인사립학교 에서는 주력의 세력이 되여서 종합학교 나, 모던·스쿨 에서 핵심이 되여져서 일을 하고서 있습니다.

1) 이처럼 학교는 결코, 예외적이지 않습니다. 공인사립학교에 전체에 선생님에 한 사람에 한하여서 학생수는 13명으로 있습니다. 그래머·스쿨이나 조성학교에서는 학생수는 조금은 늘어나서 16명이 되겠습니다. 종합학교에서는 17명은 적다는 말을 하고서 있었습니다. 모던·스쿨에서도 19명 이하(以下)로 있습니다.

2) A. J. Merret, *Executive Remuneration in the United Kingdom*, Longmans, 1968, p. 61.

8

이상에서 보여준 바와 같이 공인사립학교는 타,의 학교보다도 더 많은 대학교에 출신에 선생님을 고용을 하고서 있습니다. 이러한 환경에서 어떠한 졸업생이 탄생을 하였다는 점이 되겠습니까. 이러한 교육상에 효과를 생각을 하는 경우에는 각 학교에 졸업생을 그들의 사상, 품성, 지도력, 등으로 비교를 하는 일은 물론 중요로 하겠습니다. 여기에서는 속물적인 「출세」이라고 하는 척도(尺度)로 학교에 교육에 성공도를 재어서 보려고 생각을 합니다.

　이러한 질문에 대답을 하는 일은 일견(一見) 겉 보기에는 그 다지 어려웁지는 않을것 같습니다 만은, 의외로 손을 많이 보아야 만이 되는 일 입니다. 지금 까지 우리들은 공인사립학교＝퍼블릭·스쿨 이라고 하는 가정 에 있어서에 이야기를 진행을 하여서 왔습니다. 공인사립학교에 총 수는 1975년 현재 로서 1천 358교나 있습니다. 폐교가 되여져서 없어져 버려진 학교도 많이 있습니다. 따라서, 과거에 활약을 하여었던 또는, 현재에 활약 중에 있는 인물들이 이들의 사립학교 가운데 에서 하나를 졸업을 하였는지에 여부를 일일이 음미를 할려고 하면은 엄청난 노력이 필요로 합니다. 사실, 공인사립학교 이라고 하는 구분은 상당히 넓어서 상식 으로 서는 퍼블릭·스쿨 이라고 보고서 있지 않는 학교 까지도 포함을 하고서 있습니다.

　그렇다 면은 상식 으로서는 이른바 퍼블릭·스쿨 이란 무엇 이라고 하겠습니까. 영국 에서는 Headmasters' Conference School(HMC로 약칭.)이며, Principal Girl's School(PGS) 이라고 불리우는 학교가 있습니다. 전자는 남자학교 만을 포함을 하고서 있으며, 후자는 물론 여자학교 만을 포함을 하고서 있습니다. 이들에 학교 전체를 퍼블릭·스쿨 이라고 보고서 있는 경우도 있습니다. 이점은 너무나도 광범위한, 규정으로 있다고 종종 말을 하고서 있습니다. 따라서, 상식 으로서는 퍼블릭·스쿨 이란 HMC (약 200교.) 하고 PGS (약 200교.) 가운데에 우수교 이라고 하는 점이 되겠습니다. 이 들에 학교는 조성 학교를 포함을 하고서 있습니다. 사실 전통이 있는 우수한 조성 학교(예를 들면 맨체스타·그래머·스쿨.)는 퍼블릭·스쿨에 안에 들어가서 있습니다.

HMC 에서는 약 12만 5천 명에 남자학생이 있으며, PGS 에서는 약 10만 명에 여자학생이 있습니다. 한편 직접조성에 그래머·스쿨 에서는 10만 5천 명에 남녀학생 공인사립학교 (다만, 10세 이하에 학생을 제외한 HMC나 PGS 에서는 10세 이하에 아이들은 아주 조금 밖에 없습니다.) 에서는 20만 3천 명에 남녀 학생에 따라서 합계 30만 8천 명에 학생이 있습니다. 이러한 인원은 HMC 하고 PGS에 총 학생수 보다도 약 8만 명이 많이 있다는 점으로 있습니다. 학교에 수로서는 직접 조성학교 하고 공인사립학교는 HMC 하고 PGS 에 3.5 배로 되겠습니다. 학생들에 수는 1.4 배로 약간 작게 있쓸 뿐입니다. 즉, HMC 하고 PGS에 이 이외의 학교는 소규모 이

라는 점으로 있습니다. 그러하니까. 지금 까지 공인사립학교
= 퍼블릭·스쿨 이라고 생각을 하고서 온 점은 HMC 하고
PGS에 가운데에는 조성학교가 아닌점을 퍼블릭·스쿨 이라
고 생각을 하고서 온점 하고 그다지 다르지는 않습니다.

그러하나 이하 에서는 남자에 퍼블릭·스쿨 에 한정이 되
여져서 있었기에 상식에 따라서는 HMC의 가운데 에는 우
수학교 만을 퍼블릭·스쿨 이라고 생각을 하고서 있는 이들
의 학교 에서는 어떠한 인물이 배출이 되여져서 있었는지를
정계, 학계, 재계에 대하여서 알아 보십시다. 철저하게 조사
를 하면은 이러한 소재 만으로도 충분히 한권에 책이 될것
입니다. 지적 으로서는 단순한 일이지 만은, 이를 위해서 필
요로 하는 노동량은 방대한 점으로 있습니다. 그러하니까요.
저는 이하에 몇 페이지에 매우 간단한 조사에 결과를 보고
를 하는 일로 멈추게 습니다. 이와 같은 조사 에서는 일반적
인 결론을 이끌어 내는 점은 조심을 하지 않으면은 안되 겠
습니다 만은, 그럼 에도 불구 하고서 그점은 무엇 인가에 참
고로 될점으로 생각을 합니다.

먼저 정계 (정치권)에 대하여서 1939년에 첸바렌 내각
이후에 역대에 내각에 주요한 각료 (총리 대신 및 재무, 외무,

내무, 문교, 각 대신 장관.)에 출신학교를 조사를 하여서 보았습니다. 1956년에 스에즈 사건에서 시대를 양분을 하여서 전반기에서는 퍼블릭·스쿨에 출신에 장관에 비율을 계산을 하여서 보면은 80%가 되었습니다. 똑같은 비율을 1957년에 맥밀런 내각 이후에 대하여서 계산을 하면은 67%가 되겠습니다. (단, 동일한 인물이 여러번에 똑같이 그러하니까, 일치를 하지를 않은 포지션에서 나타나고서 있습니다. 이 같은 점들은 모두다 별도에 사람들 하고 동일하게 취급을 하고서 있습니다.) 스에즈 사건에 이전하고 이후에는 상당한 차이가 인정이 되고서 있습니다. 이러한 차이는 총리 대신 (국무총리)만으로 한정을 한다고 하면은 더욱더 명백하게 되여져서 스에즈 사건에 이전에 역대에 여섯 내각에 총리 (수상)는 전원이 퍼블릭·스쿨의 출신으로 있었습니다. 스에즈 사건 이후에는 여섯 내각에서는 겨우 2명에 퍼블릭·스쿨에 출신자 밖에 없었습니다.

다음은 학계에 대하여서 생각을 하여서 보겠습니다. 노벨상을 창설을 하여었던 (1901년) 이래 1976년 까지에는 잉글랜드는 71개에 노벨상을 받았습니다. 그 중에 35개는 퍼블릭·스쿨의 출신자에게 주워져서 있었습니다. 앞에서 말씀을 드려었던 내각에서도 퍼블릭·스쿨이 점유한 비율하고 비교를 하면은 노벨상에서 점유한 비율은 매우 적다고 하지 않을수가 없습니다. 그러하나 퍼블릭·스쿨 이 이외의 학교를 나온 노벨상 수상자에 가운데 에서는 구라파 (유럽) 대륙에 출신에 유태인에 학자로서 잉글랜드로 귀화를 하여었던 사람들이 있다는 점을 잊어서는 안됩니다. 그러나 이 들의 사람들을 뺀다고 하여도 학계에서는 정계 (정치권) 보다도 한층더 다수에 공립학교 (퍼블릭·스쿨) 에 출신자가 진출을 하고서 있는 점은 사실로 있습니다. 이러한 일은 1900년 이후에 로얄·소사이어티에 회장 (그 중에는 외국에서 온 사람은 없습니다.)은 47% 밖에 퍼블릭·스쿨을 졸업을 하지를 못하여었다고 하는 점으로도 분명 합니다.

끝으로 실업계에 대하여서 살펴 봅시다. 일본에 경제단체연합회(日本에 經團連)에 해당하는 CBI (Confederation of British Industry) 하고 그에 전신에 하나인 FBI (Federation of British Industry) 의 1920년 이래 (以來) 에 역대에 회장에 출신교를 조사를 하여서 보시면은 퍼블릭·스쿨의 졸업자에 비율은 1920~54년에 기간에서는 45% 이였습니다. 1955~76년에 기간에서는 78%로 되여져서 있었습니다. 이들에 숫자를 정치계(내각)에 대해서 얻은 숫자하고 비교를 한다고 하면은 완전히 대조적이라는 점을 알수가 있습니다. 즉, 퍼블릭·스쿨의 출신자들은 실업계에서는 1955년 이전보다도 이후에 방향이 더욱 더 우세를 하고서 있었습니다. 정계(정치권)에서는 반대로 1956년 이전에 방향이 더욱 더 우세를 하고서 있었습니다. 그렇지만은 우리들은 정계(정치권)나 실업계에 아주 사소한 포지션에 대해서 조사를 하였을 뿐이었기 때문에, 숫자에 움직임은 실제로 움직임을 잘 반영이 되고서 있지 않을수가 있을지도 모르겠습니다. 그러하니까요. 숫자에서 결정적인 결론을 이끌어내는 점은 조심을 하지 않으면은 않됩니다. 제 자신은 이와는 별도로 퍼블릭·스쿨에 출신자는 시간이 지나면서 정계(정치권)에서는 힘을 잃고서는 실업계에서는 힘을 늘리고서 있었다고 하여도 이상하지는 않았다는 생각을 하고서 있습니다. 이렇게 말씀을 드리는 점은 정계(정치권)에서는 선거인에 지지가 없다고 하면은 지위를 얻기가 어려움기 때문에, 귀족적인 퍼블릭·스쿨에 출신자 보다도 좀더 민중적인 공립학교에 출신자에 쪽이 대중에게 받아 들여져서 정계(정치권)를 장악 하게 되었습니다. 한편, 실업계에서는 기업이 대형화가 되었습니다. 국제적으로 됨에 따라서 한층더 좋은 교육이 되여져서 있는 지도자를 필요로 한다고서 생각을 하고서 있었기 때문입니다.

정계, 학계, 산업계에 관하여서 이상에 조사에서 이름이 나온 사람들에 출신학교(다만, 퍼블릭·스쿨만.)를 표시를 하자면은 제11표 하고 같이 되겠습니다.

<제11표>

이 튼	21	클리프턴	2
할 로	8	차터하우스	2
말 버 러	8	그레샴즈	2
윈 체 스 터	6	머천트·테일러즈	2
조 지 왓 슨	5	하이게이트	2
웨스트민스터	4	킹·에드워드	2
페 테 스	4	브래드필드	2
럭 비	3	그래스고·아카데미	2
웰 링 톤	3	다 트 머 스	2
크라이스츠호스피탈	3	더·레이즈	2
시티·어브·런던	3	킹·윌리암스	2
이 스 트 본	3	퍼 스	2

이 표에서 숫자는 그 학교에 출신자에 이름을 나타낸 횟수를 나타 내고서 있습니다. (다만, 동일에 인물이 몇번이나 나타난 경우에는 때로는 마치 다른 사람으로 있는 것처럼 똑같이 취급을 하고서 있습니다.) 표에서 이튼학교에 횟수가 압도적으로

많다는 점을 알수가 있습니다. 이름이 네번 이상을 나타내는 학교는 7교에 학교로서 두번 이상을 나타낸 곳은 24교에 학교로 있습니다. 이 표에서 이름이 나오지 않은 학교로 각계에 저명에 인사를 대다수 배출을 하여었던 학교는 몇 몇에 학교가 있습니다. 그 들을 포함을 하여서 불과 약30수교에 퍼블릭·스쿨이 각계에 중요한 포스트에 상당한 수를 점유를 하고서 있었다는 점은 아니여 겠습니까. 이러한 지배에 구조는 일본에 구제고등학교 하고 그러한 점이 상당히 많이 비슷하겠습니다. 일본에서도 구제고등학교는 30수교가 있습니다. 그 중의 하나가 독주를 하여서 상당한 거리를 사이에 두고서 몇 수교가 뒷 쫓고서 있는 점도 정말로 흡사하게 닮아서 있습니다.[1]

1) 더욱더 자세하게는 B. Gardner, *Public Schools* (London : Hamish Hamilton) 1973, pp. 235-50을 보아 주십시요. 이상은 그 들에 조사에 결과에 일부를 1977년까지 연장을 하여서 정리를 하였었던 점에 있습니다.

9

이상으로써 아마도 여러분은「뭐야 그들이라고 하여도 역시 퍼블릭·스쿨은 좋다. 조금은 무리를 하여서라도 아이들은 퍼블릭·스쿨에 보내게 하여야 한다.」하고서 생각을 하시겠습니다. 저는 여러분이 그러한 생각을 하여도 결코 비난은 하지는 않겠습니다. 부모로서 당연하다는 일이라고 조차도 생각을 합니다.

그렇다고 하면은 보통에 중산층 계급에 부모님에게서 아이들을 퍼블릭·스쿨로 보내는 일이 재정적으로 가능이 되겠습니까. 지금 전형적인 예로써 두 아이를 가진 45세 정도에 대학교 선생님에 경우를 생각을 하여서 봅시다.

퍼블릭·스쿨 가운데에서 우수학교에 다수는 기숙사학교 제도이기 때문이기에, 아이 한사람은 기숙사 제도에 학교로 다른 한사람은 통학 제도에 학교로 보낸다고 생각을 합니다. 1977년 현재로서 기숙사 제도에 학교에 학비는 연간 약 1천5백 파운드 그렇지 않은 학교에서도 약 9백 파운드가 듭니다. 따라서, 학교에 지불을 하는 학비만으로도 연간 합계 2천 4백 파운드 (약 120만엥.) 가 되겠습니다. 반면에 대학교에 선생님에 수입은 그의 나이에 연봉 7천 4백 파운드 정도로 있습니다 만은, 세금(지방세 포함.) 국민보험, 퇴직 적립금, 등을 빼면은 손에 남는 금액이 4천 9백 파운드(약 245만엥)도 남지를 않을 것 입니다. 일본 처럼에 보너스는 잉글랜드에서는 없습니다. 아무리 싸게 견적을 한다고 하여도(자기에 집을 가지고서 있는 경우 이라고 하여도.) 주택비에 1천 2백 파운드는 들어가기 때문 이기에, 세금하고 학비하고 주택비를 지불을 한 후에는 1천 3백 파운드(65만엥.)가 남을 뿐 입니다. 한 아이는 기숙사 에서 있기 때문에, 그 아이에 식비는 휴가중에만 들어가지 만은 부부하고 다른 한 아이는 1년 동안을 먹지를 않으면은 안됩니다. 당연한 결과로서 "적빈 생활"「赤貧生活」을 하여야 만이 된다는 점으로 있습니다.

그렇지 만은 이와 같은 최악에 사태는 아이들이 퍼블릭·스쿨에 들어가야 할 연령에 도달을 할때 까지에 부모가 아무런 준비도 하지를 않았을 때에 발생을 합니다. 통상은 아이가 태여났을때 부터 세심한 계획을 세우고서 있기 때문에, 실제로는 지금 말씀을 드렸었던 만큼은 괴롭지는 않습니다 만은, 그러하나 근년에 인플레이션 으로 저축이 완전히 축소가 되여버렸 으므로 퍼블릭·스쿨 에 아이들을 보내는 일이 상당히 곤란하게 되여지고서 있다는 점은 사실로서 있습니다. 노동자에 계급층에 사람들은 아이들을 공립학교로 보내는 일로 만족을 하고서 있습니다. 중산층에 계급은 먹는 음식을 절약을 하여서라도 아이들을 사립학교에 보냅니다. 퍼블릭·스쿨에 비용은 앞에서 말씀을 드렸듯이 1천 5백 파운드나 들어가기 때문에, 교육비를 지불을 한 후에 생활에 대해서 비교를 하여서 보면은 노동자 계급층에 편이 중산계급층 보다도 훨씬 더 부유하지는 아니하지 않겠습니까. 레이스에 아름다운 커튼과 두꺼운 커튼이 이중으로 걸려져서 있는 아름다운 창문이 있는 집은 대부분이 노동자에 집으로 있으며, 지식 계급층에 사람들에 집은 크기는 하지만은 오래되고 희석이 되여진 점이 통례로 있습니다.

저의 학생에 옥스퍼드 대학교에 출신에 여자분이 계셨습니다. 그녀는 30세 중반을 지나서 경제학을 시작을 하여서 그 때에는 이미 물리학에 박사에 학위를 가지고서 있었습니다. 그녀에 남편분은 암 연구자 로서 진료는 하지는 않습니다 만은 의사 선생님 입니다. 어느 날의일 그녀의 집에 저녁식사에 초대를 받았습니다. 그녀의 집은 크나 큰 집이 였었습니다 만은, 매우 더러워져서 있었습니다. 두 분 께서는 공부를 하고서 계셨기에 집안이 더러워져서 있는 일이 되겠습니다 만은, 집안을 맨발로 걷고서 있었기 때문에, 그 녀에 발바닥은 새까맣게 되여져서 있었습니다. 「여기는 손님을 안내를 하는 방이야.」하고서 말을 하면서 안내를 하여서 주어었던 거실에는 아름다운 벽지가 붙여져서 있었습니다. 2층에 화장실을 빌렸을 때에, 보여었던 아이들에 방이나 목욕실이나 화장실은 10년도 넘게 오래 되여진 벽지로 일부는 완전히 너들너들 떨어져서 있었습니다.

　「형편이 없지요. 처음에는 물론 전부를 깨끗이 할려는 생각을 하였습니다 만은, 거실에 벽지를 붙이고서 나니까요. 남편도 저도 완전히 지치고서 말아 버렸어요. 너무나 힘이 들어서 그만 두워버렸어요. 아마도 내년에 여름방학에는 다른 방 하나쯤 깨끗이 하고 나서 그 후에는 언제쯤이 될려는지 모르겠습니다 만은, 돈이 모아지며는 전문가 한테 부탁을 할수가 있게 된다고 하면은 하겠어요.」하고서 그 녀가 변명을 하고서 있었습니다. 물질적으로 생활이 가난하다고 하여도 교육만은 소중히 한다고 하는 잉글랜드의 중산층에 계급에 스피릿은 메이지 초기(明治初期)에 일본에 중·하·층에 무사에 계급에 스피릿에 닮고서 있었다는 점이 아니겠습니까.

　이처럼 일부에 부모가 상당히 교육에 열심이며, 아이들을 좋은 학교로 보내기 위하여서 막대한 희생을 지불을 하는데에 대해서 다른 부모가 자녀 교육에 무관심으로 있다고 한다면은 좋은 학교는 교육에 열심인 계급에 사람들에 의해서 점령이 됨으로 그 이외의 계급에서 태어난 아이들에게는 좋은 교육을 받을 수가 있는 기회를 부여를 받지를 못합니다. 이러한 교육에 기회에 불균등은 부모가 만들었던 일이 였었기에, 근본적으로는 아이들에 의지 하고는 상관이 없습니다. 공부를 하고 싶다는 의지를 현실 로서는 가지고서 있습니다만은, (혹은, 잠재적으로 가지고서 있습니다.) 부모가 무관심으로 있기 때문에, 교육을 받을 수가 있는 기회를 부여를 받지를 못하는 아이들은 정말로 불쌍 하다는 점에 있습니다. 이러한 불평등을 어떻게 없앨 수는 있을까 하는 점은 모든 근대국가 에서는 큰 문제로 있습니다. 과연, 아이들에게 교육에 기회를 균등하게 부여하는 일은 가능한 일이 되겠습니까.

　가장 단순한 방법은 일본에서 자주 시도가 되고서 있는 일처럼에 국가가 학교에 차이를 없애여 버리고서 기회에 불균형이 일어 날수가 없도록에 상태로 만들어 버리는 일에 있습니다. 이러한 점은 얼핏 보면은 이상적인 일 처럼으로 보이지 만은, 두개에 난점 (難點)을 가지고서 있습니다. 첫 번째는 많은 경제에 대한 통제에 계획이 역으로 암시장을 만들어서 내어놓는 일하고 같은 교육에 통제도 또한, 사교육에 암시장—즉, 암학교로 있는 학원이나 예비학원—을 만들어서 내어놓고서 결국, 통제를 무효로 하거나 반대로 통제가 없었을 때 보다도 현저히 기회에 불균등을 만들어서 냅니다. 두 번째는 동일한 교육에 기회가 개개인에게 주어진다고 한다면은 누구든지 똑같은 정도에 교육을 받으며 따라서, 혼자만이 교육을 받지를 못하고서 있다는 점이 매우 어렵게 되겠습니다. 교육에 정도는 점차로 높아져서 교육에 기간은 점차로 길어지게 되겠습니다. 이렇게 공부가 싫다고 하는 사람들에게도 공부가 강요가 되여져서 인생에 3분의1을 「열등생」이라고 하는 의식에 시달려서 헛되게 보내게 되여져 버리게 되겠습니다.

이러한 문제는 결코 단순한 방법으로는 해결을 할수가 없습니다. 또한, 해결에 노력을 하지를 않고서는 문제를 방치를 하여서 두는 점도 용납이 되지는 않습니다. 교육에 상·하으로서 사람들에 계급에 배치가 결정이 되는 일이 많은 근대의 사회에서는 교육에 기회에 균등을 보장을 한다는 점

은 대단히 중요로 합니다. 개인에 선택에 자유를 해치지 않
고서 아이들을 광기 어린 공부에 경쟁으로 몰아서 넣는 일이
없이 능력이 있는 아이들을 적합하게 찾아내기 위해서는 어
떻게 하여야 되겠습니까. 부모가 교육에 무관심 으로 있기
때문에, 그다지 좋지않은 학교에 들어가게 되여었던 아이들
에게는 진학에 길을 열려고 한다면은 어떻게 하여야 만이
되겠습니까. 지금 부터 설명을 하는 잉글랜드 식에 해결책은
일본에 방책 하고는 상당하게 다르게 있습니다. 일본 에서도
진지하게 받아 드리고서 자세하게 검토를 하여서 참고로 할
수가있는 가치가 있는 점이 아닐까. 하고서 생각을 합니다.

10

　이상으로 언급을 하였듯이 잉글랜드 에서는 여러 종류에
학교가 있었습니다. 종합학교에 의해서 상당히 많은 정리가
되였습니다. 그 이상에 공인사립학교 하고 종합학교에 두학
교는 남아서 있었습니다. 그리고서 이들에 학교는 질이 다르
다고 일반 통상 적으로 인정을 하고서 있었습니다. 좋은 퍼
블릭·스쿨을 졸업을 하는 방향이 인생에 출세에 경쟁 에서는

유리한 점에 있다고 믿고서 있습니다. 당연한 일로서 누구든지 아이들을 퍼블릭·스쿨에 보내고 싶어하지만은, 경제적인 이유로서 그이외의 아이들이 지망을 하는 학교에 보내지 못하여도 잉글랜드의 사람들은 결코 절망을 하거나 주저를 하지는 않습니다. 그들은 어떠한 의미에서는 학교등은 어느 학교를 졸업을 하더라도 마찬가지에 일이라고 생각을 하고서 있습니다. 어느 학교를 나와도 그렇게 차이는 없을 점으로 생각을 하고서 있습니다. 아마도 잉글랜드 사람들은 일본인이 유명한 사립학교나 도교대학교를 고집을 하고서 있는 일을 이해를 할수가 없을 점으로 되겠습니다. 「어느 학교를 나와도 마찬가지이다. 학교는 결론적으로는 아무것도 아니다.」이라고 하는 의미로서 잉글랜드에서는 학교에 차이는 없습니다. 그렇다고는 하지만은 다른 의미에서는 잉글랜드에서도 학교에 차이가 있습니다. 「학교에 차이는 없으며, 학교에 차이가 있다.」이라고 하는 모순이 되는 명제를 다음으로 설명을 하고자 생각을 합니다. 그 점에 앞서서 준비로서 먼저 국가검정시험 제도에 대하여서 설명을 하여서 드리겠습니다.

일본에 교육에 시스템은 일중 (一重) 입니다 만은, 영국에서는 이중 (二重)의 교육에 기관이 있습니다. 회계가 복식 부기 으로써 이중(二重) 으로 기록이 되여져서 있도록 교육 에 효과도 이중(二重) 으로 사정 (査定)을 하여서 두워야 만 이 되겠습니다. 이중 (二重)의 사정 (査定) 이란, 무엇인가 하 면은 하나는 학교에 의한 각학교 마다에 사정 (査定) 의 기준 이 있습니다. 다른 하나는 국가에 의한 학교를 건너뛰는 검 정시험에 있습니다. 교육에 증서 에서는 낮은 수준 (레벨) 에 면허 증명서 에서 있어서는 중등교육 증명서 (Certificate of Secondary Education, CSE 로 약칭.) 하고 그 보다도 높은 수준 (레벨) 에 일반교육 증명서 (General Certificate of Education, GCE) 가 있습니다. 후자는 조금더 O-레벨 하고 A- 레벨의 두개로 나뉘어져서 있습니다. O-레벨은 보통급 (Ordinary level.) 을 의미를 하며 A-레벨은 상급 (Advanced level)을 의미를 하겠습니다.

그러하지만 이러한 증서는 전국적으로 통용력을 가지고서 있습니다. 따라서, 동일에 증서를 가지고서 있는 사람은 모 던·스쿨을 졸업을 하거나, 퍼블릭·스쿨 (공립학교)을 졸업을 하거나, 동등한 능력에 사람 으로서 취급을 하고서 있습니 다. 예를 들면 회사에 신입 사원에 선발회의 에서 높은 수준

(레벨)에 증서를 가지고서 있는 모던·스쿨의 졸업생은 낮은 수준(레벨)에 증서 밖에 가지고서 있지 않는 퍼블릭·스쿨의 졸업생에 아래에 두는 일은 거의가 불가능에 있습니다. 만약에, 그러한 일을 하기로 한다면은 위원에 누군가가 불평을 말을 한다고 하면은 그의 불평에 대하여서는 누구도 항변을 하는 일은 할수가 없습니다. 이러한 의미에서 국가검정시험은 전통적인 학교에 차이를 무효로 한다면은 사람들은 그가 나온 학교에 의해서가 아닙니다. 그의 자신에 개인을 능력으로서 평가를 받을수가 있도록 하고서 있습니다.

그리하여서 우선은 O-레벨의 시험에 있습니다. 과목은 약 50 과목이 있습니다. 통상은 어떠한 중학교에서도 배우고서 있는 영어, 수학, 역사, 지리, 물리, 화학, 생물, 프랑스어, 종교는 물론으로 있습니다. 직업에 교육은 과목(예를 들면 목공작, 금속공작, 농업, 상업, 제도, 공학실습, 등.)도 많이 포함이 되여져서 있습니다. 또한, 요리, 바느질, 음악, 도공도 있습니다. 어학에 가운데 에는 라틴, 그리스, 독일, 이탈리아, 스페인, 러시아 어, 이 이외에 「그러한 점 이 이외의 근대어.」이라고 하는 과목이 있습니다. 일본어도 선택을 할수가 있겠습니다.

통상의 O-레벨에 시험은 15세 일본에 중학교를 졸업하는 무렵에 받을수가 있는 레벨이 되겠습니다. 어떠한 과목을 받지를 않으면은 안된다고 한다거나 몇 과목을 받지를 않으면은 안된다고 하는 규칙은 전연 없습니다. 공부를 싫어 한다고 하면은 좋은 일에는 종사를 할 의지가 없는 사람은 전혀 시험을 치르지 않아도 괜찮습니다. 사실, 1970~75년도에는 15세 에서 16세에 O-레벨의 시험을 치루웠던 사람은 동일 한 연령에 학생에 37% 에 지나지 않았습니다. 응시를 하였었던 사람들 이라도 수험에 과목에 수는 대다수에 사람들이 8~10 과목 으로 절반 이상에 사람은 4과목 이하로 있었습니다.

얼마 전에 일본에 돌아갔을 때에, 어느 잉글랜드 인에 부인을 만나 썼 습니다. 그 녀에 남편 분은 잉글랜드의 대학교에서 일본에 경제에 대해서 연구를 하고서 계셨습니다. 그녀는 같은 대학교 에서 비서를 하고서 있었습니다. 잉글랜드에서는 일본 처럼 대학교를 졸업을 하여었던 사람이 비서가 된다고 하는 일은 별로 없었습니다. 대체로에 있어서는 어느 정도에 높은 직업 으로는 보고서 있지는 않습니다. 그러한 그 녀가 말을 하고서 있었기에 「일본에 와서 여러나라에 사람들 하고 이야기를 할수가 있는 기회가 있었<u>으므로</u> 자신에 오래 된 콤플렉스가 해소가 되었다.」이라고 하는 점이 였습니다. 왜 그러하냐고 여쭈워서 보았습니다. 「저는 O-레벨을 2과목 밖에 취득을 하지를 않았습니다. 잉글랜드에서는 O-레벨 2과목 이라는 점은 결코 칭찬을 받을수가 없는 일이 지 만은 일본에 와서 많은 외국인들 하고 이야기를 하고 나서 O-레벨이 생각을 하여었던 점 보다는 높은 수준 (레벨) 이 라는 점을 알았습니다. 그리고서 이러한 점을 알게 되여서 매우 자신감이 생겼다.」이라고 하는 말씀을 하시고서 계셨습니다. 그 회합에 참석을 하고서 있었던 일본인에 대학교에 선생님 분들 하고 그의 부인 분들에 모두는 여자 대학교를 나오신 사람들로 있었습니다. O-레벨의 두개를 가진 그 녀는 아무런 열등감에 의식도 없이 상당히 좋은 말씀을 하시고서 계셨습니다.

O-레벨을 응시를 하는 비율은 학교 마다에 상당한 차이가 있습니다. 공립학교 그래머·스쿨 에서는 97% 이상에 학생이 응시를 하지만은 모던·스쿨 의 경우에는 26% 정도로 있습니다. 학생에 대부분은 좀더 낮은 수준 (레벨) 에 검정시험 (CSE) 을 치루고서 있습니다. 이 처럼의 O-레벨 의 정도

는 국민 교육에 평균으로 보면은 상당한 높이에 있습니다. O-레벨의 2과목이 아니면은 3과목을 취득을 하는 정도로는 고등교육으로 진학을 하는 가능성은 거의 없습니다. 장래에 대학교로 진학을 하는 정도에 사람들은 적어도 6과목이나 7과목을 취득을 합니다.

이러한 점만을 이야기를 한다고 하면은「잉글랜드에서는 학교에 차이는 있습니다 만은, 학교에 차이는 없다.」이라고 하는 패러독스를 해명을 한다는 일은 간단 하겠습니다. 잉글랜드에 있어서는 학력은 중요 합니다 만은, 학력에 높고 낮고는 일본 처럼에 어떠한 학교를 졸업을 하였는지에 따라서 결정이 되는 일은 아닙니다. 어떠한 국가 시험에 어떠한 점수로 합격을 하여 썼는지에 따라서 결정이 되겠습니다. 그러하므로 출신학교가 유명한 학교에 있는지, 아닌지,는 2차적인 의미 밖에 가질수가 없습니다. 중요한 점은 O-레벨 하고 A-레벨에 시험의 평점으로 대학교에 졸업생에 경우에는 학사 호에 등급 (나중에 설명.) 으로 있겠습니다. 이러한 의미에서 어느 학교를 졸업을 하였는가에 문제로는 되지를 않습니다.

O-레벨의 시험은 누구 에게도 15 살 때에, 취득을 할 필

요는 없습니다. 일부를 15살에 취득을 하고 나서 나머지는 16살 때에, 취득을 할수도 있습니다. 성인이 되고서 난 후에도 몇 번이고 여러가지에 다양한 과목을 시도를 할수가 있습니다. O-레벨에 합격을 한다고 하면은 고용에 조건이 좋아지고서 있기 때문에, 성인도 자주 아이들 하고 함께 시험을 치루고서 있습니다. 저도 1년이나 2년을 준비를 하면은 물리 및 화학에 시험에서 합격을 할수도 있었을 런지도 모르겠습니다. 그렇게 되면은 저의 봉급은 오르지는 않을지라도 오랫동안에 열등감을 일소를 하는 점에서는 성공을 할수가 있었다. 하고서 생각을 합니다.

그러하나 국가에 시험을 합격을 하는데 에는 학교에 차이는 없겠습니까. 똑같은 아이들이 A학교를 졸업을 하였을 때에는 시험에서 합격을 하여었지 만은, B학교를 졸업을 하였을 때 에는, 낙제를 하여었다고 하는 일이 벌어진다고 하면은 A하고 B하고에 사이에는 학교에 차이가 있다는 점으로 되겠습니다 만은, 이와 같은 실험은 불가능 하기 때문에, 학교에 차이가 있는 일인지, 없는 일인지, 에 판정은 매우 어렵다고 말을 할수 밖에 없습니다. 그렇지 만은 각종에 다양한 학교(퍼블릭·스쿨, 조성학교, 그래머·스쿨, 종합학교, 모던

·스쿨.)의 O-레벨 및 A-레벨의 시험에 합격에 비율에 크나
큰 차이가 현실에서 존재를 하고서 있다는 점은 흔들릴수가
없는 사실로서 있기 때문에, 이 차이에 일부는 학생에 질에
차이에 귀속을 시킬수가 있다고 하더라도 타, 의 학교에 차
이로 설명을 하지 않으며는 안돼는 일이 되겠습니다.

　　이 처럼 학교에 차이가 존재를 하는 점도 인정을 하지를
않으면은 안됩니다. 좋은학교에 입학을 할수가 있는지에 여
부는 아이가 어렸을 때에는, 아이들에 의해서 결정이 되는
일이 아닙니다. 주 (主) 로 인하여서 부모에 견해에 의해서
결정이 되기 때문에, 아이 들은 인생에 경쟁 에서의 출발 점
에서 부터 불평등 하게 줄세워져서 있다는 점으로 있습니다.
국가에 시험은 이러한 불평등을 적어도 부분 적으로는 없애
여 버린다는 역할을 하고서 있습니다. 부모에 힘으로 명성
이 있는 학교에 입학을 하여서 주었다고 하더라도 그것 만
으로는 인생에 일등석을 확보가 돼였다. 하는 점으로는 돼
지는 않습니다. 불행 하게도 그렇게 좋지않은 학교에 들어갔
었던 아이들 에게도 남 들에 수준 이상에 노력이 필요로 하
겠습니다 만은, 충분히 만회를 할수가 있는 기회가 남아서
있습니다. 잉글랜드 의 있어서는 퍼블릭·스쿨 이라고 하는

귀족적인 학교가 존재를 하는 점과 동시에 국가에 시험 이라고 하는 평민 적인 제도가 실시가 되고서 있으므로 계급에 차이에서 축소에 기여를 하고서 있음을 잊어서는 안됩니다.

국가에 시험은 일본에 입학시험 (특히, 통일된 입학시험.) 하고 변함이 없다고 하는 여러분는 생각을 하실는지도 모르겠습니다 만은, 중요한 차이 점이 있다는 점을 잊어서는 안됩니다. 일본에 입학시험은 단판 승부로 있습니다. 그 결과는 입학을 하게 된 학교에 이름하고 맞바꾸워서 사라져가 버립니다. 잉글랜드 에 있어서에 국가에 시험은 입학에 시험 이라는 점은 아닙니다. 자신이 좋아 한다고 하면은 일생을 걸어서 자신에 O-레벨의 시험에 합격에 수를 늘려서 나아 갈수가 있습니다. 이와 같은 일과 함께 자신에 자격 (퀄리피케이션)을 잘 할수가 있다는 점이 되겠습니다. 단판 승부는 아닙니다. 해마다 축적을 시킬수가 있다는 점이 가능 하다고 하는 점으로서 중요시 돼겠습니다. 단판 승부 에서는 여전하게도 부유한 가정 에서 태여 난 아이 에게는 유리 하다는 점은 명백하게 되겠습니다. 태여나면서 부터 계급에 차이를 무효로 하게끔 하기 위해서는 여러번에 기회가 주워져야 만이 됩니다. 그 뿐만은 아닙니다. 단판 승부 에서는 종종 약삭 빠르게 재치가 있는 아이가 이기게 되겠습니다 만은, 축적형에 시험은 둔증 (鈍症) 하여도 신뢰를 할수가 있는 인물을 최후에는 선출을 하여야 만이 된다고 생각을 합니다.

11

O-레벨의 시험이 끝나면은 학생들은 일본에 고등학교에 해당을 하는 싯스즈·폼 (Sixth Form) 으로 진학을 합니다. 고등학교 하고 대학교는 일본하고 달라서 각각 2년 이나 3년 이기 때문에, 잉글랜드의 학생들은 이 기간 동안에는 일본에 학생들 보다도 2년 이득을 보는 셈이 되겠습니다. 싯스즈·폼 에서는 주 (主) 으로써에 A-레벨의 시험에 응시에 준비를 합니다.

경제학 에서는 기업 이나 국민에 경제가 효율이 좋은 운영이 되여지고 있는지 어떠한 일 인지에 여부가 자주자주 출제가 되고서 있습니다. 동일한 비용으로도 더 많은 생산물을 만드는 일이 가능 하다고 하면은 현재에 상황 에서는 생산이 효율 적으로 이루어지지 않고서 있다는 점이 되겠습니다. 또한, 이 같은 양에 생산물을 만드는데 에는 비용이 적게 든다고 하면은 현재에 상황에서는 생산에 효율은 최선 이라고는 말을 할수는 없습니다. 일본에 기업은 대체로 효율이 좋게 운영이 되고서 있었습니다. 일본이 경제적으로 번영을 하였 었던 점은 완전히 그 덕분 으로써 있었다고 말을 할수 밖에 없습니다.

교육에서도 효율이 좋아었던 점 인지 아닌지 어떠한지 하는 문제가 있습니다. 동일한 교육에 수준 (레벨) 에 도달을 하는데 에는 교육에 방법에 A 에 따르면은 7년이 걸렸습니 다. 교육에 방법에 B 에 따르면은 5년 밖에 걸리지 않는다 고 하면은 A 보다도 B 에 방향에 효율이 좋다는 점은 명백 하겠습니다. 따라서, 대학교를 졸업을 할 때에는 잉글랜드의 학생들에 교육에 수준이 일본에 학생들이 졸업을 할때에 수 준 보다도 낮지는 않는다고 하는 한, 잉글랜드 의 고등교육은 일본에 그러한 점 보다도 효율이 좋다고 말을 하지를 않으면 은 안됩니다. 사실, 저는 그렇게 생각을 합니다. 어찌되었던 일본 에서는 경제에 효율이 상당히 중시가 되고서 있습니다 만은, 교육에 효율은 거의 무시가 되고서 있는 점은 놀라운 일이 되겠습니다.

일본에 고등교육에 효율을 잘 할수가 있도록 한다고 하

면은 어떠한 이득이 있는가 하는 문제에 대해서는 별도로 다른 기회 (본서 Ⅲ장.) 에서 말씀을 드리기로 하겠습니다. 여기에서는 잉글랜드가 어떠한 방법으로 고등학교에 기간을 1년이란 동안을 절약을 할수가 있었는지에 방법에 대하여서 설명을 드리려고 생각을 합니다. 3년을 2년으로 하는 일은 상당히 힘든 일로서 크나 큰 희생을 지불하지 않으면은 안됩니다. 일본 처럼에 많은 종목에 과목을 가르치려고 하면은 2년 동안이라는 교육으로서는 어떠한 과목에 수업도 표면적으로 만을 가르친다고 하면은 깊은 수준 (레벨) 에서는 가르칠수가 없게 되겠습니다. 정도를 높이려고 하려면은 과목에 수를 극단적으로 줄이지를 않으면은 안되게 되겠습니다. 그렇다 면은 싯스즈·폼에 주 (主) 된 목적은 학생을 대학교에 입학을 시키려는 일이 아닙니다. A-레벨의 시험에 합격을 시키려고 하는 일이기 때문에, 2년 후에는 학생에 수준은 A-레벨의 시험을 치루는 수준으로 도달을 하지 않으면은 안됩니다.

A-레벨은 일본에 대학교에 1,2학년에 정도에 있다고 생각을 합니다. (예를 들면 경제학에 경우 일본 및 미국에 대학교에 1,2학년에 교과서에서 사용을 하고서 있는 새뮤얼슨에『경

제학』은 잉글랜드 에서는 A-레벨의 교과서로 있습니다.) 중학교를 졸업을 하고서 난후에 2년 동안으로는 그와같은 수준에 도달을 하기에는 매우 힘든 일이 되겠습니다. 따라서, 대부분에 고등학생은 1과목 이나 2과목 으로 많은 사람이 3과목에 A-레벨 시험 밖에 치룰수가 없습니다. 4과목을 치루는 학생도 있습니다 만은 매우 드뭅니다.

O-레벨 하고 마찬가지로 A-레벨에도 상당히 많은 과목이 있습니다. 그 가운데 에서 몇 과목이 선택이 되겠습니다. 지금 만약에, 수학, 물리학, 경제학을 선택을 한다고 하여도 그학생은 2년 동안에 이들의 과목하고 일반에 과목에 영어하고 프랑스어 (불어)를 공부를 하는 점으로 되겠습니다. 선택한 A-레벨의 과목은 학생들 마다에 다르기 때문 이기에, 동일한 조의 30명에 학생들을 한교실에서 가르치는 일은 불가능에 있습니다. 공통 된 강의를 듣는 일은 일반에 과목만으로 되여져서 있습니다. 나머지는 따로따로 되여져서 있는 강의를 듣고서 있습니다. 그렇지 만은 이 때에, 수학하고 경제학에 시간을 동시에 편성을 한다고 하면은 이학생은 한쪽에 강의를 들을 수가 없기 때문 이기에, 시간표는 그러한 일이 발생을 하지를 않도록에 반을 편성을 하지 않으면은

안됩니다. 그렇게 하면은 개 개인의 학생들에게는 강의가 없는 빈 시간이 상당히 많이 생기는 점으로 되겠습니다. 빈 시간에는 도서관에 가서 조사를 한다든지 엣세이(일본에 이른바 리포트.)를 쓴다고 하든지 하기 때문에, 고등학생에 단계에서 생활은 완전히 대학생 하고 똑 같은 생활을 하게 되겠습니다. 식스즈·폼으로 들어가는 동시에 생활이 격변이 되여져서 잉글랜드의 고등학생은 갑자기 어른 스러웁게 되겠습니다.

이와 같이 A-레벨의 정도로 높아져서 있으므로 A-레벨의 시험에 합격을 한다는 점은 고등학생들에게 뿐만이 아닙니다. 사회인에게 있어서도 상당한 플러스가 되므로 고용에 조건이 완전히 바뀌여져서 높은 봉급을 받을수가 있도록 되겠습니다. 따라서, 많은 사회인도 A-레벨의 시험이 치루워지고서 있습니다 만은, 합격을 한다고 하는 일은 결코, 쉽지만은 않습니다. 예를 들면 1975년도에 순수 수학하고 응용 수학에 남자 분들에 합격률은 몫 몫이 55% 하고 53% 이였습니다. 합격자는 A에서 E까지에 5등급으로 등급을 정하고서 있었습니다 만은, 순수 수학에 경우 A급은 8% 미만 B급은 11% 미만으로 있었습니다. (다만, 남자 뿐으로.) 무엇 보다도 가장 수학은 어려운 과목에 하나로서 다른 과목에서는 조금더 합격율이 높아지고서 있었습니다. 그러하나 1974~75년도는 A-레벨을 3과목이나 그 이상을 취득한 사람들은 잉글랜드의 전국에서 남녀를 합쳐서 6만 2천명 밖에 없었습니다. 한과목이나 두과목을 취득을 하여었던 사람들을 포함을 하여도 13만 6천명(동 연령에 인구 가운데에 약 18%)이였습니다.

대학교에 입학에 선호도에 시험은 다음 과 같이 이루워지고서 있습니다. 옥스포드 하고 캠브리지 대학교에서는 각 컬리지 마다에 시험이 실시가 되고서 있습니다 만은, 다른 대학교에서는 시험은 없었습니다. 지원자는 최고 6통까지 원서를 대학교에 입학 중앙 평의회(the Universities Central Council on Admissions) 에 제출을 할수가 있습니다. 같은 대학교에서도 학과가 다르다면은, 각 각에 한통씩에 원서로서 계산이 되여지고서 있습니다. 대학교 측, 에서는 예를 들면 「(a) 2과목은 A-레벨의 시험하고 다른 3과목은 O-레벨의 시험에 합격을 하고서 있는지 (b) 3과목의 A-레벨의 시험에 합격을 하고서 이미 한과목을 O-레벨의 시험에서 합격을 하고서 있는 점.」이라고 하는 동일한 입학을 위한 조건을 지정을 합니다. 학과에 따라서는 적어도 A-레벨의 수학을 취득을 하고서 있는 점이라든지 프랑스어(불어)는 A-레벨의 시험에서 합격을 하고서 러시아어는 O-레벨 이나 A-레벨의 어느 하나에 시험에서 합격을 하고서 있어야 하는 점과 똑같이 과목을 지정을 하고서 있는 경우도 있습니다.

대학교에 입학에 중앙평론회에 임무는 이러한 원서는 즉, 대학교에서 대응을 하는 수요를 대학교 측에 공급에 적합하게 하는 점으로 있는 셈이 되겠습니다. 한 사람에 학생에게 2개 이상에 대학교에서 입학에 허가가 있었을 경우에는 물론 본인에 선택에 권리를 가지고서 있습니다. 입학이 허용이 되는지에 여부는 A-레벨 이나 O-레벨의 시험에 결과(등급)에서 크게는 의존을 하고서 있습니다 만은, 그러한 점 뿐만으로 결정이 되는 점은 아닙니다. 원서에서는 내신서(생활기록부)를 쓰는 란,에 있어서는 내신서(고등학교에 교장 선생님이 쓴.)에 내용이 상당히 크나큰 역할을 보여주는 일이 종종 있습니다.

어떠한 행위가 올 바른 행위 인가 부정한 행위에 있는지에 대한 감각이 일본인 하고 잉글랜드 인에 사이 에서는 상당히 다르다는 점 으로 생각을 합니다. 예를 들면 일본에 경우에는 A군에 시험에 평균 점이 83점 이며는 B군이 81점으로 있었을 때에, B군을 입학을 시켜서 A군을 떨어트렸다고 한다면은 그 이유가 무엇이 돼여 었던지 이러한 결정은 정확하지 못한 결정으로 있다는 생각을 하고서 있겠습니다 만은, 잉글랜드 인에 경우에는 점수 만으로 판정을 하는 일은 좋지 않은 점이라고 생각을 합니다. 내신서 에는 그러한 숫자화로 하는 점으로는 할수가 없는 사실이 가득히 적혀져서 있습니다. 예를 들면 이 학생은 하급생에 번거로움을 매우 잘 챙겨준다 거나 스포츠의 만능 선수로 있다. 이라고 하는 등에 말을하는 일은 흔히있는 평언(評言) 으로 있습니다. 제가 읽어었던 가운데 에는 다음과 같은 내신서가 있었습니다. 「이 학생에 부모님은 배우로 있으며, 자매도 또한, 배우가 되여서 있습니다. 극장하고 와에 관계가 없는 일은 가족 중에는 이분 뿐으로서 그러하기 때문에, 가족 가운데 에서는 언제나 특이한 지위에 있었다고 생각이 됩니다. 매우 좋다 싫다 이라고 하는 격렬한 학생으로서 좋아하는 과목은 철저하게 공부를 하지만은 싫어하는 과목은 대부분이 복습을 하지를 않는다. 그러하니까, 자신이 좋아 하는 과목에는 몰두를 할수가 있는 대학교 에서는 이 학생은 반드시 성장을 할수가 있다고 믿는다.」

이 학생은 A-레벨 및 O-레벨의 시험에 결과는 좋지는 않았쏨 에도 불구하고 입학을 허용을 받고서 대학교는 상당히 좋은 성적으로 졸업을 하였습니다. 졸업을 하고서 난 후에는 그의 자신도 극장에 관련을 할수가 있도록 되였습니다만은, 처음에는 말단 역으로 그러하는 동안에 말단 으로는 부적합 하다는 일로서 되였습니다. 인간 으로 전향을 하여서 또다시 인간 으로도 실격을 하고 나서 최후에는 스테이지 (무대)의 매니저로 되였습니다. 극장에 생활은 낮에는 한가 하여서 밤에 만 일을 하면은 되여었기 때문 이기에, 그는 낮 동안에는 도서관에 왕래를 시작을 하게 되였습니다. 이렇게 하여서 그는 경제학을 재 발견을 하고 나서 대학원 으로 돌아와서 있었습니다.

12

그럼 에도 불구하고 O-레벨 이나 A-레벨의 시험에서 좋은 점수를 취득을 하는 점은 잉글랜드 에서는 대학교에 입학을 하기 위한 중요한 조건으로 있다는 점 에서는 변함이 없습니

다. A-레벨의 시험 하고 대학교에 입학 하고에 관계를 표로
한다고 하면은 제12표 하고 같이 되겠습니다.

<제12표> A-레벨의 시험에 결과하고 대학교 진학률

(단위%)

A-레벨 시험 과목수	대 학	폴리테크닉	계
3과목 (상)	81	2	83
3과목	43	12	55
2과목	20	13	33
1과목	0,5	2	2,5

출처 : *School Leavers CSE and GCE*, Statistics of
Education, 1975, Vol. 2

먼저 언급을 하여었던 바와 같이 시험에 결과는 A에서
E까지에 등급이 매겨져서 있습니다 만은, A를 5점으로 하
고나서 이하 순차적으로 B, C, D, E,를 몫몫이 4, 3, 2, 1, 점
으로 한다면은 평균에 점수는 3점이 되겠습니다. 3과목을 평
균에 점수로 합격을 하게 되면는 합계 9점 으로 되겠습니다.
제2표 에서「3과목(상)」이라고 하는 점은 3과목이 그 이상
으로 합격을 하여서 합계에 점수가 9점 이나 그 이상으로 되
였을 경우를 말을 하면은「3과목」이라고 하는 란, 은 3과목

이나 그 이상으로 합격을 하였습니다 만은, 합계에 점수가 9점에 미만에 있었을 경우를 말을 합니다. 이하에「3과목(상)」이라고 하는 말을 이러한 의미로서 사용을 합니다.

그러하나 2과목으로 밖에 합격을 하지를 못하였을 경우에도 결과가 AA 및 AB에 경우에는 합계에 점수가 10점이나 9점이 되겠습니다. 이와 같은 경우에는「3과목(상)」에 부에 넣어 놓고서 그 이외의 2과목에 합격으로서 비록 8점에 경우에도「2과목」합격에 란에 넣어 놓고서 있습니다. 표에서「3과목(상)」으로 합격을 하였었던 사람에 5분의 4에 이상이 대학교에 진학을 하는 점을 알수가 있습니다. 가장 성적이 좋은 조성학교에서 조차도 3분의 1에 학생들 만이 대학교로 진학을 할수가 없었습니다. 공인사립학교에 경우에는 4분의1 밖에 대학교에 들어갈수가 없었던 점 (제9표 참조.)하고 비교를 하게 되면은 5분의4가 대학교에 진학을 한다고 말을하는 점은 잉글랜드의 표준으로는 경이적인 성과로서 있었다. 하고서 말을하지 않으면은 안됩니다. 잉글랜드에 있어서는 대학교에 들어갈수가 있는지, 없는지,에 여부는 A-레벨의 시험에「3과목(상)」합격을 하였는지에 여부에 따라서 대부분이 결정이 되겠습니다. 이 점에 비해서는 퍼블릭

·스쿨을 졸업을 하였는지, 안하였는지,에 여부는 결코, 크나 큰 지원이 되지는 않습니다. 퍼블릭·스쿨 의 학생들도 종합 학교에 학생들도 「3과목 (상)」 조에 있었다고 하면은 동등하게 취급이 되여져서 종합학교에 「3 과목 (상) 조.」는 퍼블릭· 스쿨 의 「3 과목」 조에 상위에서 위치를 하고서 있습니다. 잉 글랜드 에서는 학교에 차이는 없다고 단언을 할수가 있는 점 은 이와같은 사실이 있었기 때문 입니다.

〈제13표〉A-레벨 시험에 3과목 또는 그 이상 합격하는 확률

(단위 %)

그래머·스쿨	종합학교	조성학교	공인사립학교
29	5	45	31

출처 : *School Leavers CSE and GCE*, Statistics of Education, 1975, Vol. 2

그렇지 만은 A-레벨의 시험에서 「3과목(상)」 또는 「3과목」 에서 합격을 하는 비율을 학교 별로서 계산을 한다면은 제 13표 하고 같이 되겠습니다. 분명하게 조성학교가 가장 우 수함에 있습니다. 퍼블릭·스쿨 (공인사립학교) 하고 그래머· 스쿨을 상당히 앞서고서 있습니다. 이 표에는 「공인사립학교

에 100명 가운데 31번에 학생이 조성학교로 전학을 하는 경우에는 100명 가운데에 45번까지 내려갈 점으로 있다.」이라고 하는 점을 가르켜서 주고서 있다. 하고서 해석을 하여도 좋겠습니다 만은, 그렇게 해석을 하게 된다고 한다면은 학교에 차이－편차치(偏差値)－를 나타내는 표 이라고 생각을 할 수가 있습니다. 그렇지 만은 가장 합격에 비율이 높은 조성학교 에서도 합격에 비율이 불과 45%로 있습니다. 그 중에 5분의4 즉, 전체의 35%가 대학교에 들어가는 점에 지나지 않기 때문 이기에, 일본 처럼에 전체에 학교를 올려서 진학 하는 학교로 되여져서 있다는 점은 아닙니다. 잉글랜드의 고등학교에 학생이 주(主) 댄 목적은 대학교에 입학을 하는 점이 아닙니다. A-레벨의 시험에 합격을 하는 점으로 있습니다. 한 과목 이나 두 과목 밖에 합격을 할수가 없었기 때문 이기에, 대학교에 진학을 할수는 없어서도 A-레벨의 시험에 합격을 하였다는 점은 그 사람 에게는 상당히 훌륭한 자격을 주는 점으로 있습니다. 그리고서는 국민에 전체가 A-레벨의 시험을 존경을 하고서 있습니다.

이상으로 잉글랜드 의 중등교육은 대학교에 진학에 비율 및 국가검정시험에 합격에 비율이 높은지 낮은지에 여부에 관점에서 검토를 하였습니다. 이러한 종류에 시험으로 학생들을 합격을 시키는 일 만으로서는 중등교육에 사명을 다하는 일은 아닙니다. 품성, 용기, 애정, 침착, 지도력, 등등에 인간에게 중요한 점은 매우 많이 있습니다. 그리고서 학교에 교육은 이러한 자질을 닦는 장소로서 있다는 점에 있습니다.

잉글랜드 인은 제1차 대전에 경험 에서 얼마나 중등교육이 중요한 점에 있는지를 알게 되었습니다. 제1차 대전 중에는 가장 용감하게 싸우고서 훌륭한 지도력을 발휘를 하였었던 일은 퍼블릭·스쿨의 졸업생들 이여었던 점에 있습니다. 그 결과 전·후에 잉글랜드 에서는 퍼블릭·스쿨의 붐이 일어나서 퍼블릭·스쿨에 식으로 교육을 하는 사립학교가 속속히 신설이 되었습니다. 부모는 경쟁을 하여서 남자 아이들을 퍼블릭·스쿨에 입학을 하게 하였습니다. 제2차 대전이 일어났을 때에는 군비 으로서에 잉글랜드 는 독일에게 엄청나게 낙후가 되여져서 있었습니다. 전쟁터 (戰場) 에서는 젊은 지휘관 으로서의 대활약을 하여야만 하여었던 퍼블릭·스쿨의 보이는 충분한 준비를 하고서 있었습니다. 이러한 면 에서는 잉글랜드 는 만전에 태세로 대 독일에 전쟁에 임 할수가 있었던 점에 있었습니다.

옥스포드 및 캠브리지의 학생들은 자발적으로 학업을 버리고서 스핏·파이어에 파일럿(조종사)으로서 전쟁에 참가를 하였습니다. 그들은 용감하게 싸웠습니다. 결과는 제1차 대전에 그때 하고는 다르게 그들만이 용맹스러운 용사들은 아니여 썼습니다. 이 점은 잉글랜드의 있어서는 예상을 하지를 못하여 썼던 기쁜 비명에 오산으로 있었습니다. 전간기(戰間基)에 20수년 동안에 퍼블릭·스쿨 이외의 학교에서도 지도력이 있는 젊은이들이 육성이 되여져서 있었던 일이였습니다. 퍼블릭·스쿨은 더 이상의 공적을 혼자서 독차지를 할수가 없었습니다. 그 결과 제2차 대전 이후에는 이전하고 같은 퍼블릭·스쿨의 붐은 발생을 하지는 않았습니다.

두번째에 전·후(戰後)에 움직임은 첫번째 하고는 완전히 정반대로 있었다고 하여도 지장이 없습니다. 퍼블릭·스쿨의 체계 이외에는 정부는 1944년에 교육을 법으로 근거하여서 새로운 중등교육에 체계를 확립을 하기 위해서 전력을 다해서 "우여곡절"「迂餘曲折」로 그 다음으로 종합학교 하고 국가검정시험을 정착을 시켜서 학교에 차이를 무효로 하는 데에 노력을 하였습니다. 이렇게 하여서 어느 계급에서 태여난다 하여도 어떠한 학교에 입학을 한다고 하더라도 아이들에게는 능력으로써 대응을 하는 미래가 열려져서 있도록 하게 되었습니다. 발전을 하여서 왔었던 근대에 국가에서는 무력으로 혁명을 일으키는 일은 불가능으로 있었습니다. 계급층 간의 풍통(風通)이 잘 이룩하게 되도록 하여서 계급의 제도를 무효로 하기 위해서는 공정한 중등교육에 기구를 정비를 하고서 학교에서 인재를 양성을 하여서 부모에 계급하고는 관계가 없는 적절한 부서로 사람들을 배치를 하지 않으면은 안됩니다. 제2차 대전 후(第二次大戰後)에 이와 같은 평화에 혁명이 잉글랜드에서 일어 나고서 있었다는 점을 생각을 하여야만이 되겠습니다.[1]

1) 부유한 가정에 아이들 만을 모아서 놓은 퍼블릭·스쿨 에서는 다양한 사회에 계층에 사람들 하고 교류를 하는 챤스(기회)가 대부분은 없습니다. 따라서, 학생들은 일정한 계급에 시각에서 밖에 사회를 볼수가 없도록에 교육이 되기가 쉽습니다. 이 점이 퍼블릭·스쿨 의 최대에 약점 으로 있다고 하는 생각을 합니다. 그러하나 일본 에서도 유치원 에서 부터 대학교 까지에 일관 하고서 있는 일 처럼의 사립학교는 동일한 약점을 가지고서 있습니다.

영국 과 일본

- 그 교육과 경제 -

Ⅲ. 잉글랜드 의 대학

- 산업 인가 교양 인가 -

「19세기에 최후에 4반 세기에 도달을 하기 까지에 잉글랜드의 대학교 하고 퍼블릭·스쿨의 기관 으로써는 영국에 신사−지적 으로 있는 점 보다도 오로지 사회 적으로 도덕상에 인간에 하나의 타입 으로서의 영국에 신사를 만드는 일에 종사를 하여서 왔습니다.…(지금 에도) 미국에 학설 (즉, 컬리지 (전문 대학) 및 대학교에 교육이 고등학교를 통 해서 왔었던 어떠한 사람들도 한결 같이 좋았다고 말을 하는 사고 방식.) 에서 잉글랜드 인이 개종을 시켰다고 말을 하는 징후는 없습니다. …… 18세 부터 22세 까지에 대다수에 젊은이 들에게 있어서는 대학교 에서 공부를 하는일 보다도 일을하는 방향이 훨씬 더 좋은 점으로 있습니다. 잉글랜드 인은 실업학교 그밖에 기타 등등을 증가를 시켜서 마죠리티에 있는 이 들이 많은 사람들에게 그들이 필요로 하면서 소화를 시킬수가 있다는 점들을 수여를 할려고 한다 하고서 있습니다.」

A. Flexner, *Universities, American, English, German.*

1

　오늘은 잉글랜드의 대학교에 대해서 말씀을 드리겠습니다. 본론으로 들어가기 전에 잠깐만 산책을 하고 나서 세계에 주요한 나라에 대학교에 대해서 몇개에 지식을 받아 들여서 놓는 방향이 잉글랜드의 대학교에 특징에 대해서 잘아 실수가 있는 일이 아닐까 하고서 생각을 합니다.

　몇 년전에 서독에 본 대학교에 갔었던 적이 있었습니다. 교사 (校舍) 에 가운데에 복도를 걷고서 있었습니다 만은, 큰 계단이 교실에 입구 앞으로 나와서 있었습니다. 학생들에 좌석은 교단을 둘러싸는 것 처럼 반 원형으로 배열이 되여져서 있었습니다. 물론 뒷 방향으로 부터 갈 수록 높아 지고서 있었습니다. 교실에 형태나 크기는 저의 학생 시절에 다까다 야스마 (高田保馬) 교수에 경제에 원론에 강의가 이루워 졌었던 교도 대학 (京都大學) 에 법경 (法經) 제 1 교실 (정원 약 500 명.) 하고 참으로 흡사하게 있어 으므로 나도 모르게 무심코서 발을 멈추어서 보고서 있었습니다. 교실에 약 3분의 2에 정도의 출석 률로 법률이 무엇 인가에 강의하고 같아 있었다는 생각을 하였습니다.

이윽고 선생님이 칠판을 향해서 글자를 쓰기 시작을 하였습니다. 그 틈에 뒤쪽에 앉아서 있었던 여자학생 두세 명이 덜컥 뛰어 나와서 입구에 서서 있었던 나에게 무심코서 부딪칠 뻔하여서 킥킥 거리면서 작은걸음 걸이로 달리면서 도망을 하며 달아나고 있었습니다. 이른바 이스케이프 입니다. 오랫동안에 이러한 상황을 목격한 적이 없었기 때문에, 「그러고 보니 잉글랜드에서는 이스케이프는 없었는데.」하고서 새삼스럽게 감탄을 하였습니다.

저는 잉글랜드에서는 왜 이스케이프가 없는 것일까. 하고서 생각을 하였습니다. 수업시간에 중간에 화장실 (便所)에 가고 싶다고 하는 이러한 생리에 현상은 오대양에 동, 서양을 불문하지 만은, 하물며 영국하고 독일에 사이에서의 차이는 전혀 있을수가 없겠습니다. 수업이 도중에 싫어졌었다고 하는 말은 정신적인 현상에서도 그다지 차이는 없다고 생각을 하고서 있습니다. 잉글랜드의 학생들은 만일에 수업이 싫어졌다 거나 친구들 하고에 약속에 시간이 다가 왔다 거나 등으로서 교실을 나갈때에는 선생님이 보고서 있는 앞에서 일어나서 당당하게 나아 가고서 있습니다. 만약에, 선생님 하고 시선이 마주칠때 에는, 아마도 가볍게 눈 인사를 할

것 입니다. 선생님은 아무런 말도 하지 않을 것 입니다. 가령 「강의 가 싫어졌기 때문에, 나 가고 있구나.」 하고서 생각을 한다. 하여도 아무런 말을 하지를 않습니다. 학생도 그 사실 을 알고서 있기 때문 이기에, 선생님에 틈을 보고서 뛰어서 나가도 아무런 스릴도 없으며, 살금 살금 숨는 일 그 자체가 우수웁지도 이상 하지도 아무런 일도 아닙니다. 잉글랜드 의 대학교에 교실은 작으며, 20명 에서 3,40명 정도로 있습니다. 크나 큰 교실 이라고 하더라도 6,70명 에 정도에 크기로 있 기 때문 이기에, 교실을 빠져 나가는 일은 어려운 일은 분명 합니다. 한 시간 동안에 교실을 빠져 나가는 학생은 많이 있 다고 하여도 두 세 사람 으로서 통상은 아무도 퇴장을 하는 일 없이 전원 모두는 조용하게 강의를 듣고서 있습니다. 200 명 정도가 들어가는 예외적인 대 (大) 교실 (강당) 에 경우에 도 상황은 대부분이 변하지는 않습니다. 따라서, 이스케이프 에 현상은 교실이 크고 작고 에서는 대부분은 관계가 없습니 다. 주 (主) 으로써에 선생님이 관대하게 있는지 아닌지에 여 부에 의존을 한다는 점으로 추측이 성립이 되여져서 있습니 다. 즉, 독재자가 나온다고 하면은 지하 운동이 일어나서 통 제를 하게 되면은 암 거래가 생긴다고 하는 점과 똑같은 이론으로 있습니다. 학생들이 이스케이프를 하는 점은 학생들에 측이 나쁜 점이 아닙니다. 선생님이 관용 하지 않았기 때문으로 있겠습니다.

이어서 맘모스 교육에 대해서 말씀을 드리겠습니다. 잉글랜드 에서는 맘모스 교육에 가능성이 있다는 점은 런던대학교 뿐만으로 있습니다. 런던대학교에 총학생에 수는 3만5천명으로 런던 대학교 이 이외의 제일 큰 대학교는 옥스포드 하고 캠브리지가 1만명 이기 때문에, 런던대학교 조차도 맘모스가 아니라고 한다고 하면은 잉글랜드 에서는 맘모스 대학교는 없다고 하는 점으로 되겠습니다.

런던 대학교는 15의 비 (非) 의학에 치과학계 (비치과 의학계) 스쿨 (또는 컬리지.) 하고 13의 의학치과학계 스쿨하고 13의 이상에 연구소 에서 성립이 되여져서 있는 연합 대학교 으로써 있습니다. 제가 있었던 런던·스쿨 오브·이코노믹스 (이하 LSE로 약칭.) 도 스쿨에 하나로서 3천명에 학생(그중에 1천4백 명은 대학원에 학생.) 이 있습니다. 대학교에 인구에 8.5%를 차지를 합니다. 이들의 학생들은 극히 예외적인 강의를 제외하고서 통상에 3,40명에 이하에 단위로 강의를 듣고서 있기 때문에, 맘모스 대학교에 강의는 우리들에 장소

에서는 거행이 되고서 있지를 않습니다. 일본에 사립대학교에 관계자가 자주 런던 대학교에 시찰을 하러 오시지 만은, 비대증상을 연구를 하고서 치료에 법에 힌트를 얻기를 위함이라고 하면은 런던 대학교는 그다지 적절 하지는 못하다고 생각을 합니다.

제가 알고서 있는 한 에서는 맘모스 대학교 으로써에 가장 드높이 완비를 하고서 있는 곳은 로마대학교에 경상학부 (Facolta' di Economia e Commèrcio) 이라고 생각을 합니다. 로마 대학교에 어느 선생님 에게 여쭈워서 보아도 학생들에 총 종합에 수는 알수가 없습니다. 어떤 사람은 10만 이라고 말을하며 다른 사람은 20만명 이라고 말을 하고서 있습니다. 아마도 15~16만명 이라고 하는 정도가 실 숫자에서 가까운 점이 아닐까. 하고서 생각을 합니다. 하지만은 그렇지 않으면은 25만명은 있을 점이라는 사람도 있습니다.

일본에 사립대학교에서는 만일에 재학생에 전원 모두가 출석을 하였다고 하면은 교실에 들어 갈수가 없으므로 그에 따라서 학생 들이 학교에 오지 않는다고 말을 하고서 있는 전제에 위에서 성립이 되여져서 있는 일이 매우 많이 있다며, 투덜대는 사람들이 있습니다. 그러하나 과연, 로마 대학교는 양심적으로 되여져서 있습니다. 학생들이 조금 적게 출석을 하여도 괜찮을 정도에 교사 (校舍) 를 지었습니다. 크나 큰 교실은 1천수백 명도 들어 갈수가 있겠습니다 만은, 그 이외의 800명이 들어 갈수가 있는 교실 500명이 들어 갈수가 있는 교실 300명이 들어 갈수가 있는 교실이 도교역 이나 오사까 역에 콘·코스 (중앙 홀) 에 가까운 규모에 복도 양쪽으로 쭉 줄지어져서 있습니다.

저는 선생님 분 들께 저의 연구에서 결과를 보고를 하기 위해서 로마 대학교로 갔습니다. 교실은 약 200명이 들어 갈 수가 있는 그 텅빈 교실에 앞에는 두 세줄에 2,30명으로서 선생님 이며, 연구자가 띄엄 띄엄 앉아서 있었습니다. 「관객이 적게 들어와서 있었을때 처럼에 프로 야구선수 들은 적극적으로 시합을 하지를 않았을 것이 겠습니다.」하고서 생각을 하면서 보고를 하여었던 일을 기억을 합니다. 제가 재미가 없다고 할것 같은 얼굴을 하고서 있었기에 한참 후에 한 선생님이 「아니 그래도 가장 제일 작은 교실을 찾아서 놓아 두워었던 것 입니다.」이라고 하시면서 사과를 하시고서 계셨습니다. 부언을 하자면은 500명이 들어 갈수가 있는 교실도 들여다 보았습니다. 앞 쪽에 5,60명이 조그마게 뭉쳐서 있는 이 외에는 10명 정도에 이스케이프의 후보자가 교실에 제일 뒷쪽에 출입구 근처에서 앉아서 있었습니다. 거기에는 이와 같은 학생들에 대부분에 전원이 신문을 읽고서 있었습니다. 저도 그들하고 함께 잠시 동안에「경제학을 위한 수학」이라고 하는 강의를 듣고서 있었습니다. 그들이 이스케이프를 할 무렵에 편승을 하여서 탈출을 하여었던 오랜만에 젊음을 만끽을 하여었던 일을 기억을 하고서 있습니다. 어찌되었든지 이러한 이탈리아에 경험에 의해서 저는 새삼스럽게「맘모스 대학교에서는 학생들에 전원이 강의를 들을수가 있는 시설을 만들어서는 안된다.」하는 점을 인식을 하여었던 점에 있었습니다.

맘모스 대학은 나쁘다 대학교는 최적에 규모가 있습니다. 너무나 크다는 점도 너무나 작다는 점도 않되겠다고 하고서 말을하게 되었습니다. 대학교를 최적에 규모로 분할을 하여서 버려었던 곳이 있었습니다. 프랑스의 많은 대학교가 그렇습니다. 그중 하나가 그르노블 대학교에서는 처음부터 크나큰 캠퍼스에는 하나에 구상으로 만들어져서 있었던 건물을 일부러 부자연스럽게 최적에 규모에 크기로 분할을 하여 버렸습니다. 그 결과 각 대학교는 자치(自治)적으로 할수가 있는 일을 할수가 없게 되여서 있었던 최적에 규모가 최적으로 될수가 없게 되여 버리고서 말았습니다. 이라고 말을 하는 점은 하나에 대학교가 어떠한 결심을 하여도 이웃에 대학교에 협력이 없는 한 실행이 불가능 하다는 일이 많이 있습니다. 예를 들면 어느 대학교가 학교 교내 에서 모터·바이크 에 운전을 금지를 하여서 왔었다고 합시다. 그러나 옆에 대학교 하고 사이에 경계선을 명확하게 해놓지 않으면은 어디 까지가 그 대학교에 교내 (캠퍼스) 인지를 알지를 못합니다. 원래 부터가 하나에 유기체 으로써 생겨져서 있었기 때문 이기에, 많은 공유지가 있으며, 입구도 공통 으로 있습니다. 그러하니까. 유일하게 가능한 점은 그르노블의 전체 (모든) 에 대학교가 협조를 하여서 일제히 모터·바이크에 운전을 금지를 한다는 점으로 밖에 도리가 없습니다. 그렇게 하기 위해서는 전체 (모든) 에 대학교가 연락 회의를 갖지 않으면은 안됩니다. 전체 (모든) 에 대학교가 하나에 통일체 으로서 공동 으로 의사에 결정을 하지를 않으면은 안됩니다. 이렇게 하여서 또 다시 실질 적으로는 원래에 상태로 돌아가 버리고서 말았습니다. 처음 부터 맘모스 대학교 으로써 만들어져서 있었던 그르노블 대학교는 분할 이라고 하는 잔꾀를 내

여서 보아도 여전하게도 맘모스에 고민을 해소가 되는 일은
할수가 없었던 점으로 있었습니다. 무작정 회의가 늘어 날
뿐으로 있습니다.

잉글랜드에서는 맘모스 대학교에 고민은 없습니다. 잉글
랜드에서는 35교에 대학교가 있습니다. 그 가운데에 대형학
교 10교 (버밍검, 캠브릿지, 리즈, 리버풀, 런던, 맨체스터, 뉴
캐슬, 노팅검, 옥스포드, 쉬필드.)에 평균에 학생수를 보게 되
면은 1974년 현재에 학부 학생이 8천 5백명 으로 대학원이
2천 5백 40명 합계 1만 1천 40명 으로 있습니다. 동 연도에서
오사까대학교는 학부 9천 2백명 대학원이 2천 1백 20명 으
로 합계 1만 1천 3백 20명 으로 있기 때문에, 대형학교 10교
의 평균은 대부분이 오사카 대학교 하고 동등하다고 생각을
하여도 지장이 없을 점으로 있습니다. (다만, 초 대형에 런던
을 제외를 한 나머지에 9교에 평균은 학부에 6천 6백 50명 대학
원이 1천 6백명 으로 합계 8천 2백 50명이 있기 때문에, 오사까
대학교 보다도 훨씬 더 적다고 하겠습니다.) 이에 대해서 나머
지에 소형학교 25교에 평균은 학부가 2천 7백명 으로써 대
학원이 590명 합계 3천 3백 60명 으로 있습니다. 대학교에
규모로서는 오히려 너무나도 작다고 말을 할수가 있다고 하

여도 되겠습니다. 코테지·유니버시티 (Cottage University) 이라고 불리우는 이유도 있습니다.

이들은 학생들에게 대해서 교관은 다음과 같이 배치가 되여져서 있습니다. 아시다시피 일본에 대학교에 선생님은 교수, 조교수, 강사에 3개에 계급으로서 성립이 되여져서 있습니다. 오사까대학교에서는 979명에 선생님이 있습니다. 그 가운데에서 구분은 교수 45% 조교수 39% 강사 16% 으로써 되여져서 있습니다. 상당한 톱·헤비에 인사에 구성 으로써 절반에 가깝게는 교수로서 있습니다. 이에 반해서 잉글랜드에서 대학교는 교수 (Professor) 리더 (Reader) 상급 강사 (Senior Lecturer) 강사 (Lecturer) 초급강사 (Assistant Lecturer)의 5개에 계급으로 구성이 되여져서 있습니다. 그 가운데에 초급강사는 많은 대학교에서는 "유명무실"「有名無實」로 되여져서 있으므로 옥스브리지의 이외에는 더 이상 은 벌써부터 맹장 (盲腸) 하고 같은 존재로 되여져서 있었습니다. 대학교에 교관에 각 계급에서 분포는 교수 12% 러더 (지도자) 에서 상급강사 22% 강사에서 초급강사 66% 로 되여져서 있었기 때문에, 현저하게 밑으로 부풀려져서 있었습니다. 그러하므로 잉글랜드의 선생님을 만나 뵙고서 어떠한 말로 칭호를 부르면은 좋을까. 하고서 망설였을 경우에는 프로펫서 △△ 이라고 말씀을 하시지 마시고 미스터 △△ 하고서 말씀을 하시기를 권장을 드립니다. 이 점은 아무도 잉글랜드의 선생님 분들을 무시를 하는 일이 아닙니다. 근대의 확률에 이론으로 응용을 하였었던 따름에 있습니다. 또한, 불러주는 상대에 대해서도 교수도 아니면서 프로펫서 이라고 불리울 정도에 낯 간지러운 일은 없습니다. 이에 반해서는 일본에 대학교에 선생님을 만나 뵈올 때에는 대단히 정중하게 접대를 하실수 있는 일을 권장을 하여 드립니다. 이 들의 가운데 에서 대부분이 두 사람 가운데에 한 사람은 대 선생님 이시기 때문 이지요.

마지막 으로 선생님 한 사람에 대해서 학생 수를 계산을 하여서 보시지요. 학부하고 대학원에 학생들을 구분을 하지 않고서 계산을 합니다. 잉글랜드의 대형 학교 10교에 평균 으로는 선생님에 한 사람에 대해서 10명 미만으로 그 이외의 코테지·유니버시티 에서는 9 사람이 넘는 점으로 되여서 있습니다. 오사까 대학교 에서는 12 사람 미만 으로 있습니다. 오사까 대학교는 생각을 하고서 있는 점 보다도 의외로 좋은 편 이라고 말을 하지 않으면은 안됩니다. 어찌하였든 영국 에서는 대학교에 규모는 작지 만은 세심한 개인에 교육이 여전하게도 가능 하다고 하는 점으로써 있습니다.

2

대학교 에서는 규모에 차이 이외에도 "천차 만별" 「千差萬別」의 다양함에 있어서는 차이가 있습니다. 그리고서 국가가 일치를 하지를 않았을 경우에는 차이가 지극히 현저 하게 있다는 점에 있습니다. 일본에 대학교 하고 한국, 대만에 대학교에 교과 과목은 상당 하게 정도가 같다 하고서 있습니다. 그러하지 만은 부분 적으로는 현저한 차이가 있습니다. 대만에 국립대학교 에서는 LSE의 대학원에 지원을 하여었던 학생들에 경우가 있었습니다 만은, 그의 성적표는 전반 적으로는 매우 좋아 습니다 만은, 매년 2개씩 극단 적으로 나쁜 점수가 있었습니다. 그러하기 때문에, 평균 점수는 그 다지 좋지는 않았습니다. 일단은 저는 그러한 이유로서 이 학생은 안되겠다는 생각을 하였습니다. 유심히 성적표를 살펴서 보았더니 극단 적으로 나빴었던 점은 체조하고 군사에 교련으로 있었습니다. 제 자신이 학생으로 있었을 때에, 이미 전차

전 (戰車戰) 이며, 급강 하강에 폭격 이며, 화염 방사에 공격에 시대로 되여져서 있었습니다. 여전 하게도 분열의 행진에 연습 만을 시키고서 차렷에 자세에서 양 다리가 안짱 다리가 되여져서 있는지 안 되여져서 있는지에 여부를 시끄럽게 말을 하는 군사에 교련 이야말로 비과학 적이며, 어리석은 일은 없다고서 생각을 하고서 있었기 때문에, 이 학생이 갑자기 영웅인것 처럼 생각이 들었습니다. (부언을 하자면은 심히 뒤늦게 되여져서 있었다는 점을 대단히 죄송합니다 만은 일본을 전쟁에서 망하게 하여었던 일 중에 하나는 이러한 육군식에 군사의 교련에 있었다고 생각을 합니다. 우리들에게 행해져서 왔었던 군사에 교련는 오다 노부나가 (織田信長) 나 이시다 미쯔나리 (石田三成) 의 시대 에서는 화기 적 (劃期的) 으로 유효하게 세끼가 하라 (關ヶ原) 에 싸움 (戰) 에서 이시다 미쯔나리 (石田三成) 가 우리들을 학도 출진 (學徒出陣) 을 시킬수가 있는 일을 함께 할수가 있었다고 하면은 결코, 오사까 성을 낙성 (洛城) 을 시키지는 않았을 터인데 하고서 그를 위해서 유감 스럽게 생각을 합니다. 그러한 노몬한에 전차 전 (戰車戰) 에서는 결정적인 패배를 받아들여졌을 점이 였을텐데 여전 하게도 「왼발을 반보 대 각선 으로 오른 쪽 (右前) 앞 으로 내밀어서 운운.」이라고 하며, 무릎 발사

사격에 방법을 엄격하게 가르치고서 있었던 교련에 교관은 세계에서 으뜸가는 공식주의 교조주의 적으로 스탈린주의에 있었다고 확신을 하고서 있습니다.)

미국은 좀더 다르게 있습니다. 미국의 대학교에 성적 표를 읽었을때 에는, 세심한 주의가 필요로 합니다. 일본의 성적 표는 정연 하여져서 있으므로 제일 먼저 교양부에 성적이 다음에는 전문과정에 성적이 적혀져서 있었습니다. 몫 몫이 내부도 질서 정연하게 되여져서 있었 으므로 평점만을 보고서 있어도 적혀져서 있는 장소에서 그 것이 어떠한 과목 인가를 대략은 알수가 있었습니다. 그렇지 만은 미국에 경우에는 성적은 계산기에 카드에 형태로 보존이 되여져서 있습니다. 아마도 카드는 시험을 치루워었던 순서로 줄지어져서 있는 일로 있겠습니다. 성적부에 기재는 완전히 어수선 하게 있었습니다. 그럼에도 불구하고 학생들은 여러 종목을 다양하게 과목을 취득을 합니다. 경제학부에 학생들에 경우에는 마이크로 이코노믹스, 신문학, 스페인어, 공공 경제학, 유대교, 문화 수학, (cultural mathematics—저는 그 점이 어떠한 수학 인지는 알수가 없습니다 만은,) 마르크스주의 등등, 이라고 말을하는 상태로 있습니다. 그러한 점 뿐만은 아닙니다.

교련도 있으며, 스포츠도 있으며, 기타에 예능에 여러 종류가 많이 있습니다. 저는 여자학생이 산파학 및 젖을주는 방법에 단위를 취득을 하는데에 대해서는 결코, 반대를 하지는 않습니다. 엘레멘타리·피아노 및 엘레멘타리·타이핑을 대학교에서 가르치고서 있습니다 만은, 재봉에 사용방법에 강의가 없다고 하는데에 대해서는 편파적이라고 말을 하여야 만이 됩니다. 스포츠의 방향도 스위밍, 테니스, 엘레멘타리·가라데, 아드반스트·유도, 등등에 매우 상세하게 분화가 되여져서 있습니다. 초급 (또는, 고등급.) 자전거를 타는 방법이라고 말을하는 과목에서도 아직은 본적은 없습니다 만은, 요약(要約)을 하면은 미국에 대학교에서는 여자 대학생들에게 대해서는 소위 대학교 하고 신부학교를 보태면은 두개로 나뉘는 일하고 같은 일이 되겠습니다. 남자 대학생들에게 있어서는 대학교 하고 짐(체육관)을 섞어서 맞추워져서 있는 점하고 같습니다.

이탈리아도 통상에 생각 하고는 조금은 특이한 나라로 있습니다. 「당신에 강의 시험을 몇명에 학생들이 받고서 있는지를 그가운데에 몇명이 실제로 강의에 출석을 하고서 있습니까.」이라고 하는 질문을 잉글랜드의 선생님하고 이탈리

아의 선생님에게 말을 하였다고 합시다. 대답은 아마도

　잉글랜드의 사람은 「30명이 시험을 치루고서 30명 모두가 출석을 하고서 있습니다.」

　이탈리아의 사람은 「1천 2백 명이 시험을 치루고서 150명이 출석을 하고서 있습니다.」

이라고 하는 점으로 될것 이라는 생각을 합니다. 일본도 많다 적다에 차이가 이탈리아의 형식 으로서 있었기 때문 이기에, 여러분들이 놀라실 점은 잉글랜드에 있습니다. 이탈리아는 별로 새롭다는 나라가 아니 라며, 말씀을 하실려는지도 모르겠다는 생각을 합니다. 당연히 그러한 평판으로 있으므로 저는 이 이상에 일로서 이탈리아가 통상에 일상하고 조금은 특이 하다고 말을 하고서 있는 점은 아닙니다.

　특이 하다는 점은 이러한 1천 2백 명에 수험생 들에게 구두시험을 하고서 있다는 점에 있습니다. 구두 시험에 문제 에서는 빨리 맞치는 학생은 15분 이며, 성적이 나쁜학생 에게서는 30분 에서 40분이 걸리고서 있기 때문 이기에, 하루에 25명 정도 밖에 처리를 할수가 없습니다. 그러하기 때문에, 1천2백 명에 학생에 시험을 끝내려고 한다면은 계속해서 연장을 한다 하여도 48일 이나 걸립니다. 매월 조금 씩 하면서

6개월에 마무리를 한다고 하여도 1개월에 8일을 구두 시험의 문제로 소요를 하지를 않으면은 안됩니다. 그럼에도 불구하고 그 위에서 수험을 치르는 학생에 대부분이 실패를 하며 (8할 이나 9할.)은 강의에 나온 적도 없는 학생들 이기 때문에, 이탈리아의 선생님 분도 대단히 참을 성이 강한 점으로서 생각을 합니다.

점수를 매기는 방법이 또한 통상하고는 다릅니다. 1과목을 30점 만점으로서 60% 즉, 18점이 급락에 분기점으로 되겠습니다. 강의에는 전혀 나오지도 않아도 18점을 받을수가 있거나, 받을수가 없거나, 하는 점으로 있기 때문에, 정확하게 강의에 나온 학생들에게는 18점 밖에 취득을 할수가 없다고 하는 점은 대단히 창피 하다고 하는 일이 되겠습니다. 무학자에 기준이 되는 점으로 있기 때문 이기에, 보통에 중등급에 학생들은 훌륭한 성적으로 취득을 하는 일은 당연하므로 예를 들면 25과목에 수험을 치루고서 그 가운데에 15과목이 만점은 (즉, 30점) 평균 점이 28~29점 이라고 하는 점이 잘하고서 있는 학생들에 평균으로 있습니다.

이탈리아의 대학교 에서는 이러한 각 과목에 평점 이 외의 종합 점수 이라고 하는 점을 붙이고서 있습니다. 종합 점수 에서는 졸업에 논문에 웨이트 (비중) 가 크며 이탈리아 에서는 과목별에 점수 보다도 종합 점수에 방법에 중시를 하고서 있습니다. 종합 점수는 110점 만점으로 있습니다. 처음에는 저는 96점 및 98점에 학생들은 상당히 잘하는 학생들 인줄로 생각을 하고서 있었습니다 만은, 종합 점수에서 100점 이하의 학생은 대체로 놓아 두고서 점수는 요주의(要注意)에 있습니다. 특별하게 잘하는 학생들은 (예를 들면 이탈리아의 대학교를 나와서 런던·스쿨 에 유학을 하여서 오는 정도에 학생.) 전원 모두가 만점에 종합 점수를 취득을 하고서 있습니다. 그 들의 학생들에 대부분은 좀더 그위에 우등상을 받아서 가지고서 있습니다. 예를 들면, 110/110 E LODE (CENTODIECI SU CENTODIECI E LODE) 이라고 하는 점에 있습니다.

저는 오랫 동안에 이탈리아의 대학교가 왜 종합 점수를 100점이 아닌 110점 만점으로 하는 점 인가를 이해를 하는 데에 곤란해 하고서 있었습니다 만은, 어느 날의일 체온계로 열을 재고서 있었을 때에, 왜그런지를 알것 같은 생각이 들었습니다. 아시는 바와 같이 일본에 체온계 에는 37℃ 에 있는 곳에 빨간선이 그려져서 있었습니다. 그 의미는 37℃ 이하

(以下) 이라면은 건강체로 있습니다. 37℃ 이상 (以上) 이면은 요주의 (要注意) 이라고 하는 점으로 있습니다. 이탈리아 의 종합 점수 에서는 100점이 37℃의 역할을 이루는 점은 아닐 련지요. 100 점 이상 (以上) 이라면는 건강한 학생들 입니다. 100 점 이하 (以下) 이라면은 병 (丙) 자로 있습니다. 체온이 36.8℃ 부 이상 (以上) 이 되면은 37℃ 이하 (以下) 이라도 조금은 나른한 것 처럼의 예를 들면 100점 이상 (以上) 에서는 107점 이라던가 105점 이라도 되면은 이미 학생들에 머리 는 상당히 나른하게 되여져서 있습니다.

미국도 상당한 인플레이션에 나라로 있습니다. 일본에서 스포츠 신문이 매년 12월이 되면은 이러한 선수는 20년에 한 사람 밖에 나타나지 않는 황금의 알 이라고 말을 하면서 고등학교 나 대학교에 야구 선수 들을 큰 목소리로 소란 스러 웁게 뒤쫓아 다니면서 있습니다. 이 와 같은 축제에 소란은 미국에서 왔습니다. 미국 에서는 이와 같은 소란 스러운 일은 스포츠 뿐만은 아닙니다. 대학교에 선생님이 학생에 추천장 (추천서) 을 쏠때에도 대부분에 「과거 x 연간에 단 한사람에 수재.」이라고 하는 표현을 사용을 합니다. 우리들의 추천장 (추천서) 을 쓰는 경우에는 「보통 의 학생.」「보통 이 상의 학생.」「대단히 잘하는 학생.」등등 으로 표현을 합니다 만은, 미국의 경우에는 누구든지 수재 인점 으로 있습니다. 단지 과거에 x 연간에 x 에 가치를 조절을 하여서 어느 정도에 수재로 있는지를 표현을 하는 점에 있습니다. 보통에 학생 들에 경우에는 x=5%에 있습니다. 잘 하고서 있는 학생들에 대해서는 x=10 대단히 잘하고서 있는 학생들에게는 x=20 이라고 하겠습니다. 그리고서 감격이 넘칠 만한 경우에는 미 국의 대학교에 교수는 「제가 교단에 선 이래 (以來) 에 예를 들 면 과거에 30년 동안에 지금 까지 한번 도 전례에서 본적이 없는 수재로 있다.」하시고서 절규를 하셨습니다.

3

그러하면은 잉글랜드 는 어떻게 하겠습니까. 잉글랜드의 대학교는 일본 이나 미국 하고는 다르기 때문에, 대부분에 대 학교가 3년 제로 있습니다. (스코틀랜드의 대학교는 4년 제로.) 지금에 LSE의 경제학과를 예로 들어서 설명을 한다고 하 면은 다음과 같이 되겠습니다. 코스는 제1부 (제1학년) 하고 제2부 (제2,3학년) 으로 나눕니다. 제1부 에서는 4과목을 선택을 하고서 취득을 합니다. 제2부 에서는 또 다시 8과목을 선택을 하고 나서 취득을 합니다. 예를 들면 금융 경제 학에 전공을 시도를 할려고 하는 학생들에 경우에는 제1부 에서 는 (1) 경제학 개론 (2) 수학 개론 (3) 통계학 입문 (4) 정치학 을 취득을 하고 나서 제2부에서는 (1) 초등수리 경제학 (2) 응용 경제학 (3) 금융론 원리 (4) 금융기관 (5) 응용계량 경제 학 (6) 재정학 (7) 경제 통계학 (8) 회계학을 취득을 할수가 있습니다. 이러한 과목에 선택은 사소한 하나의 예, 이 외의 지나지 않습니다. 제1부 에서도 제2부 에서도 과목은 많이 있습니다. 그 가운데 에서 4과목 이나 8과목을 선택을 하는 점이기 때문에, 그럼에도 불구하고 다양한 과목에 조합이 가 능 할수가 있습니다. 동일한 금융 경제 학과를 졸업을 하고도 습득한 과목이 상당히 다를수가 있다는 점이 잉글랜드의 대 학교에 하나에 특징 으로써 있습니다.

다음은 1년 동안에 학생들이 취득을 하는 과목수가 평균 4과목 하고 극단 적인 소수로 있다는 점을 제2의 특징 으로 써 지적을 할수가 있겠습니다. 또한, 이들의 과목이 전체 적 으로 지극히 전문 적으로 있다는 점이 주목을 하고서 있습니 다. (일본에 대학교에 교양에 과정 에서는 많은 과목을 폭 넓은 분야에 걸쳐서 배우지 않으면은 안돼게 되므로서 전문 과정 에 서는 약 20과목 정도에 시험에 패스(통과)를 하지 않으면은 안 됩니다.) 이렇게 잉글랜드 에서는 소수에 과목에 대해서 깊이 있게 배우게 하는 점은 고등학교 (싯스즈·폼) 이래 (以來) 에 전통으로 있습니다.「학문 이라고 하는 방법을 배우는 일에 있습니다. 지식을 모으는 일은 아닙니다.」이라는 점의 생각 에 방향에서 근거를 하고서 있습니다. 다양한 과목을 얄팍하 게 배우는 일 보다도 하나의 학문에 대해서 깊이 있게 배우 는 방법이 학문을 할수 밖에 없다는 방법으로써의 잘 알고서 있다는 점을 확실하게 알고서 있습니다. 그리고서는 한번 더 학문에 방법을 획득을 하였다고 하면은 그 다음은 일생을 걸 어서 자신 (自身) 에 스스로가 지식을 늘려서 깊이 있는 지식 을 가지고서 나아서 갈수가 있습니다.

잉글랜드의 고등학교 학생은 극히 적은 (약 3과목) 에 A-레벨의 시험에서 합격을 하고서 대학교에 오지 만은, 선택한 A-레벨의 과목이 학생들 마다에 상당히 다르게 있기 때문 이기에, 대학교 에서는 획일적인 교육을 할수가 있다는 일은 할수가 없습니다. 따라서, 대학교 에서는 상당히 많은 종류에 강의를 준비 (準備) 를 하고서 있습니다. 동일한 1학년생 용

(用)에 경제학 개론에서도 A-레벨의 경제학에 시험에서 패스(통과)를 하고서 있는 학생 용(用) 하고 그렇지 않은 학생 용(用)에 심지어 A-레벨의 경제학 및 수학에 양쪽에 시험에서 패스(통과)를 하고서 있는 학생 용(用) 이라고 말을 하고서 있는 여러 종류에 강의가 있습니다. 많은 강의 가운데에서 학생들은 제1부 에서 불과 4과목을 제2부 에서는 8과목을 받을수가 있기 때문 이기에, 조합에 숫자는 상당히 많이 있습니다. 어떠한 과목을 선택하는 가에 대응을 하여서 학생은 매우 개성적으로 성장을 하여서 가게 되겠습니다.

그러하므로 잉글랜드 에서는 개인수업 (튜토리얼) 이 소중하게 되겠습니다. 잉글랜드의 대학교에 선생님은 강의 이 외에 튜토리얼 (개인지도) 을 하지 않으면은 안됩니다. 먼저 말씀을 드렸듯이 선생님에 한 사람 당에 학생은 약 9명 에서 10명 으로 있기 때문 이기에, 학생들을 각 선생님 에게 할당을 한다고 하면은 선생님은 9명 내지 10명에 학생에 튜토리얼 (개인지도) 을 하지 않으면은 안됩니다. 한 사람에 학생에게 2주일 동안에 한번 1시간씩 개인 수업을 한다고 하면은 매주 약 5시간에 튜토리얼 (개인지도) 에 시간을 할당을 하지를 않으면은 안됩니다. 각 선생님은 매주 평균에 5시간

정도에 강의를 하기 때문에, 튜토리얼 (개인지도) 하고 합하여서 수업에 시간에 합계는 매주 약 10시간에 도달이 되겠습니다.

튜토리얼 (개인지도) 에서는 선생님은 학생에게 문제를 내여 놓고서 필요한 문헌을 지시를 하여서 그 다음에 시간에는 학생들에게 보고를 하게 합니다. 또한, 1년 동안에 몇 번에 엣세이를 쓰게끔 하고서 그의 첨삭 (添削) 을 하고서 있습니다. 튜토리얼 (개인지도) 는 상당한 노력하고 시간을 요 (要) 하는 수업 법 입니다 만은, 그 대신에 재직 학생에 전원 모두가 언제나 적어도 한사람에 선생님 하고 긴밀한 접촉을 유지하게 되여져서 있기 때문에, 학생들이 진로를 잃는다 거나 자신을 상실을 한다고 하거나 하여서 "자포 자기" 「自暴自棄」가 된다고 하는 사태에 발생을 최소한으로 멈추게 할수가 있습니다.

그러하면은 이 와 같은 교육을 받았던 학생들이 시험을 치르게 된다고 하면은 시험에 결과는 퍼스트·클래스, 어퍼·세컨드·클래스, 로우와·세컨드·클래스, 써드·클래스, 패스 및 웨일 (낙제) 로 평가를 할수가 있습니다. 이 점은 미국에 대학교에서 A+, A, A-, B+, B, … 및 일본에 우, 양, 가 에 대응을 하는 점으로 있습니다 만은, 미국에서는 95점 이상이 A+, 60점 이상이 합격으로 있다는 점에 반하여서 잉글랜드에서는 70점 이상이 퍼스트·클래스의 34점 이상이 합격을 하고서 있습니다. 그렇지 만은 이러한 점에서는 잉글랜드의 퍼스트에 방법이 미국에 A+ 보다도 취득하기 쉽다는 점이 잉글랜드의 대학교에 방법이 합격을 하기가 쉽다는 등으로 생각을 하여서는 안됩니다. 이점은 미국에 대학교가 모든 면에서 인플레이션에 기미로 있습니다. 잉글랜드의 대학교가 모든 면에서 디플레이션에 기미에 있다는 점에 하나의 예로 밖에 지나지 않습니다. 사실, 미국에 대학교에서 A+를 받아었던 학생들에 비율하고 잉글랜드의 대학교에서 퍼스트를 받아었던 학생들에 비율은 대부분이 동일하다는 생각을 하고서 있습니다.

초 인플레이션의 이탈리아에서 이 이외에 미국 및 일본 등에 대학교에 점수에서 인플레이션의 나라는 세계에는 상당히 많이 있습니다 만은, 미국에 영향을 강하게 받고서 있는 캐나다를 별도로 하고서 잉글랜드 계통에 나라는 대체적으로 비교를 한다면은 디플레이션에 형으로 있습니다. 그중에서도 비참한 일은 인도로 있습니다 만은, 인도에 퍼스트·

클래스 는 60점 이상으로 있습니다. 인도에 대학교 에서는 평균에 62점만 취득을 한다고 하면은 그 학부 뿐만이 아닙니다. 대학교에 전체 에서도 손꼽히는 성적 이라고 말을하지 않으면은 안됩니다. 대부분에 모든 학생들은 평균점이 60점 이하로 있습니다.

점수는 절대 적으로 높다는 등으로는 아무런 의미도 없다하며 생각을 하시고서 계시는 분들께서도 많이 계실 점으로 생각을 합니다. 분명하게 그렇습니다. 이탈리아에 30점 이나 미국에 95점을 잉글랜드에 70점 하고 환산을 한다면은 좋을점 이기 때문 이기에, 인도에 60점도 적당하게 환산을 하게 되겠습니다. 그러하나 달러나 파운드나 리라에 경우하고는 다릅니다. 대학교에 점수 에서는 뚜렷하게 하는 교환 시장이 없다는 점으로 있기 때문 이기에, 엄밀한 균형 교환 비율은 아무도 모릅니다. 일단 한번 채점에 정책을 잘못하게 되면은 이탈리아 처럼에 이탈리아에 점수는 후 하다고 정평이 확립이 되여져서 버리고 나면은 정말로 뛰어난 학생들에 성적 에서도 대폭 적으로 할인이 되여져서 버립니다. 또한, 반대로 평균에 59점에 인도에 학생들(그것은 인도에 대학교 에서는 분명하게 우수한 성적 으로 있습니다.) 은 평균은

73점에 미국에 학생들 (미국에서는 중 이하로 있습니다.) 이 다 국적에 기업에 입사 시험을 치루웠을 경우에도 인도인에 학생들이 불리한 입장에 처해져서 있지 않는다고 단언을 할 수가 있겠습니까. 옵티미스트의 나라에서는 점수 및 칭호에 인플레이션이 일어 났습니다. 그 결과 졸업생 들이 유리하게 되여져 버리면은, 더욱더 옵티미스틱 하게 되여집니다. 이에 반하여서 페시미스트의 나라에서 채점은 명목적 으로 엄격 하며 칭호도 화려하지도 않았습니다. 따라서, 판로가 없으므로 갈수록 페시미스트로 되지는 않겠습니까.

잉글랜드의 대학교에 선생님에 지위에 가운데 에서는 리더 이라고 하는 일본 에서는 그 다지 잘 알려지지 않았었던 지위가 있습니다. 리더 이라고 하면은 Leader(지도자)가 아닙니다. Reader(독서가) 로 있습니다. 잉글랜드의 국내 에서는 리더에 지위는 상당히 높습니다. 해로드 씨도 옥스포드대학교를 퇴직을 할때 까지는 리더 이였습니다. 도브 씨도 캠브리지 대학교 에서 최후 까지 리더 이였습니다. 존·로민슨 교수나 칼도어 교수도 50세를 넘어서 있을때 까지 리더 이였습니다. 잉글랜드 에서는 리더 이라고 하는 점은 젊은 나이에 그에 지위를 얻었을 경우에는 미국인이 30살에 풀·프로펫서가 되였을때 하고 같은 자긍심을 느끼며 동경하는 지위에 있습니다. 따라서, 미국이라 면은, 당연히 교수에 포함이 되여야 하는 지위에 있습니다.[1] 미국이나 일본 에서는 대학교에 교관에 절반에 가깝게 교수에 지위에 있습니다. 지금 잉글랜드의 대학교에서 교관의 45%를 미국·일본식에 교수이라고 부른다고 한다면은 교수, 리더, 상급강사에 전원 및 강사에 20%가 가깝게 교수가 되여져 버립니다. 이러한 일은 잉글랜드의 입장에서 볼때에는 미국이나 일본에서 칭호에 인플레이션이 일어 나고서 있다는 점을 의미를 하고서 있습니다. 그 결과 불리하게 되여져서 있는 점은 잉글랜드 인에 있습니다. 잉글랜드의 대학교에 강사 및 상급강사는 미국으로 갔었을 경우에는 통상에 준 교수에 대우를 받을 수 밖에 없는 일이 아니여 겠습니까요.

미국에 대학교에서 벌어지고서 있는 일하고 동일한 칭호에 인플레이션이 일본에 스모「相撲」(씨름) 계 에서도 일어 난다고 하면은 어떠한 일이 벌어지게 습니까. 오오제기 [(大關)(장사)(力士) 에 계급에 하나로 제1급은 요고즈나 (橫綱) 제2급은 오오제기 (大關)] 상야구 (三役) 는 물론에 일이 되겠습니다 만은, 마에가시라 (前頭) 에 8할 정도가 요고즈나 (橫

綱)가 되므로 막구시리 (幕尻)에 오오제기 (大關) 세기와게 (關脇) 고무스비 (小結)에 몇 명이 당당하지 못하고 이름을 일렬로 줄세워서 놓아 놓고서는 일원으로서 같은 동료로서 있다는 정항으로 있는 일이 되겠습니다. 그렇게 된다고 하면은 지금에 있어서는 요고즈나 (橫綱)에 있어서는 아무런 명예도 없습니다. 명예를 좋아하는 미국인은 그러한 정도로 만족을 하지 못한다는 점은 명백 합니다. 다이 요고즈나 (大橫綱) 메이진 요고즈나 (名人橫綱) 에이세 요고즈나 (永世橫綱) 마모노 (眞物) 마모노 요고즈나 (眞物橫綱) 이라고 말을 하고서 있는 일 처럼에 한층 더 높은 칭호를 갖기를 원하게 되는 겁니다. 이렇게 하여서 미국 에서는 「유명 (有名) 교수」 (distinguished professor) 「대학교 (大學校) 교수」 (university professor) 「마모노 교수 (眞物敎授)」 (sterling professor) 이라고 하는 칭호가 점차로 계속 적으로 늘어 만 갔습니다. 이윽고 이것 으로도 충분히 만족하지 못하여서 「이상의 유명한 교수 (異常有名敎授)」 (extraordinarily distinguished professor) 이라고 하는 자가 나타나는 점 에 있어서는 틀림이 없겠습니다.

※ 스모의 계급 : 제1급 요고즈나(橫綱) 제2급 오오제기(大關)
　　　　　　제3급 세기와게(關脇) 제4급 코무스비(小結)
　　　　　　제5급 마에가시라(前頭) 제6급 주료(十兩)
　　　　　　이하, 막구시다(幕下).

　　그러하나 우리들은 이러한 사태를 「아~아 (嗚呼) 색즉시
공(色卽是空).」이라고 하며 헛웃음을 짓고서 무시를 하고서
있겠습니까. 불행하게도 그러한 절친한 좋은 옛시대는 지나
가 버리고서 말았다는 일하고 같습니다.

우리들에 세계는 이미 국제사회시대에 돌입을 하고서 있습
니다. 학자는 국제학회를 피하고서는 연구를 계속은 할수가
없습니다. 회의장에 로비 에서 「헤이·아·유·프로펫서·모리
시마? 마이·네임·이즈·봄·X·안·엑스트라·오디너리·디스
팅위스트·프로펫서·아트·더·유니버시티·오브·무냐무냐.」
하고서 말을 걸어서 왔을때에는, 저는 완전히 깜짝 놀래고
나서는 「예스·서 아이·엠·모리시마·서·하우·두·유·두·서.」
하고서 말을하지 않는다고 하는 보장이 어디에 있겠습니까.

※ 嗚呼 : 아~아 (嗚呼) 는 오호 (嗚呼) 에 탄식을 하는 소리를 표현
을 하는 오호통재 (嗚呼通哉) 에서 비롯됨.

20 세기에 전반 에서는 대학교에 최대에 사회적인 역할
은 노동자에 계급앤서 태어난 아이들을 지식에 계급층 이나
관리직 에 계급 으로 보낸다고 하는 일이 있었습니다. 그의
범위에 있어서는 학생들에 성적이나 칭호에 명목적 으로써
수준을 국제 적으로 상대에 관계는 어떻게 생각을 하였어도
좋았었던 일이 였습니다. 20세기에 후반이 되여서 부터는 세
계가 국제사회 화가 되여져 버리면서 대학교는 젊은이 들을
국제 사회 로 내 보내는 파이프·라인 에 역할을 완수를 하지
않으면은 안되여었던 일이 되였습니다. 그렇게 되면은 성적
이나 칭호에 국제 적으로 환산이 문제로 되여져서 옵니다.
극단 적으로 인플레이션을 항진을 시킨다고 한다면은 신용을
잃게 되는 점이며 극단 적으로 보수적인 과거에 칭호에 집착
을 한다고 하면은 사람들 하고는 「명목, 가치, 착각.」에 결
과, 학생들에 대한 국제 사회 에서 보내는 정보 제공 에는 실
패를 합니다. 저는 일본에 대학교 에서는 극단 적인 인플레이
션 을 일으키지 않도록 충고를 할려고 생각을 합니다 만은,
영국계에 대학교 에서는 「파운드」에 대해서는 달러에 평가에
반 올림을 추천을 하고자 생각을 하고서 있습니다.

1) 1974년 현재로서 35세에 미만에 리더(내지 상급 강사.)는 잉글랜드 전국에서 243명이 있습니다. 그 점은 리더(내지 상급 강사.)에 총수는 3.8% 밖에 되지는 않습니다.

2) 학생 운동에 결과로 일본에 대학교에 가운데 에는 성적부를 우·양·가를 채점을 하지 않고서 다만, 합격하고 불 합격에 판정 만으로 기록을 기입하는 형식으로 되여져서 있었던 곳(예를 들면 교토 대학교.)이 있습니다. 이 점은 시대에 착오에서 극심한 우책(愚策)으로 있었다고 생각을 합니다. 세계의 일류에 다국적에 기업이나 국제 기간 에서도 교토 대학교를 평균적인 성적으로 나온 정도에 사람은 채용을 하지는 않습니다. 좀더 우수한 성적으로 나온 교토 대학교에 학생들을 채용을 하고 싶다고 하고서 있습니다. 그러하나 성적 표에는 합격하고 불합격 만이 쓰여져서 있으므로 전원 모두를 평균적인 학생으로 판단을 하고서 있었으므로 전원 모두를 불 채용으로 하는 방법 이이외에는 어찌할 도리가 없었습니다.

4

점수에 인플레션의 문제는 우선은 국내 적인 규모 에서 일어 났었습니다. 자기 자신이 가르친 학생이 행복한 인생을 보내기를 바라는 마음으로 염원하는 일은 교사 로서는 지극히 자연스러운 인정으로 있기 때문 이기에, 어느 대학교 에서도 여간히 선생님이 강한 극기심 (克己心) 을 갖지 않는한 채점에 애정을 가지고서 있습니다. 그리고서 그 결과 불행하게 해놓고서 악성에 인프레이션을 일으킨다고 하면은 그 대학교에 신용은 없어져서 졸업생이 전멸을 할지도 모릅니다. 선생님은 그러한 사실을 알고서 있으면서도 애정을 가지고서 있습니다. 채점에 관 하여서도 "자유 방임"「自由放任」은 결국은 고등교육에 황폐 화를 초래를 하며 지식인에 계급에 대해서 신뢰를 잃어버리게 되여져 버립니다.

그러하면은 잉글랜드의 고등교육은 어떠한 점수에 인플레이션의 방지에 기구를 갖추고서 있는 점으로 되겠습니까. 보통에 공장에 경우에는 생산물을 출하를 할때에는 퀄리티·컨트롤 (품질 관리) 을 수행을 하면서 제품에 「만일에, 불완전한 상품이 있다고 한다고 하면은 반품을 하여서 주십시요. 교체를 하여서 드리겠습니다.」이라고 하는 라벨을 붙입니다. 그러나 대학교에 경우에는 생산물에 있어서는 학생들은 대부분이 불 완전한 품질 만이 있기 때문 이기에, 교환을 하면서 대응을 하고서 있습니다 만은, 바꾸워서 줄수가 있는 물건이 품절이 돼여져서 버리는 일이 있습니다. 그러하니까 대학교에 있어서는 가능한 일로서는 양심적인 품질에 관리를 하는 「이들의 학생들은 당 대학교에 2급품 이기 때문에, 그렇게 아시고서 사용을 하여서 주십시요.」 이라고 하는 라벨을 붙일 수 밖에 없습니다.

이전에 말씀을 드렸듯이 잉글랜드의 대학교에서 각 과목에 시험에 결과는 퍼스트, 어퍼·세컨드, 로우워·세컨드, 서드 패스, 이라고 하는 식으로 분류가 되여져서 있습니다 만은, 이러한 각 과목에 시험에 결과를 종합을 하여서 학사호에서도 동일한 클래스에 분류가 이루어 집니다. 예를 들면 이력서(履歷書)에 「캠브리지에 대학교에서 학사(제3급 수학을 전공.)」 이라든가 「사섹스 대학교에서 학사(제2급에 상의부 경제학 전공.)」 이라고 쓰고서 있습니다. 잉글랜드의 학생들에 있어서는 어느 대학교를 졸업을 하였는지 보다도 어떠한 클래스에서 학사를 받았는가에 방향이 훨씬 더 그에 인생에서 영향을 주는 중대사에 있기 때문에, 학생들은 상급에 학사호를 목표로 하고서 열심히 공부를 합니다. 제1급에 학사호를 받을수가 없다고 하더라도 3급품에 레테르(딱지)만은, 꼬리표가 붙여지고 싶지는 않겠다고 하는 점이 그들에 본심으로 있습니다.

왜 냐고 하면은 관청, 대학원에 대부분은 어퍼·세컨드·클래스의 학사호를 취득을 하는 점으로 고용 내지는 입학에 조건으로 하고서 있으므로 최종적인 시험에 결과로써 그 이하에 학사호 밖에 받을수가 없었을 경우에는 약속은 취소가 되여집니다. 이렇게 어퍼·세컨드·클래스는 잉글랜드의 학생들은 장래에 엘리트·코스를 걸을수가 있을지 없을지에서 여부의 갈림 길에서 있다는 점에 있습니다. 잉글랜드 에서는 옥스포드, 캠브리지, LSE, ICL, (인페리얼·칼리지·런던.) 등에 명문교가 있습니다. 그 이외의 대학교 에서 일선을 긋고서 있다는 점은 사실로 있습니다. 그러하면은 학교에 차이가 있음에도 불구하고 왜 각 대학교에 동급에 클래스의 학위는 동격으로 간주가 되는 점으로 되겠습니까.

이러한 점을 명백히 밝히기 위해서는 잉글랜드의 대학교에 졸업에 시험제도에 대해서 설명을 하자면은 먼저 시험위원은 내부위원 (internal examiner) 하고 외부위원 (external examiner) 으로써 성립이 되고서 있습니다. 전자는 그 대학교에 시험관에 있습니다. 후자 는 타, 의 대학교 에서는 시험관 으로 있습니다. 시험 문제는 물론 내부위원이 작성을 합니다 만은, 만들어서 내어서 놓은 문제는 반드시 외부위원에게 보내여서 그의 승낙을 얻지를 않으면은 안됩니다. 외부위원은 문제를 읽고서 자신에 대학교에 대응을 하는 문제하고 비교를 하여서 너무나 어려웁지는 않을까. 너무 쉽지는 않을까. 어떠한지에 여부를 검토를 합니다. 이러한 문제는 너무나도 어려웁기 때문에, 힌트를 주면은 어떻게 될까. 아니면은 너무나도 쉬웁기 때문에, 다른 한 문제를 추가를 하면은 어떠할까. 하는 이 처럼의 주문을 외부위원이 붙이고서 있습니다. 이렇게 하여서 문제에 난이도가 두개에 대학교—외부위원이 소속을 하고서 있는 대학교 하고 시험을 치루려고 하고서 있는 대학교—에서 대부분이 수준화가 되여집니다. 다음은 채점을 합니다 만은, 답안은 반드시 2명 내지 그 이상에 내부위원에 의하여서 읽혀지고서 있습니다. 그 들이 합이 하여었던 점수가 답안지에 기입이 됩니다.

채점에 관하여서 하나에 에피소드의 이야기를 하겠습니다 만은, 이미 본인은 돌아가시고서 계시지는 않습니다. 그 위에서 이러한 일화(逸話)를 폭로를 하였다고 한들 본인에 영광에는 아무런 상처를 주지를 않았을 정도에 사람으로서 성공을 하셔서 사망을 하셨으므로 실명으로 말씀을 드리는 방향이 현장감이 있어서 좋으시다고는 하시겠습니다 만은,

충분은 하시지는 못하시겠습니다 만은, 어찌되였든 입학 시험에 일이기 때문에, 유족분들이 주간지에 기자분들에 따라서는 달리 쫓긴다고 하면은 안타깝다. 하고서 생각을 하므로 이름을 가리고서 M선생님 이라고 말씀을 드리는 점으로 놓고서 봅시다. 이러한 이야기를 쓴다는 일은 제가 본인에게 원한이 있기 때문에는 결코 아닙니다. 일종에 그리운 추억의 하나로서 말씀을 드리고서 있기 때문 입니다. 오해를 하시지는 말아 주십시요.

이야기는 구제 교도 대학교에 입학 시험을 제가 태여나서 처음으로 채점을 하였을 때에 일 입니다. 당시에는 교도 대학교에 입학시험은 두사람으로 시험관에 채점을 평균적으로 하고서 있었습니다. 저는 M선생님 하고 페어(쌍)가 되였습니다. 시험에 채점은 시험위원에 전원이 학부장실에서 연금이 되여져서 있으면서 머칠에 걸쳐서 행하여 졌습니다. 저는 아침부터 저녁까지 "죽자 살자" 하면서 점수를 매겨 썼습니다. 도련님으로 자라나신 M선생님은 언제나 잡담만, 하시고서 계셨습니다. 그럼에도 불구하고 채점에 속도는 저하고 별 차이가 없었습니다. 「빠르시구나. 과연, 오랜 세월의 연공으로 교수님이 되시면은 이렇게도 빠르신 일이구나.」하면서 저는 완전히 절복을 하고서 있었습니다.

나중 에서야 마침내 알게 되었습니다 만은, 제가 몇 시간이 지나고 나면은 변소에 가서 있는 그 사이에 선생님은 저의 채점 표를 보고나서 거기에서 한점 이나 두점을 더하거나 줄이거나 하면서 자신에 표에 적어서 넣어 놓고서 있었던 일이 였습니다. 그리고서 두사람의 채점 표를 대조(對照) 를 하여서 보고서는 선생님이 「오오! 모리시마 군 (森嶋君.) 많이 닮아서 있구나. 둘이서 채점을 매겨도 대부분이 동일한 점수가 아닌가.」 하시고서 말씀을 하셨 으므로 그 무렵에는 저는 아직 트릭 (속임수) 을 모르고서 있었기 때문에, 「과연, 두 사람이 채점을 하는 일은 무의미 하군요.」「그렇다 면은 모리시마 군 (森嶋君) 나는 잠시만 휴식에 시간을 갖겠네. 나중에 자네에 점수를 복사를 하여서 받겠네.」 하시고서 저는 선생님의 컨닝을 공인 (公認) 을 하고서 말았습니다. 옛날 에는 선생님 께서는 호걸이 셨습니다.

그러하지 만은 잉글랜드 에서도 또 다시 두사람 으로써에 답안을 읽도록 되였었던 점으로 있었습니다. 과거에 수년 동안에 경험에서 말씀을 드린다고 하면은 답안지 10장 가운데에서 3장 정도에 대해서는 두 사람에 점수가 상당히 다릅니

다. 제가 채점한 점수는 좋았습니다 만은, 상대가 채점한 점
수는 대단히 나쁨 으로서 또는, 그 반대 이라고 하는 두사람
중에 적어도 한사람이 채점에 점수를 잘 못매기고서 있는 케
이스가 약30%나 있었습니다. 그리하여서 채점에 점수가 엇
갈려서 있는 답안을 두사람이 모든 답안을 다시 한번 더 읽
고서 난 다음에 그리하여도 여전히 동의를 하지를 못하였을
경우에는 답안에 어떠한 데 에서 어떻게 잘못이 되여서 있었
는지를 의논(議論) 을 합니다.

　이렇게 하여서 내부위원에 합의에 동의 하여었던 점수가
결정이 되면은 답안은 외부위원 에게 보내여 집니다. 외부위
원에 일은 통상 으로 퍼스트·클래스 에 답안하고 낙제에 답
안을 전체 적으로 전부를 읽는 일로써 그 및 퍼스트·클래스
하고 어퍼·세컨드·클래스 에 경계는 그 이외에 각 클래스의
경계에 답안을 전체 적으로 전부를 읽는 일로서 있습니다.
경우에 따라서는 그 이외의 답안을 다시 읽고나서 채점 상에
관 하여서 다양한 코멘트 (의견) 를 합니다. 예를 들면 4 문제
에 해석을 풀지 않으면은 안되는 경우에는 어떤 학생이 3 문
제 밖에 해석을 풀지를 못하고서 있었으며 나머지에 1문제
를 전혀 손을대지 못하고서 있었을 경우에는 만약에 풀어었

던 3 문제에 성적이 매우 좋아었던 경우에는 외부위원은 「이 학생은 슬로우 (천천히) 이지만은 확실하다. 점수를 단순하게 보태면은 써드·클래스에 총 합계 점수로 밖에 되지는 않지만은 풀어었던 범위에 문제에 답안은 세컨드·클래스에 능력을 보장을 하고서 있기 때문 이기에, 조금더 점수를 올리면은 어떠할까.」이라는 말을 하고서 권고를 하는 일도 있습니다. 또는, 반대로 「이러한 퍼스트·클래스는 조금은 후하게 있습니다. 우리의 대학교 이라고 하면은 세컨드·클래스 으로 밖에는 평가를 하지를 않았을 점으로 있다.」이라고 외부위원이 말을 하여서 오는 경우도 있습니다.

이 처럼의 외부위원을 통하여서 런던은 예를 들면 버밍엄 대학교 하고 수준화가 되여져서 버밍엄은 브리스톨 브리스톨은 리버풀 하고에 각각 수준화가 되여집니다. 외부위원을 통하여서 연락망은 잉글랜드의 전체를 가르키고서 있기 때문 이기에, 잉글랜드에 사람들은 대학교에 여하를 불문하고서 동급 반 (클래스) 에 학생들은 같은 동급 반 (클래스) 에 있는 일 처럼의 표준화가 되여져서 있다고 하는 믿음 으로 있습니다. 그러하므로 입사 또는, 대학원에 입학에 조건 으로써는 「적어도 어퍼·세컨드·클래스의 학위를 취득을 할점.」이라고 학위에 클래스의 조건을 달고서 있습니다 만은, 옥스포드 또는, 캠브리지가 아니면은 안된다는 대학교를 지정을 한다는 그러한 일은 절대로 할수가 없습니다. 즉, 잉글랜드에서 취직에 시험은 지정 학교에 제도가 아닙니다. 지정한 급수의 제도에 있다는 점에 있습니다.

이러한 의미에서 잉글랜드의 대학교 에서는 학교에 차이는 없습니다. 각 클래스 (반) 으로서의 학생들에 분포는 대학교 마다 연도 별마다로 다르게 있습니다. 예를 들면 1972년도 에는 퍼스트·클래스 에 퍼센테지 는 옥스브리지 가 15% 런던이 9 % 그 이외의 대학교가 5% 으로써 있었습니다. 1974년 에서는 각각에 14% 8% 7% 로 있었습니다. 따라서, 1974년에 졸업 학생 들 에서는 그 이외에 대학교에 톱 (최고) 이 7% 하고 옥스브리지에 톱 (최고) 이 14% 가 대체로 동등하게 대우를 받았었던 일이 되겠습니다. 어퍼·세컨드·클래스 에 대해서 따라가서 보면은 1974 년 에서는 캠브리지 가 41% 런던이 25% 그 이외의 대학교가 29% 로 되여져서 있습니다. (옥스포드에 대학교는 세컨드·클래스를 어퍼 하고 로우워 로 나뉘어져서 있지는 않습니다.) 명백하게 옥스포드 하고 캠브리지 는 우수한 학교로 남아서 있습니다. 이러한 인식은 전통에 의한 형태로서 있습니다 만은, 과거에 명성에 의한 일도 아닙니다. 현 상황에서 판단에 의하여서 존재를 하고서 있습니다. 그리고서 현재에 상황에서 판단은 주(主)으로써는 학위에 클래스(반) 분포에 의해서 형성이 되여집니다. 물론 이러한 클래스(반) 분포는 각 학과 마다에 각 칼리지(단과대학교) 마다에 다르게 있기 때문에, 분포는 전통 적으로 좋은 칼리지(단과대학교) 및 학과는 그 대학교에서 전반적으로 명성이 높지는 않습니다 만은, 그러한 점하고는 별도로 높은 명성을 지니고서 있는 일이 되겠습니다.

5

이상에 숫자에서는 런던대학교는 옥스브리지 보다도 상당히 나쁘다고 하는 인상을 받고서 있습니다 만은, 대학교에 사이에서 비교는 조금더 주의를 깊게 실시를 하지를 않으면은 안됩니다. 사실, 런던에 의학과를 전공하는 학생하고 옥스포드에 경제학과를 전공하는 학생들을 비교를 하는 점은 무의미 하기 때문 이기에, 대학교에 비교는 이상과 같은 대학교에 전체의 학부에 대해서는 종합적인 숫자에 의해서가 아닙니다. 각 학부 마다에서 개인별로 숫자에 의해서 비교를 하지 않으면은 안됩니다.

그리하여서 먼저 잉글랜드의 대학교를 학부별로 나누워서 본다고 하면은 1974년 도에 학생들에 수에서 교육학부 (敎育學部) 가 0.6% 문학부 (文學部) 가 22% 사회과학부 (社會科學部) 가 23% 이학부 (理學部)가 25% 공학부 (工學部) 가 17% 농학부 (農學部) 가 1.6% 의학부 (醫學部) 가 12% 로 되여져서 있습니다. 학부에 분류는 일본하고 대부분이 동일은 합니다 만은, 심리학 (心理學) 지리학 (地理學) 및 사회학 (社會學) 은 문학부 (文學部) 가 아닙니다. 사회과학부 (社會科學部) 에 들어가서 있습니다. 사회과학부 (社會科學部) 는 그 이외에 법학 (法學) 경제학 (經濟學) 상학 (商學) 경영학 (經營學) 등을 포함을 하고서 있습니다. 그에 학생수가 전체에 학생에 23% 이라고 말을 하고서 있는 점은 일본하고 비교를 하면은 매우 적다고 말을하지 않으면은 안됩니다. 이러한 일은 일본 에서는 주 (主) 으로써의 회사인이 되기를 위해서 대학교에 들어 갑니다. 잉글랜드 에서는 그러한 전통이 없다는 점하고도 관계가 되고서 있습니다. 또한, 건축학 (建築學) 및 건축 관계 (建築關係) 에 매니지먼트 (관리) 는 잉글랜드 에서는

공학부(工學部)의 외부에 있습니다. 편의상(便宜上)으로 공
학부(工學部)에 넣어 놓고서 있습니다.

〈제14표〉 1974년 도의 학생 분포

(단위%)

대학 \ 학부	교육	문	사회	이	공	농	의	계
옥스포드	0	39.1	23.6	26.7	4.5	0.6	5.5	100
캠브리지	2.0	31.6	20.9	24.3	12.0	1.9	7.4	100
런 던	0.2	15.8	15.6	25.5	10.5	2.1	30.3	100
기 타	0.5	21.0	24.9	23.7	19.3	1.5	8.6	100
전 대 학	0.6	21.7	23.1	24.5	16.5	1.6	11.9	100

출처 : Statistics of Education 1974, Vol.6 : *Universities*
(University Grants Committee).

각 대학교에서는 각 학부 으로써에 학생들에 분포를 표로
하면은 제14표 하고 똑 같이 되겠습니다. 표에서 각 대학교
에 특색을 알수가 있습니다. 우선 옥스포드에서도 캠브리지
에서도 문과계(文科系) (교육·문과·사회·3학부)에 학생들이
절반 이상을 차지를 하고서 있습니다. 런던 및「그 이외에 대
학교.」에서는 이과계(理科系)에 학생들이 절반 이상을 차지
를 하고서 있습니다. (그러하나 옥스포드 하고 캠브리지를 비

교를 하면은 후자에 방향이 이과적 (理科的) 으로 있습니다.) 동일한 이과계 (理科系) 에 대학교 입니다 만은, 런던은 상당히 크나 큰 의학부 (醫學部) 를 가지고서 있으며, 런던 대학교에 학생들에 30% 는 의학생 (醫學生) 으로 있습니다. 「그 이외에 대학교」는 의학부 (醫學部) 가 작으며, 공학부 (工學部) 가 크다고 하고서 있는 특색을 가지고서 있습니다. 옥스포드 하고 캠브리지에 이과계 학생 (理科系學生) 에 대부분은 이학부 (理學部) 에 학생으로 있습니다. 양 대학교 (兩大學校) (특히, 옥스포드.) 에 있어서는 공학부 (工學部) 하고 의학부 (醫學部) 의 학생들은 지극히 소수로 있습니다.

다음은 각 학부 에서의 학위 (學位) 는 클래스 (반) 에 분포로 있습니다 만은, 제15표를 보아 주십시요. 표에서 클래스 (반) 의 분포가 각 학부 마다에서 상당히 다르다는 점을 알수가 있습니다. 특히, (가) 이학부 (理學部) 에 퍼스트·클래스의 비율이 높은 점으로 (나) 문과 (文) 사회 과학 부 (社會科學部) 에 세컨드·클래스의 비율이 높은점 및 (다) 의학부 (醫學部) 에 퍼스트 및 세컨드·클래스의 비율이 극단 적으로 낮다는 점에 주목을 하고서 있습니다. 어퍼·세컨드·클래스 만을 취득을 한다고 하면은 의학부 (醫學部) 에서의 비율은 겨우

9.8% 이기 때문에, 의학부 학생 (醫學部學生) 이 전체에 학생
들에 30% 나 되는 런던 대학교 에서 어퍼·세컨드·클래스의
학생들에 비율이 캠브리지 보다도 훨씬 더 낮다는 점은 당연
하다는 생각을 할수가 있습니다. 대학교에 비교는 전문 별로
서 주의 깊게 살펴서 실시를 하지 않으면은 안됩니다.

그러하면은 이와 같은 학위에서 클래스 (반) 로 나뉘어져서
등급이 매겨져서 대학교를 졸업을 하였었던 사람들은 어떠
한 취업을 하는 점으로 있겠습니까.

<제15표> 1974년도에 학위에 클래스 분포

(단위%)

학부 클래스	교육	문	사회	이	공	농	의
퍼스트	0.9	5.3	3.4	11.0	8.8	4.2	3.5
세컨드	51.6	75.6	76.4	59.4	56.8	55.4	23.3
기 타	47.6	19.1	20.2	29.6	34.3	40.4	73.3
계	100	100	100	100	100	100	100

출처 : Statistics of Education 1974, Vol.6 : *Universities*
(Univetsity Grants Committee).

졸업생은 다음으로 넷 (4) 에 그룹으로 나눌수가 있습니다.
우선 대학교를 나왔어도 교육 부문 에서 머물고서 있는 사람

들은 그 중에는 대학원에 진학을 한다거나 타,의 학부로 재입학을 할려고 하는 사람들 하고 선생님이 되기 위해서 훈련을 받는 사람들 하고 학교에서 선생님 이나 대학교에 직원으로서 곧바로 취업을 하는 사람들이 함께 하고서 있습니다. 1974~75년 도에 대해서 따라가 보면은 이들 중에는 하나의 형태로서 교육에 부문에 잔류 (남아서 있는.) 하는 학생들은 전체의 졸업생에 35% 3분의1에 이상 으로 있습니다. 제2의 그룹은 공업부문 (工業部門) (농업을 포함.) 으로 나아가는 그룹 으로서 그 점은 전체에 졸업생에 13% 제3은 상업부문 (商業部門) (은행 보험 그 이외에 상업 및 회계사.) 으로 나아가는 그룹의 7% 최후는 공공 부문 (公共部門) 으로써 나아가는 그룹에 14% 에 있습니다. (그렇지 만은 유학생은 제외를 합니다.) 공업 하고 상업에 양 부문 (兩部門) 을 합하여서 있어도 20% 에 불과 합니다. 교육부문 (教育部門) 에 머무르고 있는 사람들에 60% 에도 미치지 않습니다. 이 처럼의 잉글랜드 에서는 대학교에 졸업생에 3분의1에 이상이 교육부문 (教育部門) 에 잔류 (남아서 있는.) 를 하고서 지극히 소수 만이 실업계로 나아가지 않고서 있는 점으로 있습니다.

그렇지 만은 교육 부문 (教育部門) 에 잔류 (남아서 있는.) 를 하고서 있는 사람들에 가운데에 대부분은 또 다시 대학원으로 진학을 하고서 있습니다 만은, 그렇다 면은 대학원에 출구에서 그 들은 어떠한 방향으로 헤여져서 나아 가고서 있는 점으로 있겠습니까. 대학원을 끝 마친 학생들은 학부 졸업생 (學部卒業生) 하고 마찬가지로 네개 (4) 에 그룹으로 분류가 되겠습니다. 제1는 대학원을 끝마치고 나서도 한층 더 학교 교사 대학교 교사 혹은 연구자에 형태로서 교육에 부문에 머무르고 있는 사람들 로서 그 점은 대학원에 종료자는 30% 에 달하고서 있습니다. 나머지에서 주 (主) 으로써는 공업 (工業) 상업 (商業) 공공부문 (公共部門) 그 이외로 진행을 합니다. 그에 비율은 공업 부문에서 12% 상업부문에서 2% 공공부문에서 11% 입니다. 학부 졸업생 으로서는 공 (工) 상 (商) 공공부문 (公共部門) 으로 나아가는 사람들 하고 대학원을 끝마치고서 그 들에 부문으로 나아가는 사람들을 합하면은 결국은 학부졸업생에 43% 가 조만간에 실업계 (實業系) 내지 관계 (官界) 로 이동을 하는 일이 되겠습니다.

다음은 이러한 졸업생에 각자에 목적지에서 배분에 질의 단면 만을 본다고 하면은 먼저 말씀을 드렸듯이 대부분에 대학원은 어퍼·세컨드·클래스를 입학에 조건으로 하고서 있

습니다. 정부도 중요한 포지션에서는 어퍼·세컨드·클래스
를 고용의 조건으로 하고서 있습니다. 성실하며 질이 좋은
학생들은 교육부문(敎育部門)「특히, 연구부문.」으로 공공부
문(公共部門)「특히, 행정 및 외교부문.」으로 가면서 실업계
로 이동을 하는 사람들은 양,적 으로도 적을 뿐만이 아니며,
질,적 으로도 반드시 좋지는 않았었다고 생각을 하고서 있
습니다.

〈제16표〉 1974년도 학위에 각 부문에 분포

(단위%)

클래스 \ 부문	교육부문	공공부문	공업부문	상업부문
퍼 스 트	54	6	16	4
세 컨 드	38	10	18	8
기 타	22	21	12	6
전 졸 업 생	34	13	16	7

출처 : *First Desination of University Graduates, 1974-75*
(University Grants Committee).

　예를 들면 퍼스트·클래스에 학위를 취득한 사람들에
42% 는 연구하는 부분으로 그이외에 학문적인 일을 할수가
있도록 교육부문(敎育部門) 에서 머무르고서 있습니다 만은,
세컨드·클래스에 학위를 취득한 사람들이 연구 또는, 학문

적 (學問的) 인 일을 하는 퍼센티지 는 훨씬 더 낮은 13% 에 지나지 않습니다. 교육부문 (敎育部門)에 전체 에서는 퍼스트 ·클래스에 학생들이 실제로서 절반 이상이 (54%)가 이동을 합니다.

각 클래스의 학생들은 각 부문에서의 배분은 제 16 표 에 서 표시 (表示) 가 되여져서 있습니다. 교육부문 (敎育部門) 에 서는 퍼스트·클래스에 학생들 뿐만은 아닙니다. 세컨드·클 래스에 학생들도 평균 이상 으로 이동을 하면서 그 대신에 써드·클래스에 학생 및 그 이외에 학생들은 평균에 이하 밖 에 이동을 하지 않습니다. 예를 들면 교육 부문 (敎育部門)은 최상에 수재 만을 모집을 하고서 있는 부문으로 있었으며. 공 업부문 (工業部門) 이 그 들에 뒤를 따르고서 있습니다. 퍼스 트나 세컨드·클래스에 학생들이 가장 적다는 점은 공공부 문 (公共部門) 으로 있습니다 만은, 이 점은 공공 부문 (公共部 門) 으로 둔재들 만이 몰려서 있기 때문 만은 아닙니다. 병원 을 포함을 하고서 있기 때문으로 있습니다. 앞에서 말씀을 드렸듯이 의학부 졸업생 (醫學部卒業生) 으로서는 퍼스트나 세 컨드·클래스에 학위를 받은 사람들은 매우 적으며, 부문 (部 門) 에 의학부 졸업생 (醫學部卒業生) 을 포함을 하고서 있으면

있을수록 숫자에 위에서는 나빠지고서 있습니다. 런던 대학교가 대학교 가운데에서 차지를 하고서 있었던 점하고 똑같은 지위를 공공부문(公共部門)은 산업부문(産業部門) 가운데에서 차지를 하고서 있습니다. 병원을 제외를 하면은 공공부문(公共部門)에 숫자는 현저하게 개선이 되여집니다.

공업부문(工業部門)에 숫자가 상업부문(商業部門) 보다도 더좋은 점은 공학부(工學部)에 우수한 졸업생이 교육부문(教育部門)에 남아서 있지 않고서 산업계(産業界)로 이동을 하기 때문으로 있습니다. 잉글랜드의 대학생은 옛날 보다도 훨씬 더 산업계(産業界)로 이동을 하게 되였습니다. 대학교하고 실업계(實業系)에 일정한 범위에서 파이프는 상당히 굵게 이어지게 되였습니다. 그러하나 현재에도 공학부(工學部) 및 의학부(醫學部)이 이외에 학부 출신자(學部出身者) 특히, 문학부(文學部) 이학부(理學部) 및 사회과학부(社會科學部)의 출신자에 대부분은 여전하게도 교육부문(教育部門)에서 잔류(남아서 있는.)를 하는 일을 희망을 하고서 있습니다.

이 처럼의 대학교를 나온 사람들에 가운데에는 우수한 사람들에 대부분은 교육부문(教育部門)에서 머무르고서 있기 때문 이기에, 교직원에 월급은 필시 적으로 높을 점이라고 지레 짐작을 하시고서 계시는 분들도 계실련지도 모르겠습니다 만은, 교사에 월급이 낮은 점은 일본하고 변함이 없습니다. 아마도 일본 이상으로 있다고 조차도 생각을 하게 되겠습니다. 초·중·학교에서도 선생님에 월급은 참담 하다고 하는 점으로서 있습니다. 대학교에 강사에 월급도 그들하고 마찬가지로 나쁘며 비교 적으로 좋다고 하면서 보이고서 있는 대학교에 교수에 월급 조차도 해당하는 지위에서 일반에 공무원에 60~70% 정도로서 있었다고 알려져서 있습니다. 월급 면으로 만, 말을 한다고 하면은 교육부문 (敎育部門) 에서 잔류 (남아서 있는.) 하는 일 보다도 실업계 (實業系) 로 이동을 하는 방향이 훨씬 더 유리하게 있다고 하는 점은 말을 할 필요도 없습니다.

그 자리에서 대학교에 졸업생에 월급은 대학교로 진학을 하지 않았었던 사람들에 월급하고 비교를 하여서 본다고 하면은 평균 적으로는 물론 대학교 졸업자 (大學卒業者) 에 월급이 A-레벨의 시험에서 합격을 하여었던 고등학교 만을 나온 사람들에 월급 보다도 높은 점 으로 있겠습니다 만은, 조금 더 자세하게 살피여서 보면은 대학교에 졸업자에 수입에 분포는 하위에서 25% 에 평균을 취 한다고 하면은 그 점은 고등학교만을 나왔던 A-레벨의 합격자에 수입에 분포에 상위에서 25%의 평균치 보다도 낮다고 하는 점이 판명이 됩니다. 앞에서 말씀을 드렸듯이 교육부문(教育部門)에 급여에서의 수준은 낮게 있습니다. 대학교에 강사나 초·중·학교의 선생님은 대학교 졸업생(大學卒業生)에 수입에 분포에서 하위에 25%으로써 속하고서 있다는 생각을 합니다. 이 들의 선생님 분들께서는 특히, 대학교에 강사는 아마도 퍼스트·클래스 내지는 세컨드·클래스에 학위로 대학교를 졸업을 하였을 점 이므로 대학교에 학업 면에서 성공자는 졸업 후에 월급에 면에서는 성공자가 아니라고 하는 점으로 있다고 하겠습니다.

저는 여기에서 나츠메 소우세기(夏目漱石)에 이른바「고등유민(高等遊民)」을 생각을 합니다. 저는 중학교 고등학교 시절에 소우세기(漱石)를 읽고서 대학교를 졸업을 하고 난 후에는 어떻게 하여서 라도 고등유민(高等遊民)으로 되고 싶다고 하는 염원을 하고서 있었습니다. 저는 구제 고등 학교(舊制高等學校)에 선생님 이나 그리고는 마쯔에(松江) 이라든가 마쯔야마(松山) 이라든가 사가(佐賀) 등 이라고 하는 시골에서 고등학교에 선생님이 전형적으로 이상적인 고등유민

(高等遊民) 으로서 있다고 하는 생각을 하고서 있었기 때문에, 전쟁이 끝나고 나서는 대학교를 졸업을 하자 마자 구제 고등학교 (舊制高等學校) 가 폐지가 되여져 버렸을 때에는, 모교가 없어져 버렸던 일보다도 자신의 취업에 일자리가 없어져 버려져었던 일을 한탄을 하고서 있었던 점으로 있었습니다.

그러하지 만은 이 와 같은 고등유민 (高等遊民) 에 세계는 예를 들면 「나는 고양이로 소이다. (吾輩は猫である·와가 하이 와 네코데 아루.)」「행인 (行人)」「산시로 (三四郎)」「피안오버 (彼岸過迄)」등에 소우세기 (漱石) 에 모든 작품을 일관하는 모티브 (근간) 는 결코, 메이지 (明治) 에 현실론은 아닙니다. 소우세기 (漱石) 에 로맨티시즘 (낭만주의) 에 이 이외에 그 이상도 그 이하도 아무것도 아니 였습니다. 과연, 소우세기 (漱石) 에 형님 분들은 유민 (遊民) 인 이였습니다. 그 들은 샤미센 (三味線) (일본에 고유에 악기.) 을 연주를 하면서 묘한 음성을 낸다고 하는 완전히 하등 유민 (下等遊民) 으로서 소우세기 (漱石) 는 자기의 몸속에는 동일한 피가 흐르고서 있다고 하는 생각을 하면은 견딜수가 없는 마음으로 있었던 점에 있었습니다. 메이지 (明治) 에 일본은 현실로 존재를 하여었던 일은 이러한 애도 (江戸) 유민 (遊民) 으로서 있었습니다. 소우세기 (漱

石)는 이른바 세상에 일반 고등유민 (高等遊民) 이라는 점은 아니였습니다. 그렇게 그의 싹 눈은 싹 트고서 있었다고 생각을 하고서 있습니다 만은, 소우세기 (漱石) 에 세계는 당시에는 전혀 현실에서 동떨어져서 있었던 존재로서 있었습니다.

그렇지 만은 고등유민 (高等遊民) 에 철학은 소우세기 (漱石) 에 완전한 독창 (獨創) 적인 점은 아니여 었다고 생각을 합니다. 아마도 그는 잉글랜드 에서 유학 중에 이러한 타입의 사람들을 만나고서 고등유민 (高等遊民) 에 세계를 잉글랜드의 사회의 가운데 에서 보고서 있었던 그러한 이상 향 (理想鄕) 을 소설 가운데 에서 쌓아올린 점은 아닐런지요. 사실, 소우세기 (漱石) 는 유학 중에 크레이그 선생님에 개인 지도를 매주 받고서 있었습니다. 크레이그 선생님은 어디에서도 근무를 하시지 않으셨던 이상적인 영국 형 (英國型) 에 고등유민 (高等遊民) 으로 계셨습니다. 크레이그 선생님은「산시로 (三四郞) 」에 히로다 (廣田) 선생님은「나는 고양이 로 소이다 (吾輩は猫である : 와가하이와 네고데 아루.) 」에 구사미 (苦沙彌) 에 있는 부분에 원형 으로 볼수가 있습니다. 처음으로 소개를 받았었던 소우세기 (漱石) 는 어느 대학교에 선생님도 아니여 었던 크레이그 씨에 위대함을 평가를 하기가 어려워서 그를 어떻게 처우를 하면은 좋을련지를 몰랐었기에 다시 한번 그의 엑센트릭(eccentric)(별난) 하여었던 태도 이며, 행동에 저항 조차도 못 하도록에 느낌 이였었던 일이 였습니다. 시간이 흘러서 감으로써 그의 인품에 매료가 되여서 있었기에 마침내 그의 집에서 하숙을 시켜서 주시기를 청원을 하여었던 점으로 있었습니다.

또한, 메이지 시대(明治時代) 에서는 에도 시대적(江戸時代的) 인 부부에 관계이며, 가정 생활은 현실에서 존재를 한다고 하더라도 서유럽(西歐) 에 부르주아 적인 부부에 관계이며, 가정 생활은 존재하지 않았었기 때문 이기에, 소설가에 개념이나 언어에서 부터 만들어서 나아가지 않으면은 안돼였습니다. 예를 들면 주인(亭主)(테이슈) 하고 여 주인(女將)(오가미) 에 관계에서 있어서도 허즈번드(남편) 하고 와이프(아내) 하고의 관계는 없었기 때문 이기에, 허즈번드(남편) 하고 와이프(아내) 를 표현하는 새로운 일본어를 만들지 않으면은 안되 였습니다. 그러한 점 들을 테이슈(亭主)(일본에 "남자 주인" 이라는 말.) 오가미(女將)(일본에 "여자 주인" 이라는 말.) 이라고 번역을 하여 었다고 한다고 하면은 서유럽 적(西歐的) 인 세계(世界) 의 일본어로 재현을 할수는 없었습니다. 이렇게 하여서 부군「夫君」이나 사이군「細君」이라고 하는 언어가 만들어지면은, 동일한 목적으로 레이조「令孃」이라고 하는 언어가 만들어 졌었다는 점은 아닐까. 하는 생각을 합니다. 그러한 점하고 동일한 일로서 소우세기 (漱石) 에 소설에 있어서는 고등유민적 (高等遊民的) 인 주인공 (主人公) 들은 잉글랜드의 리얼리티를 일본적인 환경에서 재현을 하기 위해서는 소우세기 (漱石) 가 고안 (考案) 을 하여서 썼었던 일이라고 저는 생각을 합니다.

먼저 말씀을 드렸듯이 잉글랜드에서는 대학교를 우수한 성적으로 졸업을 하여었던 사람들에 대부분은 교육을 장래에 투자 이라는 생각을 하지를 않고서 있습니다. 소비재 으로서에 교육에 그 자체를 엔조이 (즐기면서) 합시다 하면서 있습니다. 그들은 돈은 안 벌어도 좋으니까. 이렇게 즐거운 세계에서 평생을 살고 싶다고 하는 생각으로 있습니다. 교육이 성공을 하여서 교육자나 연구자 로서의 생활이 즐거운 일 이라고 하는 학생들이 생각을 하게 된다고 한다면은, 그렇게 생각을 하면 할수록 대학교에서는 산업계로 학생에 공급에 파이프는 점점 좁혀져서 가게 되겠습니다. 이렇듯 생각을 한다고 하면은 잉글랜드의 고등교육에 기관이 산업계에 봉사를 하고서 있지 않는다고 하는 고민은 교육이 나쁘기 때문이라는 점은 아닙니다. 반대로 교육이 성공을 하고서 있었기 때문에 있다고 볼수가 있습니다.

이러한 일은 「영국 병」하고 관계가 있습니다. 가령, "물적 자원" 「物的資源」으로서 매우 풍부하게 있는 나라에 있어서도 주민들이 고등유민(高等遊民) 화가 되여져 버렸을 경우에도 고도에 경제 성장을 바란다는 점은 불 가능으로 있겠습니다. 마찬가지로 설령, "물적 자원" 「物的資源」이 어떠한 점 으로써는 가난 하다고 하더라도 주민이 이코노믹스·에니멀 으로써 있는 한은 그 나라는 결국은 경제 적으로 번영을 할수가 있다는 점으로 기대를 하여도 좋겠습니다. 일본을 여기까지 끌어서 올린 점은 일본인에 "속물 근성" 「俗物根性」에 있었으며 영국에 몰락을 초래하게 된점은 영국인에 교양에서 있었다고 하는 생각을 할수가 있겠습니다. 잉글랜드의 교육은 성공을 하였다고 하는 이유 에서 몰락을 가져다가 주웠습니다만은, 이 처럼의 교육이 성공을 하면은 사람들은 금욕(돈) 보다도 문화 적으로 즐거움을 선택을 하게 되겠습니다.

6

벌써 잊어 버리고서 계셨다. 하시는 분들께서도 계실줄로 생각을 합니다. 옛날에 한대 (阪大) (오사까 대학교) 에 의학부 (醫學部) 에 입학에 시험 문제가 유출이 되여서 몇 사람에 학생이 부정한 입학을 하여었던 사건이 있었습니다. 이 사건은 제가 이미 한대 (阪大) (오사까 대학교.)를 그만 두고서 잉글랜드로 오고 난 다음에 일어났었던 일이 였었기에 어쩌면은 제가 잘못 이해를 하고서 있을는지도 모르겠습니다 만은, 매우 재미가 있었던 사건이 였습니다.

요약을 한다면은 요. 다음하고 같습니다. 국립대학에 입학에 시험문제는 비밀을 유지를 하기 위해서 형무소 에서 인쇄를 하게 되겠습니다. 형무소는 나쁜 일을 하였었던 사람들이 있는 곳이기 때문 이기에, 가장 위험한 곳 입니다 만은, 외부로 부터 완전히 차단이 되여져서 있기 때문 이기에, 반대로 가장 안전한 곳이 되겠습니다. 저도 한대 (阪大) (오사까 대학교) 에 있었을때 에는 시험 문제에 교정으로 한번은 사가이 (堺) 에 있는 형무소 (刑務所) 에 갔었던 일이 있었습니다. 자세한 내용은 잊어버렸 으므로 점심 식사 에는 텐푸라 덮밥

(天麩羅丼) 이 나왔었던 일을 분명히 기억을 하고서 있는 점은 그다지 명예 스러운 일은 아니여 썼습니다 만은, 형무소에서 인쇄 공장으로 들어가기 전에「수용자가 담배를 가지고 싶다고 하여도 절대로 주워서는 안됩니다.」그러한 취지의 주의가 있었던 점은 확실하게 기억을 하고서 있습니다.

수용중인 사람들은 생각을 하였었던 점 보다는 무서웁지는 않았습니다. 오히려 감시에 순회를 하고서 있는 간수에 사람들 보다도 온후하게 보여었던 사람도 있었습니다. 그렇지만 역시 몇 명에 사람들이 다가 와서는 위엄이 있는 작은 목소리로 담배는 없는가 하고서 물어 왔습니다. 미스·프린트가 완전하게 없어질때 까지 몇 번이나 교정을 하였었기 때문에, 상당한 오랜 시간을 형무소 에서 있었던 일로 되겠습니다. 거의 하루 종일 교도소 에서 감금이 되여져서 지내여 었다는 일하고 다를바가 없습니다.

초교 (初校) 보다도 재교 (再校) 재교 (再校) 보다도 삼교 (三校) 로 회수를 거듭 하기에 따라서 미스·프린트에 회수는 줄었으므로 마지막 으로 완전한 인쇄 물에 견본이 되여져서 있었기 때문에, 선생님 분들께서는 돌아 갑니다. 사용을 하여었던 용지가 필요가 없게 되여었던 교정 용지 전부를 공장에

휴지통에 버리고서 선생님 분 들께서는 형무소를 나오실 때
에는 교정 용지를 가지고서 나오지는 않았는지를 엄중하게
신체 검사를 받습니다.

그러하지 만은 그 곳에 휴지통에 버려져서 있었던 교정
용지가 사건에 원인이 되여서 있었던 일이 있었습니다. 머리
가 좋은 수형자 한사람이 사용을 한용지가 필요없게 되여었
던 교정용지를 휴지통 에서 훔쳐서 가지고서 그것을 작게접
어서 풋·볼 속에다 기술 좋게 넣어서 운동시간에 정확히 맞
추어서 걷어 찬 풋·볼을 잘못 찬 것 처럼 보여서 형무소의 담
장 밖으로 풋·볼을 걷어 찼습니다. 외부 에는 이 일을 미리
연락을 하여서 놓아 두워었던 사람이 기다리고서 있었 으므
로 그 풋·볼을 주워서 가지고서 시험 문제를 취득 (取得) 을
합니다. 그리고서 복사 (카피)를 몇 장에 복사본을 출력을 하
여서 1부를 400만엥 이나 500만엥에 팔고서 있었다는 사
건이 였습니다. 사건은 오랫동안 발각이 되지는 않았습니다.
수년 동안에 똑같은 수법으로 성공을 하고서 있었습니다 만
은, 그 뒤에 우두 머리는 형기가 만기가 되여서 출소를 하였
습니다. 사업은 후계자에 손에 의하여서 계속이 되였습니다.
이윽고 후계자도 또한, 출소를 하여서 그와 수괴 (首魁) 에

사이에는 수익에 분배에 다툼이 일어나서 한 사람이 살해가 되었습니다. 그리고서 이 살인 사건을 조사를 하고서 있었던 경찰이 마침내 배후에는 한대 (阪大) (오사까 대학교) 에 사건을 발견을 하여었던 일이 였습니다.

이 사건은 제가 자신이 있게 말씀을 드릴수가 있는 이야기 가운데 하나에 사건이 되겠습니다. 저의 이 전에 세크리터리 (비서) 는 고대 영어를 공부를 하고서 있는 일종에 문학 소녀로 있었습니다. 그 녀는 저의 이야기를 듣는 일이 끝나고 난 다음에 긴장 된 태도로「소설로 하십시요. 영어는 제가 고치 겠습니다. 굉장히 좋은 이야기 입니다.」하고서 외쳤습니다. 한편, 사건 직후에 금융론을 전공을 하고서 있는 젊으신 선생님 에게 이러한 이야기를 하였습니다. 그 는 일본에 의사에 평균에 소득은 어느 정도 인지를 또는, 의학부(醫學部) 이 외의 학부를 나왔을 경우에 평균에 소득은 어느 정도 인지 이자에 비율은 지금 일본 에서는 몇 퍼센트를 하고서 있습니까. 하고서는 냉철하게 물어서 왔습니다. 그리고서는 저의 답을 자료로 하면서 잠시 암산을 하고서 있었습니다. 이윽고「500만 엥은 결코 비싸지 않습니다. 문제를 샀었던 분들께서도 굿·비즈니스 입니다. 매우 잘 만들어져서 있었다는 점이군요.」하면서 여러번 감탄을 하고서 있었습니다. 그러하나 그후에 그는「그렇지 만은 잉글랜드에서는 이와 같은 사건은 절대로 일어나지는 않습니다. O-레벨 이나 A-레벨의 시험에서도 일어났었던 일은 없습니다. 잉글랜드에서는 섹스가 관계가 되지 않으면은 스캔들이 일어난 전례가 없었다는 일이였기 때문에.」이라는 말을 하고서 있었습니다. 저는 다시 한번 생각을 하여서 보고서는 그러하니까요. 이성적으로는 매력이 없었던 사건이 였었구나 하고서 한참 뒤에서야 생각이 들어었던 일이 였습니다.

동일한 이야기를 이탈리아에 대학교에 있었을 때에 일입니다. 듣고서 있었던 일은 열다섯 살 때 부터 반 파시스트에 지하운동에 참여를 하고서 있었다고 하는 약간 수상한 경력을 가지고서 있는 B박사 하고 옥스포드에서 유학중에 독일에 부인하고 결혼을 하여서 그녀로 부터 이탈리아의 사람은 "의지박약"「意志薄弱」으로 열심히 일을 하지를 않는다 든가 이탈리아에 자동차는 외관은 좋지 만은 곧장 고장이 난다든가 언제나 몹시 불평으로 고통을 받고서 있는 I교수 이외에 잉글랜드인 으로서 제2차 대전 시절에 시실리 섬으로 상륙을 하여서 이탈리아의 반도를 북진을 하여서 플로렌스 까지 왔었을 때에, 이탈리아에 아가씨 하고 만나서 전쟁이 끝나고서 난 뒤에 플로렌스로 돌아와서는 그녀 하고 결혼을 하고서 그 대로 이탈리아 에서 영어 교사를 계속 하시고서 계시는 G씨 하고 3사람이 있었습니다.

우리들은 저녁 식사를 먹고서 있었습니다. 저의 이야기가 끝 났어도 이탈리아에 선생님 분들은 히쭉히쭉 웃기만 하면서 반응이 없었습니다. 그리하여서 조금은 맥이 빠져서 있었습니다. 저는 여쭈워서 보았습니다.

「만약에, 동일한 일이 이탈리아 에서 일어났다고 한다 면은 시험문제는 어느 정도로 팔리여 겠습니까?」

B박사 「글쎄요 그 다지 비싸게는 팔리지는 않았을 것입니다.」

「왜 그렇지요.」

I교수 「분명히 똑같은 일을 할 사람들이 많이 있을 것이니까요. 풋·볼을 10개며, 20개며, 걷어차 내여서 시험 문제의 용지에 공급에 과잉으로 인하여서 가격이 떨어집니다.」

제가 「과연」 하고서 감탄을 하고서 있었으므로

G 씨는 「안 됩니다. 일본은 아직도 이탈리아의 상대가 되지는 못합니다. 여기는 요. 마피아 (깡패) 에 나라로 있기 때

문에, 뒷문 입학 (裏口入學) 도 한층 더 난폭한 수단을 쓸수가 있었다고 한다고 하여도 문제는 되지는 않습니다. 당신에 이야기로는 이탈리아에 수준으로써 범죄로 되는 일은 살인 뿐입니다. 나머지는 전부가 무죄로 되겠습니다. 첫 번째로 형무소 소장은 자신이 제일 우선으로 문제를 팔것이겠지요.」

실제로 이탈리아에서는 이와 같은 종류에 사건이 자주로 일어날련지 안일어날련지에 여부는 별도로 하고서 잉글랜드에서 국가에 시험이나 입학에 시험문제로 관하는 스캔들(사건) 에 대부분이 절대로 있을수가 없다고 하는 점은 사실에 있습니다. 거기에는 여러가지에 이유가 있습니다. 가장 근본적으로는 그들은 젊은 사람들에 자신이 별로 고등교육을 받고 싶어 하지를 않는다고 하는 점을 말씀을 드린다고 하면은 고등교육에 대해서 수요가 적다는 점에서 유래 하는 점으로 생각을 합니다.

미국에서는 너도나도(猫も杓子もひょっとこも : 고양이도 표주박도 탈 면도.) 모두가 대학교에 들어갈려고 하고서 있습니다. 미국 권에 속하고서 있는 일본에서도 대학교는 젊은이들에 낙원으로 있습니다. 그러한 점으로 인하여서 무 구속 (無拘束) 에서 무법 (無法) 에 4년 동안에 생활을 즐기는 일

은 인간 으로 태여날 때 부터 시작을 하여서 주워져서 있는 인권 으로 있다는 점을 믿고서 있습니다. 대학교 측도 또한, 젊은이 들에 요구로서 잘 영합을 하고서 있습니다. 그러하나 잉글랜드 에서는 고등교육은 인권에 있어서도 특권에 있어서도 아닙니다. 젊은 사람들에 자신이 전원 모두가 고등교육을 받을수가 있도록 한다고 하여도 고등교육을 받지를 않으면은 안된다고 하는 생각은 하지는 않습니다. 또한, 대학교 에서는 학생들은 기필고 방자한(野放圖) 생활을 할수가 없습니다. 회사원 이나 공원에게 요구가 되고서 있는 일하고 같은 점 으로써에 근면성 으로써 학생 들에게도 요구가 되여집니다. 그 들이 주 40시간을 일을 하고서 있다고 한다면은 학생들은 적어도 동일한 만큼에 시간은 강의를 듣는다 거나 도서관 에서 조사를 한다고 하거나 실험 실에서 연구를 하지를 않으면은 대학교를 졸업을 할수가 없도록 대학교에 커리큘럼 (교과·과정)의 계획이 짜여져서 있습니다.

※ 猫も杓子も~ (고양이도 표주박도~) 일치 (一致) 한다. 이라고 하는 말을 잇규 (一休) 이라는 스님의 말씀 중에서 유래 됨.
「태여나서 죽는 일은 석가 (釋迦) 도 달마 (達磨) 도 고양이 (猫) 도 표주박 (杓子) 도 모두다 동일 하다.」

이러한 점 때문에 다음과 같이 일본에서는 생각을 할수가 없는 귀찮은 일이 일어나게 되겠습니다. 잉글랜드에서는 스튜던트·유니온 (일본에 전국학교에 연맹인 전 학련 (全學連) 및 각 대학교에 학생에 자치회 으로서 해당 됨.) 에 위원은 정규 (풀·타임) 에 학생이지 않으면은 안됩니다. 유니온에 중요한 포스트 (자리) 에 취임을 하면은 월급이 유니온에서 지불이 되여 집니다. 그러하나 그 대신에 그 학생은 유니온을 위해서 대부분에 시간은 일을 하여야 만이 되겠습니다. 지극히 한정이 되여 진 시간에서 만에 강의에 출석을 할수 밖에 없습니다. 만약에, 수많은 강의에 출석을 하여었던 일이 발각이 되면은 "직무 태만"「職務怠慢」 에 이유로서 학생임 으로 인해서 유니온에 직에서 파면이 되겠습니다.

그러하지 만은 강의에 출석을 하지를 않으면은 대학교에 측, 으로 부터 제명이 되겠습니다. 풀·타임에 학생으로 남지를 못하면은 그 학생은 유니온에 위원 으로 있다고 하는 자격이 박탈이 되여져 버립니다. 월급을 받지를 않는 대신에 적당히 강의에 나와서 적당히 유니온을 위해서 일을 하는 점은 허용이 되지를 않습니다. 학생은 매월 학비를 내는 대신에 유니온에 전임자 으로서 일을 해줄수가 있는 위원으로써 요구를 하고서 있다는 점으로 있습니다.

그러하므로 유니온의 위원은 학생들 하고 대학교에 사이에 있어서는 진퇴가 극하게 되여져 버립니다. 유니온에 위원에 직으로서 임명이 된다는 말을 하고서 있는 점은 그의 직에서 파면이 된다고 하는 일이라고 하는 변증법적사태 (辨證法的事態) 가 생기기 때문으로 있습니다. 그리하여서 유니온의 위원을 구제하기 위해서 LSE에 경우에는 위원이 된다고 하면은 그 학생은 연구비 학생으로서 만으로 말을하고 있습니다. 연구비 만을 납부를 하고서 있다고 한다면은 강의에 출석을 하지 않았어도 한사람 만으로서에 연구를 하고서 있다고 하는 점으로 간주가 되여져서 자격이 주워져서 있습니다. 연구비 학생은 정규에 학생으로 있습니다. 몇년 동안을 그의 지위에서 있다고 하여도 어떠한 학위도 받을수는 없습니다. 이렇게 하여서 겨우 스튜던트·유니온에 전임자 (專從者) (전임 노조 관리자.) 으로서 있다는 점하고 학생으로 있다는 점으로서 양립을 하는 일이 되겠습니다.

일본에 대학교 에서는 학생 들은 방치 (放置) 가 되여져서 있습니다. 잉글랜드의 대학교 에서는 결정이 되여져서 있는 방식 으로서 빈틈이 없이 관리를 하고서 있습니다. 교사 분

들은 매 학기 말에는 가르치고서 있는 학생들에 근타 (勤惰)
에 정황 으로서 공부에 대한 진행 상황에 대해서 대학교에
당국으로 보고를 하지를 않으면은 안됩니다. 각 선생님 분들
에 보고서는 학생별 단위로 정리를 하여서 파일로 철 하여서
보존을 하고서 있습니다. 선생님 께서는 어떠한 학생들에 파
일 이라고 하여도 언제든지 열람을 할수가 있도록 되여져서
있습니다. 파일은 졸업을 하였다고 하여도 오랫동안 보존이
되여져서 있기 때문 이기에, 신임 선생님 이라도 10년 전에
학생이 재학중에 어떠한 태도로 임하고서 있었는지를 간단
히 (容易 : 용이) 쉽게 알수가 있도록 되여져서 있습니다. 학
생들에 측, 으로 부터 추천서를 작성하는 일을 의뢰를 받았
을때 에는, 선생님은 언제나 이 파일을 대학교에 사무국 으로
부터 주문을 하여서 가지고 와서는 그 파일을 참고로 하면서
추천서를 작성을 합니다. 그리고서 소우세기 (漱石) 가 썼었
던 것 처럼으로서

『영국의 신사는 완고 하며, 젠틀 하며, 여간 하여서 지는
일을 싫어 하며 (아는 척을 하지 않으며,) (거짓말을 하지 않으
며,)』 (방점 필자.) 그러하므로 학생들에 추천서 이라도 「파일
에 의하여서 구체 적으로 문장이 번복이 되여져서 있을 때에

는 소략을 하고 있음.」이라고 학생에 불리한 점 까지도 쓰여 져서 있습니다.

이렇게 대학교는 기필코 낙원 이라고 말을 할수는 없습니다. 그러하므로 젊은 사람들도 공부를 좋아하지 않는 한은 대학교에 들어가고 싶어 하지 않습니다. 그들은 하찮은 생각으로서 3년 동안을 대학교에 들어가는 일 보다도 그만큼 빠른 직장으로 뛰여 들어가서 실적을 쌓아서 놓는 방법이 훨씬 더 현명한 삶의 방법 이라고 생각을 합니다. 그 위에서 잉글랜드 에서는 16살에 의무교육을 끝내고서 나면은, 부모도 아이들도 한 사람에 어른이 되였다는 생각을 합니다. 아이들은 돈에 대한 면 에서도 부모에게 의존을 하지를 않게 됩니다. 대학교 에서는 부모님에 돈이 아닙니다. 장학금 으로 대학교에 들어 갈려고 합니다.

그 연령에 부모하고 아이들에 관계는 나라 마다 에 매우 다른 점 으로 생각을 합니다. LSE 대학원에 입학 원서를 보고서 있으면은 이러한 점을 잘 알수가 있습니다. 대학원으로 올려고 하고서 있는 사람들 이기 때문 이기에, 학부의 지망생 보다도 3년 에서 5년 정도에 많은 나이를 먹고서 있습니다. 입학 원서에 「학자금을 어떻게 조달을 할것 인가.」이라고 하는 란,에서의 기입(記入)은 나라 마다에 현저히 상당한 차이가 있습니다.

먼저 동양에 국가와 국가(일본이나 중국계에 여러 국가 뿐만은 아닙니다. 인도계에 여러 국가 들이나 이란, 터키(튀르키예) 등이 포함이 되겠습니다.) 하고 그리스 에서는 대부분에 학생들이「부모님 으로 부터 학자금을 받는다.」하고서 쓰여져서 있습니다. 그 중에서 유일 하게도 예 외는 일본인 으로서 그들에 대부분은「회사에 장학금에 의함.」이라고 기입이 되여져서 있습니다. 회사에 파견 되여서 있는 학생들이 아닌 경우에는 역시 타,의 동양인 하고 동일한「부모님이 낸다.」하고서 쓰여져서 있습니다. 이에 반하여서 미국 사람에 경우에는「부모님이 낸다.」「자신에 저축에 의함.」「장학금을 받는다.」등등, 다양 합니다 만은, 그 들의 가운데 에는「와이프 (아내)가 일을 하여서 대 학원에서 재학중에는 와이프 (아내) 한테서 부양을 받는다.」이라고 하는 점이 상당히 많이 있습니다. 그러하나 잉글랜드 인에 경우에는 대부분은 거의 모두가 장학금을 기대를 하고서 있습니다. 그러하지 않는다고 하면은 지금까지 자신이 일을 하여서 모아 놓은 돈으로 학자금을 충당을 합니다.「부모님에 돈으로.」이라고 기입을 하는 사람도 없는 일은 아닙니다 만은, 극 소수로 있습니다. 그러하기 때문에, 잉글랜드 인 으로서 고등교육을 받는 사람에 숫자는 대학교에 정원으로 결정이 되는 점은 아닙니다. 장학금에 총액 으로서 결정이 되겠습니다. 따라서, 국가에 재정이 어려워져서 정부가 장학금을 줄인다고 하면은 대학교 에서는 공석 (空席 : 빈자리) 이 생깁니다. 공석 (空席 : 빈자리) 을 외국으로부터의 유학생 으로 메울수가 없다고 하면은 대학교에 수입은 감소가 되여서 회계는 적자가 되겠습니다. 대학교 에서는 교관 (教官) 에 인원을 삭감을 하지를 않으면은 안되게 됩니다. 학생들은 물론 교육에 예산에 축소로 저항을 하여서 스트라이크 (파업) 를 이행을 하거나 합니다. 그러한 일로 교관에 목을 자르거나 쇠파이프로 서로가 죽이고 죽는다고 하는 불합리 적인 부끄러움을 모르는 사건으로 발전을 하는 일은 아닙니다.

7

마지막이 되었습니다. 잉글랜드의 취학에 연령에 대해서 말씀을 드리려고 합니다. 잉글랜드 에서는 초등학교 교육은

5,6세에 아이들이 들어가는 유치원학교(인펀트·스쿨) 하고 7살 부터 10살 까지에 아이들이 가는 소년학교(주니어·스쿨)에서 실행이 되여집니다. 양쪽을 합하면은 6년 으로 되겠습니다. 일본 보다도 1년을 빨리 학령기가 시작이 되기 때문이기에, 아이들은 일본 보다도 1년을 빨리 중학교에 들어가는 일이 되겠습니다.

잉글랜드의 중학교는 통상은 고등학교 하고 나뉘어져서 있지는 않습니다. 그래머·스쿨 에서도 종합학교 에서도 조성학교나 공인사립학교 에서도 처음 부터 끝날 때 까지 있다고 한다면은 7년 동안을 재학을 하는 점으로 되겠습니다. 15세 (5학년생.) 가 끝날 무렵 말까지 재학을 한다고 하면은 의무교육을 끝 마치고서 있기 때문 이기에, 그 다음에는 언제든지 퇴학을 하여도 되는 점이 되겠습니다. O-레벨의 시험은 보통은 5학년(일본에 고등학교 1년.)을 끝마치고서 수험(受驗)을 치루고서는 그 보다도 쉬운 CSE 시험 (중등교육 검정시험.) 은 4학년에 학년 말에서 치룹니다. 6학년 하고 7학년은 싯스즈·폼 으로 있습니다. 7 학년에 학년 말에는 A-레벨의 시험을 치루고서 대학교에 입학을 합니다. 대학교에 입학을 할 때에 연령은 열 여덟 살 으로써 일본하고 동일을 합니다 만은, 대학교는 통상에 3년 제로 있기 때문에, 졸업을 하는 기간은 1년이 빨라지게 되겠습니다. 일본 하고는 다르기 때문 이기에, 7월 달에 대학교를 졸업을 하기 때문에, 출생을 하여었던 달에 따라서는 일본 보다도 1년반 이상으로 빨리 대학교를 졸업을 하게 되는 사람들도 상당히 많이 있습니다.

이상과 같은 잉글랜드의 교육을 일본하고 비교를 한다고 하면은 다음하고 같은 특징을 발견을 할수가 있습니다.

(1) 대학교에 학부를 종료를 하기 까지에 걸리는 총 년수는 양국에 모두는 16년 으로 있습니다 만은, 잉글랜드 에서는 5살 에서 부터 학령기가 시작이 되여지기 때문 이기에, 1살 앞당겨져서 대학교를 졸업을 하게 되겠습니다.

(2) 초등학교에서 년한(年限) 은 양국의 모두는 6년 으로 있습니다.

(3) 중학교는 잉글랜드는 5년 입니다. 일본은 3년 입니다 만은, 양국에 모두는 중학교를 종료를 하였을때 에는, 의무교육을 끝 마치고서 있기 때문 이기에, 결국은 잉글랜드 의 방향에 의무교육에 기간이 2년 동안이 길다는 점으로 되겠습니다.

(4) 잉글랜드의 고등학교(싯스즈·폼) 는 2년 동안으로 대학교는 3년 동안으로 있기 때문 이기에, 일본에 고등학교 하고 대학교 보다도 합계로 2년 동안이 짧다고 하는 점으로 되겠

습니다.

(5) 잉글랜드에서 고등학교에 정도는 상당한 높이에서 있습니다. 일본에 대학교에 교양학부는 충분하게 필적을 하고서 있기 때문 이기에, 잉글랜드의 고등학교 2학년 학생을 대학교에 학생 으로써 간주를 하고서 대학교를 4년제로 하여서 중학교의 4학년 학생하고 5학년 학생을 고등학교 학생으로 간주를 하여서 싯스즈·폼 의 1학년 학생하고 함께 3학년제 으로써 고등학교를 만든다고 한다면은 년한적(年限的) 으로는 정확하게 일본하고 동일하게 되겠습니다. 일본하고 다르다고 하는 점은 학령기가 한살이 빨리 시작을 하는 점으로서 의무교육이 2년이 길어져서 있는 점이 되겠습니다.

그렇지 만은 의무교육 만을 받는다고 한다고 하면은 일본의 방향이 잉글랜드 보다도 한살이 젊어져서 사회로 나오는 점으로 되겠습니다. 많은 사람들은 중학교 만으로 끝 마치지는 않습니다. 한층 더 고등학교 대학교 으로에 진학을 하고서 있기 때문 이기에, 현실에 진학 율에 아래에서는 교육을 종료를 할 때에는, 평균에 연령을 계산을 하여서 보면은 반대로 일본에 방향이 잉글랜드 보다도 약2살 반이 많아지게 되겠습니다. 그러하지 만은 능력이 부족한 점으로서 대학교에 간다고 하여도 대학교에 교육에 흡수에 비율은 나쁘며 별 다르게 진보를 재학 중에는 하지를 못합니다. 사실, 대학교에 방향에 수준을 떨어 뜨리지 않는 한, 출생에 인구에 30% 가까웁게 이해를 할수가 있을 정도에 대학교에 강의는 쉬운 일이 아닙니다. 한편 으로는 잉글랜드는 일본 보다도 2년 이나 길게 의무 교육을 실시를 하고서 있기 때문에, 의무 교육 만으로써 사회로 나아가는 사람들에 대해서는 잉글랜드인에 방법이 일본인 보다도 정도가 높은 교육으로 되여져서 있습니다. 고등학교에 교육에 대해서는 잉글랜드의 교육은 좁기는 하나 깊게 있으며, 그에 교육에 성과는 A-레벨의 시험에서 자세하게 검사가 되고서 있습니다.

그러하므로 잉글랜드의 교육에 체계는 평균 적으로 졸업생이 일본에 평균 적인 졸업생들 보다도 질 적으로 뒤 떨어지지는 않는다는 생각을 하여도 지장이 없다고 생각을 합니다. 만약에, 그렇다고 하면은 교육에 기간이 짧은 잉글랜드의 교육 기구에 방향이 일본에 교육에 기관 보다도 효율이 좋다고서 말을하지 않으면은 안되는 점으로 있습니다. 잉글랜드 에서는 교육에 코스가 복선에 노선으로 되여져서 있습니다. 희망에 따라서는 짧은 코스나 긴 코스를 선택을 하기 때문 이기에, 교육의 평균에 기간은 불 필요로 길어 지지는 않습니다 만은, 단선 노선에 일본 에서는 대부분에 전원이 장거리에 여행을 하는 결과 로서 평균에 기간이 길어 지고서 있다고 하는 점으로 있겠습니다.

저는 교육에 기간이 길다고 하는 점은 나쁘다(惡) 이라고 생각을 하고서 있습니다. 첫 번째는 일본 에서는 대학교를 졸업을 할때 까지 부모님 에게 의지를 합니다. 따라서, 동 년층에 잉글랜드의 사람들 하고 비교를 하면은 어린아이와 같으며 동시에 무 책임 합니다. 두번째는 22 살 에서 대학교를 졸업을 하고 나서 처음으로 진정한 인생이 시작을 하고서 있기 때문 이기에, 20 대 에는 일본 에서는 아직은 초심자에 시대에 있습니다. 그러하나 인생의 70년 중에서 체력 적으로도 두뇌 적으로도 가장 정력 적으로 일을 할수가 있는 시대는 20 대에 있습니다. 이러한 20 대를 (사회 적으로 체험이 부족하다는 점에 이유로,) 사회에 밑 바닥으로 보내는 일은 개인 적으로도 사회 적으로도 크나큰 손실에 있습니다. 옛날에는 일본 에서도 20 대에 후반에는 이미 구축함에 함장을 맡고서 있었습니다. 또한, 좀더 시대를 거슬러서 올라서 가면은 20 대의 대학교에 교수 하고 회사에 간부는 결코 드문 일은 아니였 습니다. 사실, 잉글랜드 에서는 현재에 (1974년 12월.) 에서도 25세에 이하에 교수가 두사람이 있습니다. 대학교에 강사에 20%는 20대 으로써 있으며, 50%는 34세 이하로 있습니다. 사회가 20대에 사람들에게 활약하는 찬스(기회) 를 부여를 한다고 하면은 틴·에이저는 가만히 있지를 못하 고서 빈둥빈둥 대면서 대학교에 생활을 계속해서 나아가는 일은 견디기가 어려워져 만 갑니다. 대학교 에서는 정말로 공 부를 하고 싶다는 사람들 만이 남아서 대학교는 본래에 기 능을 되찾아서 갑니다. 한편, 사회로 나온 사람들은 젊은이 들에 발상법으로 사회를 움직이면서 앞으로 나아서 갈수가 있습니다. 사회는 활동적으로 되여져 가면서 "동맥 경화"「動脈硬化」에 현상은 사라져서 가게 되겠습니다. 길어진 평균에 교육의 기간은 직접적으로 말을 한다면은 상태는 나빠져서 있습니다.

　다음은 이러한 교육에 기간에 문제를 일본에 경제에서 전체적인 관련에 대해서 파악을 하여서 보고자 하는 생각을 합니다. 경제학 에서는 「활동 인구 비율」이라고 하는 개념이 있습니다. 그 점은 경제적으로 액티브(활동적인) 한 인구에 이코노미컬리·액티브·포퓰레이션 (economically active population) 을 전체의 인구로 나누워진 점으로 있습니다. 지금 전체의 모든 인구를 경제 적으로 액티브 (active) 한, 인간하고 그렇지 않는 인간으로 나눈다고 한다면은 노인, 아동, 가정 주부, 학생은 경제에 활동을 하지를 않는 사람들로 볼수가 있습니다 만은, 그 이외의 사람들은 실제로 일을 하고서 있는 사람들 뿐만이 아닙니다. 일을 하고는 싶어하지 만은, 일을 할수가 없는 사람들 (즉, 실업자) 도 경제 적으로 액티브 (활동적인) 한, 인구로서 보고서 있습니다.

그러하지 만은 활동 인구 비율을 연령 층 별로서 본다고 하면은 문명국 에서는 통상은 15살때 까지 제로 (의무 교육) 에 있습니다 만은, 이후에 상승을 하여서 20~24세 에서 첫 번째에 피크 (정점) 를 맞이 하여서 그 이후 중간으로 쳐지는 기간이 있으므로 45~49세 에서 두번째에 피크 (정점) 를 만들고서 난 이후에 순차 적으로 감소를 하겠습니다. 왜 이렇게 이러한 형태 으로써 되는 점인가 하고서 말을하자 면은, 첫 번째에 피크 (정점) 에 뒤에는 여성은 결혼을 하고 나서 아이를 낳고서 직장을 떠납니다 만은 30대 후반이 되면은 아이들은 자신의 손으로 돌보지를 않아도 되기 때문 이기에, 주부가 다시 직장으로 되돌아서 오기 때문에 그렇습니다.

이렇듯 활동인구비율에 커브(곡선)은 M자 형태 으로서 두개에 산이 그려져서 있습니다. 제17표에서는 일본하고 잉글랜드의 대해서 두개에 산이 뚜렸하게 관찰이 되여져서 있습니다. 서독하고 미국에 경우에는 하나의 산이 숨겨져서 있습니다. 여성으로 만을 본다고 한다면은 이들에 나라에서도 뚜렸하게 두개에 산이 존재를 합니다.

〈제17표〉 활동인구비율 ( ) 안에는 남자 만에 수치

(단위%)

연 령 층	일 본 (1970)	영 국 (1971)	서 독 (1970)	미 국 (1970)
- 15	0 (0)	0 (0)	0 (0)	1 (1)
15 - 19	36 (37)	58 (61)	66 (67)	35 (40)
20 - 24	77 (83)	75 (90)	77 (87)	68 (81)
25 - 29	72 (98)	70 (97)	74 (94)	69 (93)
30 - 44	77 (99)	76 (98)	73 (98)	71 (95)
45 - 49	80 (98)	80 (98)	69 (96)	73 (94)
50 - 54	77 (97)	77 (97)	64 (94)	71 (91)
55 - 59	72 (94)	72 (95)	57 (87)	66 (87)
60 - 64	63 (86)	55 (87)	40 (69)	53 (73)
65 -	35 (54)	11 (19)	10 (16)	16 (25)

출처 : International Labour Office, *Year Book of Labour Statistics*, 1975.

그러하지 만은 제17표에 4나라를 비교를 하여서 보면는 15~19살에 연령에서는 일본하고 미국에 비율이 낮았습니다. 잉글랜드 하고 독일에 비율이 높다는 점을 알수가 있

습니다. 이러한 점은 일본에 교육 기구가 미국에 유형 으로 있습니다. 따라서, 진학에 비율이 높다고 하는 점으로 반영을 하고서 있습니다. 반면에 고년 층(高年層) 특히, 65세 이상에 대해서 보면는 미국, 잉글랜드, 독일에 3 나라 에서의 비율은 상당히 작아 지고서 있습니다. 일본 에서는 남성 만에 경우에는 54% 이며, 여성 만에 경우 에서도 20% 에 가치를 취하고서 있습니다. 즉, 일본 에서는 65세 이상에 할아버지에 절반 이상이 할머니에 다섯 사람에 가운데 에서 한 사람이 또한, 일을 하고서 있는 점으로 있습니다. 그러하나 다른 한편 으로는 15~19살 까지에 청소년에 3 사람에 가운데에서 2 사람은 일을 하고서 있지는 않습니다.

「일본인은 젊었을때 에는 놀고서 그 대신에 죽을때 까지 일을 하는 거다.」이라고 하는 점이 당연 하다는 태연한 태도를 취 하고서 있다고 하는 일에는 실례를 하였습니다. 하고서 "만원 전차" 「滿員電車」에서 젊은이가 물러나기 보다는 잡아 당겨서 잡는 점 이 외에 어떻게 할수가 없습니다. 어디인가 미쳐서 있다고 그렇게 생각을 하지는 않겠습니까. 그들이 좌석을 점령을 하고서 껌을 씹으면서 만화 책 을 읽고서 있으면서 큰 소리로 팝송의 노래를 부르고서 있습니다. 노인은 그 앞에 서서 손잡이에 매달려서 서로의 몸을 맞대여서 가면서 겨우 균형을 유지를 하고서 있다. 이라고 하는 상태는「잘 못되어서 있다.」이라고는 생각이 들지는 않겠습니까. 특히, 행위가 나쁜 젊은이 들에게는 한방을 먹여주고 싶다고 하는 충동에 휩싸이지는 않았겠습니까.

어찌되였든지 현재에 대학교를 단기대학교 으로 하는 등에 방법[1]에 의하여서 교육에 기간을 2년 동안으로 단축을 하는 일을 할수가 있다고 합시다. 저는 일본에 현재에 교육은 효율적이 아니였기 때문 이기에, 그 정도의 기간을 단축을 하여도 대학교에 졸업생에 질은 저하가 되지는 않는다고 믿고서 있습니다. 이렇게 하여서 젊은 사람들이 2년 동안을 여분으로 일을하게 된다고 하면은 경제활동인구에 방향 으로는 크나 큰 여유가 생기게 되겠습니다. 우선은 이 젊은 새 일꾼 들을 65세 이상 으로 그 위에서 일을 하고서 있는 노년층 하고 비교를 한다고 하면은 양, 적 으로도 질, 적 으로서도 젊은 사람들에 편이 우수함에 있다는 결론을 짓는 점에 대해서는 이의는 없다고 믿고서 있습니다. 나머지에 노동인구에 대해서는 각 연령층 마다에 비교를 (예를 들면 새로이 25~29세에 연령층은 이전에 동 연령층 하고 비교.) 하여서 보면은 좋은 점으로 있겠습니다. 새로이 25~29세는 이전에 같은 나이에 사람들 보다도 2년 동안을 여분으로 사회에 경험을 하고서 있었기 때문 이기에, 분명하게 새로운 방향이 우수 하다는 생각을 하여도 좋다는 생각을 합니다. 그 결과 교육에 기간을 단축한 후에 새로운 20세 에서 60세 까지에 노동에 인구는 단축 전으로 오래 되여져서 있었던 22세 이상에 전체의 노동에 인구 보다도 질, 적으로도 양, 적으로도 훨씬 더 우수 하다고 상정(想定) 을 하여도 지장은 없습니다.

이렇게 하여서 60세 이상에 사람들 에게 퇴직을 하도록 하는 일이 가능으로 될수가 있을 뿐만이 아닙니다. 그들 에게는 안심을 하고서 퇴직을 할수가 있도록 하는 사회에 보장이 가능하게 되는 정도에 국민들에 생산물을 새로운 노동에 인구는 생산을 하여서 줄 것으로 되겠습니다. 활동인구비율에 곡선이 잉글랜드 하고 서독 처럼의 젊은 층에 소속에서 부풀려져서 오르는 대신에 노년 층에서 갑자기 급 하강을 하는 일 처럼으로 되겠습니다. 결국은 지금까지 좌석을 점령을 하고서 있었던 젊은이 들을 기립(起立) 을 시켜서 놓아 놓고서는 노인 분 들께서는 자리를 내려서 놓아 놓고서 앉아서 있어 달라는 점에 있습니다.

1) 저의 「단기대학교화 안.」에 대해서는 제IV장을 읽어서 주
시기를 바랍니다. 단기대학교화 안은 절대 적으로 이상 적
인 제안은 아닙니다. 이전에 제한이 없었음. 으로 대학교
를 만들어 버렸었던 현재 으로서는 차선 안 (次善案) 으로써
충분한 검토를 할수가 있는 가치가 있다고서 확신을 하고
서 있습니다.

영국 과 일본

- 그 교육과 경제 -

IV. 신일본 열도 개조안
- 경제 대국으로 부터의 전진 -

「그 들은 영국인은 영국을 자랑을 하며, 일본인은 일본을 자랑을 하지만은 세월은 유수와 같습니다. 어느편이 더자랑을 하는 가치가 있는지는 다시한번 생각을 하여서 보아야 만이 되겠습니다.」

나쓰메 소우세기 (夏目漱石)

오일·쇼크가 발생을 하였을때 에는, 이것으로 일본도 끝났다. 하고서 생각을 하였었던 사람들은 일본에 내·외를 불문을 하고서 셀 수없이 많이 있었다고 생각을 합니다. 석유에 자원에 전부를 외국에서 의존을 하고서 있었던 일본은 가장 심각하게 타격을 받는 나라 로 있습니다. 일본에 상품은 단가가 높아져서 있었습니다. 수출은 격감을 하여서 국제에 수지는 커다란 적자로 되여져서 있었습니다. 실업자는 세간에 흘려서 넘치고서 있었습니다. 수많은 사람들은 이러한 사태를 예상을 하였었던 일이 였습니다.

저의 자신도 이러한 1945년 8월 15일에 한 밤중에 사구라지마 (櫻島) (가고시마 현에 있는 섬 이름.) 에 남쪽에 다루미 해군 (垂水海軍) 항공대 (航空大) 에 야천 목욕탕 (목욕탕에 건물은 폭격으로 한꺼번에 날아가 버려져서 완전한 야천 목욕탕 으로 되여져 버리고서 있었다.) 에 들어가서 있었던 때에 일들을 무심코서 생각이 떠올라 습니다. 저는 그 때에 마침 그 전날에 사세보 (佐世保) (지방 지역에 이름.) 에 하리오 (針尾) 해병대 (海兵隊) 로 부터 전근 하여서 와 있었던 차 이였습니다. 부대에 사정에 대해서는 어두워었기 때문 이기에 부하 병사에게 목욕탕은 어디에 있느냐고 물어서 보았더니 안내를 하여 주면서 「등을 닦아서 드리겠습니다.」하고서 말을 하였습니다. 「전쟁이 끝나었기 때문에, 이제는 타인에 등을 씻는 일은 하지마라.」하고서 말을 하였습니다. 「분 대장님이 마지막 입니다.」하고서 말을 하였기에 신세를 졌습니다. 다루미해군 다루미 항공대 (垂水航空大) 이라고 말을하는 점은 가고시마 만 (鹿兒島灣)에 해변에 있었습니다. 다른 한쪽은 산이 다른 한쪽에 바다는 약 3천 4백 미터에 좁은 평지로 좁고도 길게 만들어져서 있었습니다. 바닷 바람이 불어와서 기분이 좋았습니다. 달이 완연히 동그랗게 환하게 빛추고서 있어던 일들을 기억을 하고서 있습니다.

기다리고 기다리면서 있었습니다. 전혀 생각을 하지를 못하여었던 뜻밖에 찾아 온 평화로 우리들은 어떻게 하면은 좋을지를 모르고서 있었습니다. 모든 사물은 조용히 하고서 있었습니다. 밤 늦게 목욕탕을 사용하는 물소리와 파도 소리와 우리들의 때때로에 이야기를 하는 소리 이 이외에는 전혀 아무런 소리도 들리지는 않았습니다. 그러하나 그렇게 며칠이 지나고 나서 제 5의 항공 함대 사령 장관 (航空艦隊司令長官) 인

우가끼 (宇垣) 중장 (中將) 이 은하 (해군에 폭격기) 를 타고서 오끼나와 (沖縄) 상공 (上空) 에서 특공대원에 뒤를 따라서 자폭을 하였었던 일이 판명이 되여 으므로 시고꾸 (四國) (일본에 현 이름.) 큐수방면 (九州方面) 에 해군에 부대는 지휘관을 잃고서 괴멸이 되여서 뿔뿔이 흩어져서 군대도 사관도 각자에 마음대로 귀향을 하여 버려었던 일이 였습니다. 귀향 이라는 말을 하면은 사람들이 듣기에는 좋았을 일이 겠습니다 만은, 실제로는 도망 이 이외의 아무것도 아니 여었던 일이 였습니다. 저도 그에 한사람 으로 있었습니다. 그리고서 그것이 전후 (戰後) 에 시작이 되였습니다.

그리고 나서 「사과의 노래」 (美空ひばり 歌手 : 미소라 히바리 가수) 에 노래가 있었으며, 오오시다 (大下) 나 가와가미 (川上) 에 「종전 후에 유명한 야구 선수들에」청색 배트나 빨간 배트가 나타나서 가사기 시즈고 (笠置シヅ子) (유명한 가수.) 에 부기우기 「한 때에는 유행을 하여었던 음악의 종류.」가 나왔습니다. 과거에서 현재로 향해서 추억에 선을 더듬어서 보면서 최후에 오일·쇼크에 부딪쳤을 때에는 「가엾은 일본이여.」하고서 무심코서 중얼거릴수 밖에 없었습니다. 그때에, 제가 런던에 큰 거리를 걷고서 있지를 않았었더라 면은, 눈물을 흘리고서 있었을지도 모릅니다.

그만큼 오일·쇼크는 심각 하였습니다. 제가 어정쩡한 경제학을 공부를 하고서 있었기 때문 일지도 모르겠습니다 만은, 「이러한 일로 일본도 끝났다.」 하고서 말을 하고서 있는 마음이 들었습니다. 대일석유금수 (對日石油禁輸) 에 결과, 몇 개월 동안에 함대 행동 (艦隊行動) 을 하면은 제국해군(帝國海軍) 에 석유에 보유량이 제로로 될수가 있는 일이 명백하게 되여져서 있었던 단계에서 해군도 마침내 결전(決戰) 을 결의를 하여서 태평양 전쟁이 시작이 되여었기 때문 이기에, 오일 위기가 일본에 있어서는 역사 적으로 중대한 사건으로 되여서 있었다고 생각을 하는 점은 그렇게 과장 된 일은 아니여 썼다고 생각을 합니다.

그러하나 놀라울 일이 였습니다 만은, 결과는 정 반대 이였습니다. 어려워었던 시기도 한때는 있었습니다. 현재 에는 일본은 오일 위기에 이전에 보다도 상대 적으로는 오히려 강해지고서 있었습니다. 무의식 적 으로 경영자 하고 노동자가 "일치 단결" 「一致團結」 을 하였었던 점 일지도 모르겠습니다. 물론 현재에도 일본도 다른 여러국가도 오일 위기에 후유증으로 고통을 받고서 있습니다. 이 들에 나라에 가운데 에서는 일본은 가장 순조롭게 나아 가고서 있는 나라로 있었습니다. 여하여든 세계에 여러 국가는 이제서야 일본에 저력을 완전히 승인을 하고서 있었습니다. 오일 위기에 이후에는 일본에 지위가 현격 하게도 상승한 점은 틀림이 없는 사실로 있었습니다.

이점은 경이적인 성과에 있었습니다. 완전한 기쁨의 오산으로서 있었습니다. 그렇지 만은 오산은 또, 다른 하나에 오산을 일으키고서 있었습니다. 높게 올라간 석유에 구입비를 조달하기 위하여서 수출에서 힘을 내어서 힘을 기울여야 한다고 하는 점은 지극히 당연한 일이 되겠습니다. 오일·쇼크로 침체를 하였었던 수요에 물량 까지도 수출로서 커버를 할려고 시도를 하여었기 때문에, 수출이 예상하지 못한 성장을 하여었기에, 일본 에서는 국제에 수지가 반대로 흑자로 되어져서 돌아 왔습니다. 그러하지 만은 이러한 수출이 여러 종류에 품목으로 집중을 하여서 유럽에 국가를 강타를 하였 으므로. 유럽에서 이 들에 품목을 생산을 하고서 있는 지방 에서 실업자에 문제가 일어 나고서 있었습니다. 일본을 밀어 내자고 하는 목소리로 약해진 조직에 경제 로서에 고민을 하고서 있었습니다. 영국 에서 뿐만은 아니였습니다. 순조롭게 호진

적 이였던 독일에서도 소리가 높아져서 있었던 점에 있었습니다. 이른바「무역전쟁」이 발발을 하여었던 일이 였습니다.

다나까 전 총리(田中元首相)에「일본 열도 개조 안.」에서는 1980년대 에서는 전세계의 석유에 생산에 금액에 4분의 1이 일본으로 수입이 되여지는 일을 전제로 한, 일본에 공업에 재편성에 계획이 짜여져서 있었습니다 만은, 자유무역에 체제에 아래에 있어서도 이와 같은 독점적인 수입은 허용이 되지는 않습니다. 마찬가지로 수출을 하는 경우에도 상대방에 나라에 산업에 숨통을 끊는 형태에 수출은 삼가를 하지를 않으면은 안됩니다.

몇 년전에 영국에 TV에 뉴스에서 보도가 되여져서 있었던 일이 있었습니다. 일본에 어느 화스나 (지퍼) 에 회사가 잉글랜드의 현지에서 공장을 만들었을 때에, TV 아나운서가 「시장에 점유 율은 어느 정도를 예상을 하고서 있었습니까.」 하는 질문에 답변을 하고서 있었던 일본인에 지배인은 「오프·코스·원·헌드레드·퍼센트」이라고 말을하고 나서는 빙긋이 웃고서 있었습니다. 그는 농담 이라도 말을해야 되겠다는 생각에서 웃었는지도 모르겠습니다. 그러나 이러한 식에 자유 경쟁을 해석을 하여서 일본에 기업이 진출해서 오면은 반동

작용 으로써 배척을 하는 운동이 일어나게 되는 점은 매우 자연스러운 일로써 있겠습니다.

일본에 실력이 크게 되지를 않았을 동안에는 「물론 100 퍼센트」에 웃음 거리로 끝나게 되여 썼겠지 만은, 지금에 일본에 기업은 세계에 거인하고 같기 때문 이기에, 행동에서 충분히 주의를 하지 않으면은 수많은 사람들을 짓 밟아서 죽여서 버리는 일이 될수도 있다고 할수도 있겠습니다. 지금 으로써는 (현재 으로서는.) 일본에 수출에 금액 으로서는 영국을 집어 삼킬수가 있을 정도에 크지는 않습니다 만은, 과거에서 부터의 기세는 강렬 하였으므로 이대로에 속도로서 달린다고 한다 면은 유럽의 여러국가들 로써도 손을 쓰지를 않으면은 안되는 사태가 찾아서 올 점으로 생각을 합니다. 어떠한 일이 있다고 하여도 세계에 석유에 4분의1을 일본이 사용을 한다고 하면은 다른 나라 들을 국제시장 에서 완전하게 "빙결 석출" 「氷結石出」 (따돌리면서.) 을 하면서 100 퍼센트 점거를 한다는 그러한 일을 하여서는 안됩니다.[1]

전쟁에서 졌을 때에는 일본인은 두번 다시는 전쟁을 하지 않을 것을 맹세를 하고서 평화 스러운 경제 국가를 건설하는 일에 힘을 쓰면서 돌진을 하였습니다. 그러하나 대부분에 전쟁 (싸움) 이 경제에 분쟁 으로써 원인이 되고서 있다는 점을 잊어서는 안됩니다. 경제 적으로 강대 한 나라로서 되여져서 있는 현 시점 에서 다시 한번 나라가 서서 있어야 하는 방향 을 반성을 하고서 장래에 목표를 확인을 하여서 놓아 두지를 않으면은 다시 한번 실패를 반복하는 일로 될 점으로 있겠습 니다. 이절 (二節) 이하는 산케이 신문 (産經新聞) 에서 「진로를 듣는다」 시리즈 에서 연재가 되여져서 있었던 (1977년 2월 21~25일) 저의 담화 입니다. 「무역전쟁」에서 어떻게 대처를 하여서 나아가야 하는지에 대하여서는 저의 생각을 솔직하 게 말씀을 드리고서 있습니다. 묻는 사람은 아오야마 다모쯔 (靑山保) 씨 (동신문 런던 특파원.) 으로서 있습니다. 전재 (轉載) 에 있어서는 약간에 손을 보태여 습니다.

1) 미국의 경제 학회가 발행을 하고서 있는 저널·옵·이코노믹 스·리테라츄아는 다나까 가구에이 (田中角榮) (일본 64, 65대 수상 1972년 9월~1974년 12월 9일 전 일본 수상.) 「일본 열 도개조안.」을 다음과 같이 서평을 하고서 있습니다.

　　「에너지 위기로 인하여서 아마도 다나까 (田中) 수상에 안 은 일본에서 공연 (公然) 하게도 토의 (討議) 가 되여지지 않 게 끔. 되여져 버려었던 일이 되겠습니다 요. 안에 평가도 그 들의 장래는 그러한 점에 의하여서 깊은 영향을 받았었다는 점은 틀림이 없습니다. 총리가 강조를 하여듯이 일본은 세계가 평화 적으로서 국제 무역이 차별 적 으로서가 아니여 썼는지를 주행이 될려는지 아닌지에 여부에 의존을 하고서 있습니다. 그 의 1985년을 위한 계획은 석유하고 그 이외에 타, 의 에너지에 자원이나 원료가 대량 으로 방해되는 일없이 일본에서 유입을 하는 점을 전제로 하고서 있었습니다 만은, 예를 들면 어느 비판자가 지적을 하였듯이 1985년 에서 8억kℓ (킬로리터) 에 원유를 수입을 한다고 하는 계획은 동 연차에 세계의 예상을 하여었던 오일에 생산량에 4분의1에 해당이 됨으로써 있습니다.

이러한 모든 점은 지금은 지극히 의심 스러운 점으로 있습니다. 석유에 가격이 이상적이 아닌 폭등이 만약에, 그러한 일이 지속이 된다고 하면은 일본에 거대한 돈하고 외국에 체환에 비축을 감소를 시키는 일이 된다고 한다면은 일본에 국제 수지를 위험에 처하게 하는 일로 되겠습니다. 이들의 장애는 잠재 적으로는 파괴적인 정도로 있을 점으로서 있을수가 있습니다. 그러한 점들이 다나까안(田中·案)을 지연을 시킬수가 있는 일은 거의 확실시 되여었던 점이며, 다나까 안(田中·案)의 수많은 부분을 완전히 쓸모가 없게 끔. 망쳐서 버릴수도 있습니다.」

(R. Watkins, Building a New Japan. A Plan for Remodeling the Japanese Archipelago. By Kakuei Tanaka' *Journal of Economic Literature,* June, 1974)

그러하나 실제로는 다나까 안(田中·案)은 이러한 서평이 예상을 하였었던 점하고는 상당하게 다른 운명으로 전진을 하여서 당도하게 되었습니다. 틀림이 없다는 다나까 안(田中·案)은 폐안(廢案)으로서 되였습니다. 그 일은 에너지에 위기로 의해서가 아닙니다. 다나까(田中) 수상은 금권정치 (金權政治)로 규탄을 당해서 하야(下野)를 하지 않으면은 안되였었기 때문이 였습니다. 또한, 서평은 에너지에 위기 에 결과, 일본이 국제에 경쟁력이 약해져서 다나까 안(田中 ·案)은 실행이 불가능 하다는 말을 하고서 있었습니다 만 은, 실제로는 에너지에 위기에 후에 일본의 경쟁력은 상대 적으로는 반대로 강해져서 있었습니다. 그럼에도 불구 하 고서 일본에 장래가 모든 국제 무역에 의존을 하고서 있다 는 점을 지적을 하고서 있었던 점에서는 서평은 완전히 옳 았었다고 생각을 하고서 있습니다. 그러하므로 일본은 자 원을 혼자서 독점을 하거나 경쟁자를 시장에서 밀어내는 일을 하여서는 안됩니다. 자유에 경쟁에서 경제를 지키려 고 생각을 한다고 하면은 경쟁자에게 동정 어린 배려를 언 제나 잊어서는 안됩니다. 그렇지 않으면은 외부는 단결을 하여서 자유에 경제는 성립을 할수가 없게 되겠습니다.

2

— 일본의 제품이 유럽으로에 대 진출로서 일본하고 유럽간
에「무역전쟁」이 상당한 문제로 되고서 있습니다 만은,
이점을 어떻게 보시고서 계십니까.

△ 아마도 지금의 상황이 오래 토록 계속이 된다고 하면은
일본은 유럽을 탕진을 시켜서 버릴 점으로 생각을 합니다.
그러하나 그러한 형태로 일본이 이익을 받았을 경우에는
다음에는 반드시 되돌아서 오는점은 일본에 패배로 있습
니다. 먼저 쓰러진다. 거나 나중에 쓰러진다고 하는 차이
일 뿐으로서 결국은 쓰러지는 일에는 변함이 없습니다.
그 것이「무역전쟁」이라고 하는 점으로 있습니다.

— 구체적 으로는……

△ 예를 들면 두개에 나라가「무역전쟁」을 하였다고 합시다.
한편의 나라가 생산에 조건이 좋아져서 생산물을 싸게 팔
수가 있는 일을 할수가 있었을 경우 상대국은 강력 하여
서 경쟁에서 따라서 잡을수가 없기 때문에, 패배를 하여

버리고서 말아 버립니다. 그렇게 되면은 결국은 패배를 한, 나라는 생산물에 판매를 할수가 없다는 점과 동시에 생산물을 살수있는 일도 할수가 없게 되여져 버립니다. 그러므로 상대방이 넘어지게 된다고 하면은 상대방에 측, 에서도 수요도 멈추워져서 다시한번 넘어트릴 상대를 어디에서 인가 발견을 하지 못하는 한, "자기 자신" 「自己自身」이 존속을 하는 일은 불가능 하게 되겠습니다. 이점이 「무역 전쟁」에 숙명 이라고도 생각을 하고서 있습니다. 이러한 「무역 전쟁」은 일본에 있어서는 이번이 처음으로 있는 일은 아닙니다. 이전에는 전장(戰場)이 일본에 매우 가까운 곳에서 있었던 일이 점점 멀리 멀어져서 있게 되여져서 드디어 상대방에 본국에서 싸우게 되여 었다고 하는 점이 되겠습니다.

— 이번에는 일본하고 유럽의 「무역 전쟁」을 제2차 대전 직전에 일화(日貨)를 배척하는 운동을 비교를 하는 성향들도 있었습니다.

△ 제2차 대전에 책임을 우익과 군부 만으로 강요하는 힘으로써 밀어버리는 견해가 있습니다. 이러한 견해에는 문제

에 핵심을 흐릿하게 흩트러서 놓아 버립니다. 제2차 대전에 주(主)가 되여었던 원인이 일본이 중국에 시장을 지배를 하고서 있었다는 점을 잊어버려서는 안됩니다. 중국에 시장을 둘러싸고서 놓아 놓고서는 일본도 처음에는 미국, 영국, 소련, 등과 함께 똑같이 나누워서 먹기를 하여었던 점으로 있었습니다. 그러한 가운데에서 일본이 얻는 몫은 점차적으로 늘어만 갔었기 때문에, 일본하고 다른 나라들 하고에 관계는 극단적으로 냉각(冷却)이 되여져서 버리고 말아 버렸습니다.

— 그리고서는 파국으로 진행을 해버리고 말았습니다.

△ 이러한 경제에 진출이 무력을 배경으로 하여서 또는, 무력으로 호응을 하고서 이행이 되여었기 때문에, 마침내는 전쟁으로 까지 가게 되었습니다. 설령 "만주사변"「滿洲事變」이나 "일지사변"「日支事變」이 없었다고 하였어도 일본이 중국에 시장을 혼자서 독점을 하는 이처럼의 상태로 된다고 한다면은 일본은 교전국 하고 마찬가지로 모든 사람들로 부터 미움을 받는 상태로 되여져서 있었다고 생각을 합니다. 하물며 이번에는 상대국에 본국에

서의「무역전쟁」이였었기 때문 이기에, 가령 포탄을 쏘지는 않아썼다고 하였어도 상당히 심각한 감정으로 싸움이 생긴다고 하는 생각을 합니다. 상대방 측, 에 있어서는 본토를 전장(戰場) 으로 하는 사활(死活) 에 문제 등이 있었기 때문 이기에, 당연한 일로서 보지 않으면은 안됩니다. 이번에도「무역전쟁」은 군인이나 우익이 관여를 하고서 있지를 않아었기 때문에 안심 이다. 등 으로서 생각을 하여서도 안됩니다. 처리를 잘못하여 었다고 하면은 또다시 터무니가 없는 일로 될려는지도 모르겠습니다.

— 그렇다고 하면은 문자 그 대로에 전쟁 이라고 하는 말이 적합한 논리 인점이 되겠습니다.

△ 정말로 심각한 사태 이라고 생각을 합니다. 천황이 몇 년 전에 유럽에 오셨습니다. 당시에 대일 감정이 가장 나빴었던 곳은 네덜란드 이였습니다. 미국, 영국, 소련, 중국, 등에서 대일 감정이 나빴었던 일은 잘 알고서 있었습니다. 아무리 그렇다고 하더라도 설마, 네덜란드 에서는 이러한 정도까지 나빴었다고 하는 생각은 하지를 못 하였습니다. 이라고 하는 점은 일본인이 솔직 하다 하는 인식을 하는

방법에 있었다고 생각을 합니다.

— 그렇다고 말을 하고서 있는 점은……

△ 일본인 으로서는 네덜란드 하고는 그다지 치열한 전쟁을 하였었다는 인식은 없었습니다. 탄환을 쏘아 었다고 하는 기억도 별로 없었습니다. 그러하지 만은 실제로는 일본에 의하여서 네덜란드의 식민지 제국은 괴멸이 되여 버리고 서 말아버려 었습니다. 제2차 대전까지는 네덜란드의 본 국은 작았지 만은 성대한 식민지 제국 으로써 번창을 하 고서 있었습니다. 그러한 점이 일본에 공격으로 의하여서 완전히 형태도 없이 손상이 되여져서 있었다고 하는 원 망은 오로지 전쟁 에서 사람이 살해가 되여었다고 하는 원망 보다도 훨씬 더 심각 하게 뿌리가 깊이 있었던 일은 아니여 었던 점이 아닐런지요. 경제에 전쟁은 직접 적으로 는 사람을 죽이지는 않았었지 만은, 그러한 일로 의하여 서 쉽게 생각을 하고서 있었던 일은 실책에 근원이 되 겠습니다.

— 현재 하고 같은 일본에 경제에 진출로서 유럽이 지금까지

에 경제적인 지위가 침범이 되여져서 있었다고 말을 할수가 있겠습니까.

△ 일본의 제품에 수출량이 현재에 수준에서 머물러서 있었다고 한다고 하면은 어떻게 해서든지 헤쳐서 나아서 갈수는 있겠습니다 만은, 과거에 신장 율로서 몇년 앞을 전망을 하여서 보았을 경우에는 유럽에 있어서는 끔찍한 상태를 예측을 할수가 있는 일 입니다. 현재에 수준 보다도 신장 율이 상당히 높다는 점이 문제가 되는 점으로 있습니다. 조금씩 움직이기 시작을 하고서 있었다고 생각을 하고서 있었습니다 만은, 순식간에 많은 대 군중이 일제히 몰려서 들어온다. 이와같은 일본에 진출에 형태를 유럽의 여러국가 는 두려워 하고서 있었다는 점은 아니여 겠습니까.

— 그러한 일본에 경제력에 원인은……

△ 일본에 전체가 대량 공장 생산에 적합한 체제로 되여져서 있었기 때문 이라고 생각을 하고서 있습니다. 일본에 경제가 좋은 상태로 회전을 하고서 있다는 가장 큰 원인은

대량생산체제로 매우 순조로웁게 잘 오르고서 있다고 하
는 점에서 영국의 경제가 불조(不調)로 있는 점은 대량
생산체제로 몰입을 하고서 있지 않았었기 때문에 있습니
다. 공장에 규모를 보더라도 일본은 과감하게 크고요. 영
국에는 공장에 규모는 작습니다. 따라서, 양산에 체제로
서 의한 이익은 일본이 크게 있으며, 영국은 작은 점으로
있습니다.

— 무역에 불균형에 시정으로 자율적으로 규제에 목소리도
높아지고서 있습니다.

△ 자율적인 규제에서는 아무런 해결책도 되지는 않습니다.
다만 전장(戰場)을 바꿀 뿐입니다. 대량생산이 일본에서
계속되는 한, 생산물은 어느 곳으로 팔지를 않으면은 안
됩니다. 한나라에 대해서 수출의 억제를 하여서 보아도
어느 곳 인가에 다른 나라로 수출을 하게 되겠습니다. 예
를 들면 서독이나 영국의 수출을 선두로 일본이 앞서서
올라서 간다고 하면은 서독이나 영국은 그들에 수출시장
에서 떠내밀려져서 나아가는 점으로 되겠습니다. 이러한
일로서는 자율적인 규제는 문제에 해결책으로서는 되지

는 못하며「무역전쟁」은 계속이 되지는 않겠습니까.

— 지금 처럼으로 진행이 된다고 한다 하면은 최악에 사태
를 각오를 하지 않으면은 안된다고 하고서 있습니다.

△ 아무런 시정도 없이 이상태으로서 돌진을 하여서 간다고
한다면은 조만간에 방대한 과잉에 생산이 생겨나서 누구
도 구매자가 없어지게 되겠습니다. 그렇게 된다고 하면은
"자기 자신"「自己自身」이 쓰러질수 밖에 없습니다. 그러
하나 일본도 상대방 측,도 손을쏠 점으로 있기 때문 이기
에, 최악의 사태에서 가능성은 있었다고는 하지만은 회피
를 할수가 있는 일은 충분히 가능성은 있겠습니다. 그러
하지 만은 상호 간 (서로) 에 조절을 하고서 측, 정을 하는
과정 에서의 국제 간에 우호 관계는 지극히 엄격 하다고 하
는 각오를 하지 않으면은 안됩니다.

요 (要) 점에 근본은 일본 전체가 완전한 양산 체제에서
고조 (構造) 로 짜여져서 있었다는 점에 있다는 일이기 때
문 이기에, 일본이 그 체제에서 탈피를 하지를 않는 한,
「무역 전쟁」을 종결 시키는 일은 불가능에 있다고 생각을
합니다. 이러한 견해는 일방 적으로 일본만에 반성을 요

구를 하는점 같습니다 만은, 사실은 일본에 도약이 일본
인에 행복에 증진을 위하여서도 일본이 전진을 하는 일
이 필요하다는 점에 있습니다.

3

— 일본은 상품에 대량 생산에 적합한 체제로 순조롭게 오르
고서 있었다고 하는 이야기 이였습니다. 그러한 점을 좀
더 설명을 하여서 주십시요.

△ 양산의 적합한 체제를 일본이 가질수가 있었던 점은 전
(戰) 후,에 다양한 개혁 중에서도 교육의 개혁에 덕분이
여 었다는 생각을 합니다. 일본에 전(戰) 후,에 교육에 목
표는 미국 식으로 넓은 교양을 모든 많은 사람들에게도
빠짐이 없이 베푸는 일이 였습니다. 엘리트의 교육을 회
피를 하고서 전체의 모든 사람들에게 대체로에 동일한
교육을 하는 체제로서 있습니다. 민주주의의 교육이라고
하는 점으로 있겠습니다. 그러하니까. 일본에 교육을 받은
사람들은 어떠한 사람들도 많다거나 적다거나 하는 유사

한 타입(유형)에 인간으로서 육성을 하여서 앞으로 나아가고 있습니다. 와세다 대학교(早稻田大學校) 하고 도교 대학교(東京大學校) 에 사이에는 조금은 차이가 있겠습니다만은, 그 점은 매우 작게 있습니다. 시골(田舍) 에 고등학교 에서도 도교에 고등학교 에서도 대체로에 동일한 교육을 하고서 있습니다.

이러한 교육은 대량 생산을 목적으로 하는 근대의 공장에 체제로 적합한 교육으로서 있다는 점으로 있습니다. 근대적인 공장에 체제가 순조롭게 회전을 하기 위해서는 균질(均質) 에 근로자가 대다수 존재를 하지 않으면은 안 되는 점이 되겠습니다. 어느 근로자는 매우 좋겠습니다만은, 다른 근로자는 매우 나쁘다고 하는 일 처럼으로 근로자에 집단 보다도 대체로에 동일한 힘을 가지고서 있는 평균이 잡힌 근로자에 집단들이 필요로 하는 점이 되겠습니다. 이러한 사람들을 만들기 위하여서는 평균적인 사람들을 위한 교육으로 즉, 획일교육(劃一敎育) 이 필요로 하게 되겠습니다.

— 어디인가 군인을 닮아서 있는듯한 점 처럼에 비슷한 생각

이 들지는 않겠습니까.

△ 그렇습니다. 군대 만큼에 교육이 열심인 단체는 없습니다. 그 점은 군인 이라고 하는 독특한 타입(유형)에 인간들을 만들지를 않으면은 안되였었기 때문에 그렇습니다. 일반 에 사회·학교·교육 만으로는 의존을 할수가 없는 점으로 철저하게 재교육을 합니다. 그 결과로 군인에 혼이 들어가서 있는 전원 모두가 군인으로서 틀속에 박혀진 행동을 할수가 있도록 되겠습니다. 그러하기 때문에, 지휘관은 부하에 움직임을 사전에 계산을 할수가 있게 되겠습니다. 그러하므로 작전이 가능하게 끔 되겠습니다. 근대에 전쟁에서의 기초는 균질(均質)에 훈련이 되여져서 있는 병사에 집단으로써 있습니다. 동일한 근대에 기업에서도 균질(均質)에 훈련이 되여져서 있는 사원으로서 근로자 에 집단들이 없으면은 성립이 될수가 없겠습니다.

— 기업에서도 신입사원교육 이라고 말을하는 「재교육」을 하고서 있습니다.

△ 일본회사의 강점은 획일교육(劃一敎育)을 받은 사원 집단

을 가지고서 있다는 점 이라고 생각을 하고서 있습니다. 그러하나 학교 에서는 평균 적인 일본인을 만든다고 말을 하고서 있는 「총론(總論)」으로 밖에 말을하지 않고서 있습니다. 이러한 점 만으로는 각 기업에 있어서는 불 충분 하기 때문 이기에, 자신들에 회사에 특례에 사정으로 맞추기 위하여서 제2단으로 「각론(各論)」에 교육을 합니다. 이 점이 사내 교육(社內敎育) 이 되겠습니다. 그 결과로 미쯔이 (三井) (일본에 재벌 회사) 사원 (社員) 이라던가 스미도모 (住友) (일본에 재벌 회사) 사원 (社員) 이라고 하는 획일적 (劃 一的) 인 인간으로서 완성이 된다고 하는 논리 (論理) 이라고 하는 점으로 있겠습니다.

— 그 점에 대해서 말을 한다고 하면은 유럽에 교육은 개인교육 으로써 있겠습니까.

△ 유럽 에서는 교육이 란, 개인이 가지고서 있는 다양한 자질을 경작 (까르띠베이트) 에 점에서 있어서는 틀에 맞추는 점은 아니라고 하는 생각 으로 있다는 점 같습니다. 그 결과 교육하고 문화 (컬처) 가 직결 (直結) 을 하겠습니다. 그러하나 이와 같은 교육 이 이외에 군대에 교육이 있습니

다. 공산권에서의 교육이며, 「일본 주식회사.」이라고 하는 교육하고 같은 틀속에 맞추는 교육에 있었서는 이와 같은 교육은 사회에 군사적·경제적인 효율을 늘리는 점은 상당히 유효하게 있겠습니다.

— 동남아 아시아 하고 아프리카에 개발도상국에 가서 보면은 「일본은 전쟁에서 완전히 파괴가 되여었지 만은, 제1급에 경제의 대국으로써 부활을 하였습니다. 성공에 비결은 무엇인가.」하고서 자주 물어 보고서 있습니다. 이 점에 대해서 「메이지 (明治) (일본에서 부르고서 있는 나라에 년대에 이름.) 이후에 교육으로 힘을 기르고 나서는 국민에 모두가 높은 수준 (레벨) 에 의무교육을 받으면서 그 결과로 국내에 시장이 열려져서 일본에 경제는 성장을 하였습니다.」하고서 대답을 하는 재 계인 (財界人) 이 많이 있었습니다.

△ 저는 교육에 수준이 높다는 자체는 그다지 중요한 점은 아니라고 생각을 합니다. 수준 보다도 획일교육 (劃一敎育) 으로서 있는지, 없는지, 에 여부가 문제로 있습니다. 예를 들면 메이지 (明治) 에 근로자 하고 쇼와 (昭和) 에 현재에

근로자를 비교를 한다고 하면은 메이지 (明治) 에 초등학교 하고 현재에 고등학교 하고에 차이 만으로도 지식에 차이가 있습니다. 예를 들면 미적분 (微積分) 을 알고서 있다 든지 알수가 없다 든지 하는 점으로도 그렇지 만은 이러한 점은 근로자에 생산력에 대부분은 영향을 미치지는 않습니다. 중요한 점은 규율을 유지를 하고서 팀을 구성을 하여서 행동을 할수가 있는 책임을 갖는 인간 으로서 성장을 하여서 있는지 없는지에 여부에 달려져서 있습니다. 그러한 점이 가능하게 된다고 하면은 나머지는 사용을 하는 기계에 의해서 대부분에 생산력이 결정이 되여 집니다.

이또우 히로부미 (伊藤博文) 이하에 전체에 메이지 사람 (明治人) 이 부활을 하였었다고 하여도 후쿠다 다게오 (福田赳夫) (1976~77년 일본에 수상.) 이하에 쇼와 사람 (昭和人) 하고 동일한 기계를 사용을 하게 하였다고 한다 면은 메이지 사람 (明治人) 은 처음 에는 조금은 당황을 하여서 있었다고 하겠습니다 만은, 순식 간에 세계에 제4의 경제 대국 으로써 건설을 하는 일이 아니여 썼겠습니까.

― 과연, 그렇겠습니다.

△ 그러하지 만은 메이지 사람 (明治人) 들 입니다. 그 들의 욕망은 "부국 강병"「富國强兵」에 근대 국가를 건설을 하는 일이 였습니다. 그러하니까. 교육을 포함 하여서 전체에 모두가 근대 국가에 건설을 위한 수단 이였었던 점에 있었습니다. 메이지 (明治) 에 교육이 개인을 위하여서가 아니여 습니다. 근대 국가에 건설을 하기 위하여서 이라고 하는 일은 처음 부터서 명백 합니다. 그러므로 일본에 의무교육에 실시 (1872년) 에서 당시에는 세계에서 제일에 선진국 이였었던 영국하고 시기 적으로 대체로는 동일을 하겠습니다. (영국은 1870년.) 에서도 법령 으로써 의무교육을 선언을 하였습니다 만은, 교육에 의양(意義) 에 대해서 이해를 하지를 못 하였었던 부모가 많이 있었기 때문이기에, 취학 율은 장 기간에 걸쳐서 매우 낮은 상태로 있었습니다.

의무교육을 실현을 하기 위하여서는 부모에 무 이해 (無理解) 로 아이들을 학교에는 보내지 않고서 집에다 놓아두고서 있으면서 작업 일이나 가사에 심부름을 시킬수가 있다는 점에 있었다고 봅니다. 이러한 인식 으로 생각을 하고서 있는 방식을 처음 부터 제일 먼저 깨끗이 처리가 되여야 만이 되겠습니다.

— 이러한 점은 어려운 문제로 있겠습니다.

△ 메이지 정부 (明治政府) 는 부모님 들을 설득을 하기 위하여 서「학교에 교육을 받으면은 높은 수익을 얻을수가 있으 며, 장래에는 행복하게 된다. 그러하니까. 아이들 에게는 경제적인 행복을 위해서는 학교에 교육을 받아 들이지 않 으면은 안됩니다.」이라고 하는 점을 선전을 하였습니다. 이러한 "문명 개화"「文明開花」하고 물질 적 (物質的) 인 행 복을 직결 (直結) 을 시키는데에, 설득 으로서 교육을 받았 었던 제1세대가 그렇지 않는 사람들 보다도 실제로는 풍 요로운 생활을 하고서 있다는 점이 확실시 되였었던 점으 로 시작이 되였었던 메이지 (明治) 25~6년 무렵에서 부터 서 성공을 하기 시작이 되여었던 메이지 (明治) 38년에는 의무교육은 대체로 완전하게 실현을 하게 되었습니다. 이 처럼의 메이지 (明治) 에 사람들은 돈에 유혹이 되여서 공 부를 하였었던 점 으로 있었습니다. 메이지 사람 (明治人)

은 우리들 하고는 다르다고 말을 하고서 있습니다 만은,
그 들도 우리들 하고 동일한 속물로서 있었으며, 이코노믹
·애니멀로 있었습니다.

— 다이쇼 시대(大正時代)는 어떻게 하였습니까.

△ 다이쇼 시대(大正時代)가 되여서 마침내 이코노믹·애니멀
이 아닌것 처럼에 인종이 소수로 있었지 만은, 조금씩 나
오고서 있었습니다. 이와 같은 사람들은 메이지(明治)에
물질적(物質的)인 성공에 부산물(副産物)으로서 있었습니
다. 다음으로 자세히 이야기를 하겠습니다. 일본에 제1호
「영국병」에 환자로 있었던 점으로 있었습니다. 불행하게
도 이 처럼의 메이지(明治)에 2세는 가냘프게 쇼우와 초
기(昭和初期)에 우익이나 군인에 발흥(勃興)으로서 아주
작게 저항을 하였을 뿐으로 괴멸이 되여져 버리고서 패
전에 결과로서 우리들은 최악에 상태로 밑 마닥으로 떨어
져 버리고서 말았습니다.

그리고서 군국에 아이들은 또 다시 이코노믹·애니멀
으로써 몰입을 함으로써 이러한 최악에 상태에 밑 바닥에
서 탈출을 하였습니다. 이와 같은 역사적인 경과로서 있

었기 때문에, 개인을 위한 진정한 교육은 일본에서는 메이지 (明治) 이래 (以來) 에 거의 행하여져 지고서 있지를 않았었다고 말을 하여도 과언은 아닙니다.

— 일본에서도 특수한 교육을 시도하는 교육자가 나온다 거나 지금이라도 그러한 종류에 학교가 없었다는 점이 아니여 썼던가 하고서 생각을 합니다.

△ 전체에서 보면은 그러한 교육자이며, 학교는 지극히 적습니다. 일본에 교육의 꽃으로 칭송 되여었던 구제 고등학교를 짚어서 보아도 교육에 이념 (理念) 은 의외로 빈곤으로서 정의 (正義) 강기 (剛氣) 인애 (仁愛) 이라고서 말을 하였었던 일 처럼으로 당연한 일로서 있습니다. 고등학교에 시대 (時代) 는 즐거워 썼습니다. 제 자신은 그러한 시대 (時代) 가 있었던 일들을 감사히 여기고서 있습니다. 지금에 와서는 전 구제 고등 학교가 한 자리에 모여서 료가 (寮歌) 의 축제 (祝祭) 를 하고서 보면은 어느 학교에 료가 (寮歌) 도 서로가 비슷하기 때문에 실망을 하게 되겠습니다.[1]

1) 일본의 료가 진흥회 (寮歌振興會) 에 여러분들 에게는 죄송
   합니다. 하지만은 오죽이나 료가 (寮歌) 에 개성 (個性) 이
   없다는 점에 일례 (一例) 의 표시를 하겠습니다. 지금 일고,
   (一校, 第一高等學校) (제일 고등학교) 지금에 도교 대학교
   에 전신에서의 육고, (六高, 第六高等學校) (제육고등학교)
   오까야마 대학교 (岡山大學) 에 전신 까지에 각 료가 (各寮
   歌) 를 연결을 하여서 맞추어서 합성가 (合成歌) 를 새롭게
   만듭니다.

아아 (嗚呼) 옥배 (玉杯) 에 꽃 (花) 을 받아서
　　　　　(일고 (一高) 첫 번째 줄 (一行目))
물 맑은 (水淸) 고향 (故鄕)에 칠주 (七州)의
　　　　　(이고 (二高) 두 번째 줄 (二行目))
고을 (都)의 꽃 (花)으로 씹 (嚼)으면,
　　　　　(삼고 (三高) 세 번째 줄 (三行目))
영혼 (靈)의 울림 (響)을 전 (傳)하면서
　　　　　(사고 (四高) 네 번째 줄 (四行目))
높 (高)이 솟아 (聳) 오른 삼료 (三寮)의
　　　　　(오고 (五高) 다섯 번째 줄 (五行目))
교기 (旆旗)는 야변 (野邊) 으로 넘치는 구나,
　　　　　(육고 (六高) 여섯 번째 줄 (六行目))

이것을 「아아 옥배 (嗚呼 玉杯)」 (일고에 교가)의 곡절에 맞

추워서 고창 (高唱) 을 하고 난 뒤에 다음에 칠고 (七高) 의
「북진도로 (北辰斜に)」하며 비교를 하여서 보십시요.

북진도 (北辰斜) 으로 가리키는 곳 (所)
대영 (大濂) 의 수양양호 (水洋々呼)
봄 꽃향기 (春花香薰) 의 신주 (神州) (신선이 사는 곳.) 의
정기 (正氣) 는 하바까루 (墓) 의 백학성 (白鶴城)
방영 (芳英) 영구 (永久) 히 썩지 (朽) 않으며,
역사 (歷史) 도 오래 되다. 사백년 (四百年)

합성가 (合成歌) 는 조금은 기묘 합니다. 칠고 (七高) 의 료가
(寮歌) 도 그러한 점 하고는 별 다른 변함이 없다는 점은 료
가 (寮歌) 의 스피리트에 다양성이 없기 때문에 그렇습니다.

4

― 일본에 획일적 (劃―的) 인 획일교육 (劃―敎育) 에 비교를
하여서 영국은 개성을 중요시 하는 개인에 교육에 있다.
이라고 말을 하고서 있습니다. 그러한 교육하고 영국에
경제 적인 몰락 하고에 관계가 있습니까.

△ 질문에 대답을 하기 전에 어떠한 교육이 영국에서 실시가 되고서 있었는가를 설명을 하여서 두겠습니다. 영국에 교육에 특징은 고등학교에 학생에 단계에서 일찍히 부터 엄청난 전문화를 시켰었던 점으로 있었다고 하는 생각을 합니다. 영국에 고등학교에 학생들은 졸업을 할 때에 A (어드밴스트=상급) 레벨 (수준) 의 인증 시험을 받습니다. 대부분에 학생은 3과목 이하 밖에 응시를 하지 않습니다. 4과목 이상을 취득하는 사람은 지극히 드뭅니다. 상당히 많은 종류에 과목이 있으므로 학생은 그 가운데 에서 극히 작은 소수에 과목을 선택을 하여서 집중적으로 공부를 합니다.

과목에 수가 적은 반면에 각 과목에 레벨 (수준) 은 대단히 높으며 일본에 대학교에 1,2년생 정도로 있습니다. 이와 같은 레벨 (수준) 의 교육을 고등학교에서 실시를 할려고 하면은 선생님에 질이 좋지를 않으면은 안됩니다. 예를 들면은 어느 고등학교에 교우회지 에서는 1976년에 동일한 학교에 취임을 하여었던 두 사람에 선생님에 약력을 다음과 같이 소개를 하고서 있습니다.

N·B 씨 맨체스터의 윌리엄·휴므즈·그래머·스쿨을 졸

업 함. 옥스포드 대학교에 엑세터·컬리지에서 독일어 하
고 프랑스어에 학위를 취득함. 재학 중에는 동일한 대학
교에 독일어 클럽 회장 졸업한 후에는 골드·스미스·컬리
지에서 학사 교육 검정을 완료. 그 동안 그릿지·칼레지에
서 교육에 실습을 실시 하였음. 테니스에 선수으로서 음
악하고 연극으로 능통한. 25세.

T·P씨. 고등학교를 졸업한 후에 영국에 해병대에 단
기장교 으로서 6년 동안을 근무 그 이후 카디프의 웨일즈
대학교로 입학을 함. 경제학에 학위를 취득을 함. 옥스포
드 대학교에서 학사 교육 검정을 완료. 에레스메아·컬리지
이튼 웰링턴 (이 모든 퍼블릭·스쿨.) 을 역임을 함. 런던에
조정 (漕艇) 클럽에 열렬한 멤버 임. 그는 또한, 강력한 럭
비 선수로 런던·웰시의 원래에 멤버 임. 웰즈 대학교에 선
수 임. 그는 전임학교에서는 조정하고 럭비에 코치도 하
였다. 34세.

경력 으로서 만이 되겠습니다 만은, 고등학교 나 대학
교에 주니아에 선생님 으로서는 이상 적인 선생님 인것
처럼으로 보입니다. 어찌되었든 잉글랜드의 고등학교에
서는 선생님 한사람 당, 학생수가 14,5명 이라고 말을 하

고서 있는 일 처럼에 짙은 밀도로서 상당한 정도에 수준으로서 높은 전문교육이 실시가 되여지고서 있습니다. 따라서, 같은 대학교에 경제학부에 입학을 하여었던 학생이라도 고등학교에서 수학, 물리, 경제학에 A-레벨의 시험을 취득을 하고서 왔던 학생하고 역사, 지리, 영문학을 취득을 하고서 왔던 학생들 하고는 동일한 교육을 할수는 없습니다. 특정에 학부에 입학을 하기에는 유효한 A-레벨의 과목은 많이 있습니다. 학생은 그 가운데 에서 3과목을 선택을 하면은 좋은 점이기 때문에, 학생이 취득해서 받아서 왔던 A-레벨의 과목은 학생들 마다에 다르다고 하여도 과장은 전혀 없다는 점에 있습니다. 영국에 대학교 에서는 처음 부터 획일적인 (劃一的인) 교육 (教育)은 할수가 없도록 구조가 짜여져서 있습니다.

— 그러한 점에 반하여서 일본 에서는 국립대학교에 1학기교 (1期校) 2학기교 (2期校) 에 동시에 입시에서 안 (案) 이 나오면은 입시 까지도 획일적 (劃一的) 으로……

△ 일본 인은 획일화 (劃一化) 를 좋아 합니다. 일본 인이 다양한 생각을 하고 나서 이점이 좋은 안 (案) 이다. 하고서 생

각을 하였을 경우에는 그 점은 대단히 좋은 획일화 (劃－化)를 강화를 하기를 위한 안 (案) 건으로써 있습니다. 영국인은 반대로 그 들이 좋은 안 (案) 이라고 생각을 하는 안 (案) 은 대부분이 세분화에 방향으로 진행을 시키려고 하기 위한 안 (案) 으로서 있습니다. 정치에 분야에서 최근에는 스코틀랜드 하고 잉글랜드의 권한에 분할이 문제가 되고서 있습니다. 이 점도 그에 일렬에 지나지는 않습니다.

— 입학을 하여서 들어오는 대학생들에 백그라운드 (배경) 가 한사람 한사람이 다르다고 할때에는 대학교 에서 가르치는 방법도 필연 적으로 세분화를 하는 이유로 있겠습니까.

△ 예를 들면 옥스포드, 캠브리지, 대학교 등 에서의 강의는 그다지 중요시 하지를 않습니다. 개인지도에 중점을 두고서 있습니다. 튜터 (개인지도 교관) 가 있기 때문에, 학생을 한사람씩 지도를 합니다. 그러하니까. A 학생 하고 B 학생이 배우는 점은 상당히 달라져서 있기에 졸업을 할 때에는 학생들은 한사람 한사람에 대부분이 개성을 가진 인간 으로서 되여져서 있게 되겠습니다. 마치 흡사한 예

술품을 만들어서 놓아 놓은 듯한, 방법으로 한사람 한사람
에 학생들을 교육을 하고서 있다는 점에 있습니다.

— 일본에 매스·프로덕션에 대학교에 비교를 하여서 영국은
수제(手製)의 교육을 하고서 있었기 때문 이기에, 어찌하
여서 「영국 병」이라고 불리우는 정도로에 나라 으로서의
쇠퇴로 이어져서 가는 점으로 되겠습니까.

△ 먼저 제1의 이처럼의 개성적으로 교육이 되여진 학생들
은 관료(官僚)나 회사인 하고 같은 크나큰 기구에 안에서
톱니바퀴로 맞물려져서 버리는 일을 바라지는 않습니다.
제2의 너무나도 훌륭한 교육을 지나치게 하게 되면은,
학생들은 교육에 부문에서 나가고 싶어 하지를 않습니다.
자신도 대학교에 남아서 있거나 중학교나 고등학교에 선
생님이 되여서 동일한 기쁨을 다음에 세대로 넘겨서 주
고 싶다고 하는 생각을 하게 되여집니다. 특히, 대학교에
서 성적이 좋아었던 사람 일수록 그렇게 생각을 하게 되
겠습니다. 따라서, 산업 계(産業界)나 관료(官僚)에서는
대략적인 경향으로써 대학교에서 성적이 좋지 않았었던
사람들이 간다고 하는 점으로 되겠습니다.

— 좀더 구체적으로……

△ 예를 들면 1972~73년도에서 학부에 졸업생 가운데에서 대학원에 남을 일인가 교사나 소셜·워커 등으로 되려고 하는 훈련을 받기 위하여서 교육에 부문으로 남아서 있었던 학생에 수는 캠브리지의 대학교에서는 39% 옥스포드가 13% 런던이 31% 타,의 대학교에 평균이 34%로 되여져서 있습니다. 이에 반해서 관계(官界) 산업계(産業界)에서의 취업율은 46% 사회과학(社會科學)에 학생들만이라고 한다면은 37%에 지나지 않습니다.

일본에서는 부실한 교육을 하고서 있었기 때문 이기에, 학생들은 아무런 미련도 없이 회사에 취직을 합니다. 믿을수가 있다는 점은 교육이 아닙니다. 돈만을 믿고서 일을 하라고 하게 된다고 하면은 졸업후에는 경제적으로 행복을 추구를 하면서 열심히 힘을 다하고서 있습니다. 아이러니 한, 일이 되겠습니다 만은, 일본에 경제적인 성공은 저렴한 획일교육(劃—敎育)에 덕분으로서 있었습니다. 영국에 경제적인 실패는 사치를 누리고서 왔었던 개인교육에 원인이 되겠습니다.

— 영국식에 교육이「영국병」을 탄생을 시켰다고 하는 이유
로서 있겠습니까.

△ 언제나 인용을 하여서 내어 놓고서 있는 점으로 있겠습니
다. 전형적인 영국신사 이라고 말을하는 점은 나쯔메소우
세기(夏目漱石) (일본에 유명한 소설가) (1867~1916) 에 소설
에 주인공 하고 같은 사람들이 되겠습니다. 그들은 모두
가 높은 교육을 받고서 있었다는 점에 있습니다. 교육은
즐긴다는 점 으로써 소비재 로서 있었다고 하는 생각으로
있었습니다. 그리고서 받아 드려져서 왔었던 교육을 생산
재 으로써에 사용하는 신념을 허용을 할려고 하지는 않
습니다. 즉, 산시로(三四郎) (동인에 소설의 작품에 이름 이
자 주인공에 이름.) 에 세상에 일반론을 말을 하면서 이른
바「위대한 암흑」이라는 점에 있습니다. 소우세기(漱石)
에 소설은 완전히「영국병」에 세계에서 있었습니다. 메이
지(明治) 가 물질적인 약진의 시대에 있었다는 점 에서도
경기(景気) 가 좋아 었다는 이야기는 전혀 나오지를 않고
서 있습니다.

— 소우세기(漱石) 에 소설은 그의 런던에 유학 하고도 관계

가……

△ 소우세기 (漱石) 는 영국에 매우 반발을 하고서 있었습니다. 그 점은 일종에 입장을 바꾸워서 놓아 놓고서 보면은 영국에 동경을 하고서 있었다는 생각을 합니다. 그는 런던에 하숙집 에서의 일기에 「절실하게 일본에 앞날 (前途) 을 생각을 하면서 일본인은 진심으로 성실하지 않으면은 안된다. 일본인은 더욱더 크게 눈을 뜨고서 커다란 눈으로 세상을 보지를 않으면은 안된다.」하고서 쓰여져서 있었습니다. 이 점은 물질적인 점을 말을 하고서 있었다는 점은 아니며, 정신적인 점 으로써의 해석을 합니다. 그리고서 일본에 돌아 온 후에 진심 으로 성실하게 되여서 썼었던 소설이 이 중에 어느것 하나도 「영국 병」에 환자에 세계에서 있었던 일이기 때문 이기에, 얼마나 소우세기 (漱石) 가 영국의 사회에 반하여서 있었 씀 을 알 수가 있습니다.

— 「영국 병」에 원인이 교육에 있었다고 하는 점으로 있습니다. 영국인 자신들에 최근에 교육의 관은……

△ 경제의 발전에 입장에서 본다고 하면은 일본형에 교육이
좋았습니다. 영국형에 교육이 나쁘다고 하는 점은 영국
인도 알고서 있습니다. 산업계(産業界)에서 대학교에 졸
업생이 부족하고서 있기 때문 이기에, 졸업생이 산업계
(産業界)로 충분히 이동을 하는 정도까지에 대학교를 확
충을 시키지 않으면은 안됩니다. 그러하나 대학교를 확충
을 시키려고서 할려고 하면은 롤스로이스를 생산을 하는
일처럼에 방법으로써 학생들을 만드는 일은 할수가 없
으므로 마스프로(대량생산)에 교육을 하여서 질에 저하
로 도합(都合)을 감수를 하지 않으면은 안되게 되겠습니
다. 그렇게 되면은 교육계(教育界)는 매력이 없는 장소
로 되겠습니다. 자질이 좋은 학생은 점차로 산업계(産業
界)로 나아가게 되겠습니다.

— 일본형으로 되지는 않았었던 점은 무엇이 있겠습니까.

△ 다행인지 불행인지 영국은 이처럼의 교육에 개혁을 할수
가 있었던 챤스(기회)를 잃어버리고 말아 버렸습니다. 그
렇게 하기에는 방대한 경비가 필요로 하였으므로 현재에
영국에서는 그러한 경비에 여유는 없습니다. 영국에 대

학교는 지금까지에 같은 점에 소규모에 코티지·유니버시티 (서당식 대학교 : 寺子屋大學) 으로써 계속하고서 있었으므로 종래 대로에 수제 (手製) 의 개인에 교육을 계속하여서 나아서 갈수 밖에 방법이 없었습니다. 이렇게 하여서 영국에 대학교는 산업계로 인재를 공급을 하는 일로서는 실패를 하게 되겠습니다 만은, 그 대신에 영국은 마스프로 (대량 생산) 식 으로서가 아닌 대학교를 가지고서 있는 유일에 문명국 으로써 살아서 남아 있을수가 있었다는 생각을 합니다.

산업하고 대학교에 밸런스 (균형) 를 유지를 하는 점은 상당히 어려운 점으로「영국 병」에 걸렸다는 이유로 대학교가 좋아졌습니다. 반대로 대학교가 좋아졌기 때문 이기에,「영국 병」으로 이여져서 있었다. 하고서 말을 한다고 하면은 일본도 이쯔음 에서 진지하게「영국 병」에 걸리는 점을 생각을 하고서 선택을 하여야 만이 되겠습니다.

5

— 지금까지 교육하고 경제에 관계에 대하여서 여쭈워서 보

았습니다. 일본은 앞으로 어떠한 형태로서「무역 전쟁」을 회피를 하면은 좋을련지를 또한, 어떠한 교육의 형태를 갖추어야 할점 인가에 대하여서 어떻게 생각을 하고서 계십니까.

△ 대답에 말씀을 드리기 전에 한번 복습을 하여서 두고자 합니다. 첫 번째로 일본을 이대로 내버려 두면은 갈수록 더 많은 대량 생산 체제에 나라로 되여져서 버릴 점으로 되겠습니다. 이러한 일본에 적절한 별명은「캐피탈리스트 ·차이나」(자본가 중국.) 이라고 하는 생각을 하게 되겠습니다. 중국은 규율을 정확하게 전원이 "일치단결"「一致團結」을 하여서 질서를 정연하게 사회 건설에 힘을 쓰고서 있습니다. 자본주의 체제에 안에서는 이해가 교착(交錯)을 함으로써 충돌이 있는 일은 정상적인 상태에 있습니다. 예외는 일본으로써 노사에 대립에도 불구하고서 중국 하고 비교가 될수가 있는 스피릿(정신) 으로서에 일치 협력 으로써 경제에 성장을 이끌어서 왔었던 점에 있습니다. 그리하니까 외국인들은 이러한 일본을「일본은 주식회사」이라며 말을 합니다. 이 처럼 일본을 내버려 두면

은 점차로 양산을 해버린다고 하는 불행한 숙명을 가지고서 있습니다.

— 엄격한 카르테(진단기록)에 있습니다.

△ 제2의 반면에는 영국은 지극히 훌륭한 고등교육에 체제를 가지고서 있다는 이유로써 산업에 파이프 하고 고등교육에 파이프가 연결이 되지를 않는다고 하는 점으로서 고민을 하고서 있습니다. 이러한 진단에 착오가 없었다고 한다면은 다음과 같은 치료로서 권장을 할수가 있겠습니다. 즉, 일본에 교육의 기구를 바꾸워서 일본을 「영국 병」에 걸리게 하는 일이 되겠습니다. 중병으로 되지를 않을 정도로 말입니다.

또, 하나의 「무역전쟁」에 회피를 하는 책은 수입에 진흥으로 있겠습니다. 그렇게 한다고 하면은 조금은 적게 수출을 하여도 「서로가 똑같은 입장.」이라고 하는 점으로 싫어 하지는 않습니다.

— 「영국 병」에 걸리게 되면은 좋다고 말을 합니다 만은, 조금 씩 망가져서 가버리지는 않겠습니까.

△ 그러하기 때문에 「중병이 되지는 않을 정도로.」하는 말을 하였었던 점에 있습니다. 진행성이 아닌 「영국 병」은 충분히 가능하다는 생각으로 있습니다. 일본이 언제까지 있어도 양산에 체제에서 이탈을 하지를 못하는 점은 세계의 여러나라에 있어서는 민폐가 되는 이야기가 되겠습니다. 현재에 상황에 있어서는 자본주의에 우등생 으로서 있습니다. 이대로 진행을 한다고 하면은 선진국에 자본주의 나라들을 탕진을 하여서 버려질 뿐만이 아닙니다. 개발 도상 국가에 제조 공업에 진흥을 할수가 있는 챤스 (기회)를 주지를 않고서 과장을 하여서 말을 한다고 하면은 모든 나라 들을 탕진을 시켜서 버린다고 하는 점에 있습니다. 그렇게 하면은 폐허 속에서 일본에 군단 만이 이기고 남아서 도대체 우리들은 무엇을 위해서 싸웠었던 일이 였을까. 이라고 하는 좌절감 만이 남아서 있었다고 하는 일 밖에 없습니다. 일본은 서서히 제조에 공업 국가에서 졸업을 하여야 한다는 단계에 와서 있다고 하는 생각으로 있습니다.

— 일억에 총 생산 활동을 그만 두고서 불 생산에 부문으로

진흥을 하여서 간다고 하는 일 으로서 된다고 한다 면은 예를 들면 은……

△ 일본 에서는 아직도 결여가 되여져서 있는 부분이 있습니다. 일본이 지금 부터 도전을 하지 않으면은 안된다는 과제 이라고 한다면은 제일 먼저 첫번째로서 물건을 만드는 일이 아닙니다. 물건을 만드는 방법을 생산을 하는 (과학발명) 이라고 하는 일이 있습니다. 세계가 문명국 으로서에 일본에게 기대를 하고서 있는 점은 이러한 부문 에서 활약을 하여야 하는 점으로 있습니다.

「영국 병」 에 걸린다는 일이 탈 제조의 공업에 위함에는 좋은 약으로 있습니다 만은, 그러하나 동시에 어떠한 이유로서「영국병」의 환자가 아닌 이상은 새로운 생산에 방법 으로서 생산을 한다고 하여도 똑같은 창조력을 필요로 하는 활동은 할수가 없습니다. 이러한 부면 (部面) (물건 이나 사견의 부분.) 에서는 영국의 대학교에 졸업생에 활약은 전쟁 이후, 만으로 가지고서 본다고 하면은 훌륭한 점으로 있습니다.

— 진정한 질, 적으로서의 전환에 있겠습니다.

△ 다음으로 일본에 필요한 점은 국제에 사회에서의 활약을 할수가 있는 인재에 양성에 있습니다. 이러한 인물에 가운데 에서 큰 인물은 키신저나 케인즈 처럼의 인터내셔날·네고시에이터 (국제 교섭역.) 가 있겠습니다. 현재에 있어서는 일본 에서는 전체 적 으로서는 적임자가 없습니다. 저는 현대에는 세계 적인 규모 에서 메이지 유신 (明治維新) 에 전야 (前夜) 에 있다고 생각을 하고서 있습니다. 결국은 선호를 한다. 거나 선호를 하지 않는다는 관계가 없이 국경을 넘어 선 규모로 사물을 보고서 생각을 하면서 가지 않으면은 안되는 점으로 되겠습니다. 그러한 생각에 방법으로서 생각을 할수가 있는 사람들을 일본에서 육성을 하여서 가느냐 안 가느냐 하는 점은 새로운 신시대 (新時代) 에 있어서는 사활에 중요한 문제로 되는 점으로 믿고서 있습니다. 이와 같은 사람들이 많다든가 적다든가에 「영국병」에 걸린 사람들이 아니면은 안됩니다.

— 「영국병」에 걸린 사람들이 필요로 한다는 이유가 있겠습니까.

△ 「영국 병」에 일본이 걸린다고 하는 점은 한편 으로는 「무

역전쟁」을 진정을 시킨다고 하는 효과를 갖는다고 하는 동시에 또, 다른 한편 으로서는 새로운 신시대 (新時代) 으로서에 대한 준비가 되겠습니다. 현재가 메이지 유신 (明治維新) 에 전야 (前夜) 에 있다. 하고서 말하고 있는 점은 결국은 지금에 국경이 중요한 의미를 갖지를 못하게 된다는 점에서 의미를 합니다. 유신에 그때에는 영리로 한, (藩,=도꾸가와 시대에 지방 행정 단위.) 을 좋게 폐지를 하였었던 곳하고 섣불리 폐지를 하여었던 곳이 있었습니다. 현재에 중요한 문제는 어떻게 하면은 좋은 영리로 나라를 폐지를 하여야 할점 인가 어떻게 나라를 세계에 사회에 적합하게 맞추어야 할점 인가 하는 문제에 있다고 생각을 합니다.

— 구체적으로는 일본에 교육을 어떻게 바꾸워서 놓으면은 좋겠습니까.

△ 현재 대학교 에서는 교양에 과정을 먼저 끝내고나서, 그 다음으로 전문 코스 (과정) 으로 진행을 합니다 만은, 이러한 제도를 뒤집어서 놓아 놓고서는 전문 코스 (과정) 를 먼저 하고 나서 그 다음에 교양에 과정을 이수를 하도록 합

니다. 전문 코스 (과정) 를 끝내고서 난 다음에 단계에서 취직을 하고 싶어하는 사람은 취직을 할수가 있겠습니다. 그리고서 전문 코스 (과정) 뿐 만인 사람들 에게도 동일한 학사에 칭호를 수여를 합니다. 이렇게 하게 된다고 하면은 대학교는 실질 적으로 단기대학교 화로 하게 되여져서 버리게 되겠습니다. 그 뿐만은 아닙니다. 전문교육에 다음에는 교양에 과정을 하게 된다고 한다 면은 전문 적인 위에서도 크나 큰 플러스 (긍정적) 로 되겠습니다. 예를 들면 경제에 학부에 경우에는 경제학을 공부를 하고 나서는 서양사 철학 물리학을 배우는 일은 경제학에 있어서도 플러스로 있는 점 으로 되겠습니다. 그러하지만 현재 하고 같은 전문학을 나중에 하게 된다고 한다 면은 학생은 교양에 과목은 전문학 하고는 관계가 없다. 하고서 생각을 함으로써 진심으로 열심히 공부를 하지 않았었기 때문에, 그러므로 공부에는 재미가 없습니다.

저는 옛날에 다가기 데이지 (高木貞治) (일본에 유명한 수학자.) 에 수필을 읽었을 때에, 『노는 일 에도 진심으로 하지 않으면은 재미가 없다.』이라고 하는 책을 읽고나서 대단히 감명을 받았습니다. 달음박질에 100미터 경주나

태클이 없는 럭비가 재미가 있을리가 없습니다. 마찬가지로 대학교에 생활도 진심으로 생활을 하지 않으면은 재미가 없다는 점은 틀림이 없을 일이 되겠습니다. 요즈음에 학생들이 대학교에 생활이 재미가 없다고 말을하는 점은 진심으로 공부를 열심히 하고서 있지를 안하고서 있었기 때문 이라고 생각을 하고서 있습니다.

그렇지 만은 지금은 교양에 과목을 선택을 하지를 않아도 전문 과목 만을 선택을 한다고 하면은 종전 대로에 학사호를 받을수가 있도록에 제도를 바꾸어서 놓는다고 한다 면은 학생들은 2년 동안으로 대학교를 나올려는 생각을 한다고 하면은 나올수가 있기 때문 이기에, 대부분에 학생들은 2년으로써 졸업을 하게 되겠습니다. 왜냐하고서 물어 본다고 하면은 4년 동안을 대학교에 있어도 동일한 학사 호 밖에 받을수가 없습니다. 그러하므로 사회에서 일하는 기간은 2년 적게 되겠습니다. 이러한 점은 인생에서 나머지에 2년 동안을 바치는 일이 되고서 있기 때문 이기에, 약 7천 800만 엥에서 1천만 엥에 손실이 되겠습니다.

―그렇게 된다고 한다면은 확연하게 돌변을 하여서 바뀌게
되는 점이 되겠습니까.

△ 대부분에 학생들이 2년으로써 졸업을 한다고 하면은 현
재에 교사(校舍)에 절반은 비워져서 있습니다. 그 가운데
에 절반을 후술(後述)로 대학원에서 대학교로 전용을 한
다고 하더라도 여전히 절반이 남아서 있기 때문에, 학부
에 학생에 정원은 교사(校舍)를 건설을 할 필요가 없습니
다. 현재의 1.5배로 증원을 할수가 있습니다. 따라서, 수
험에 난은 대체적으로는 해소가 되겠습니다. 입학시험은
전체를 폐지를 하여서 고등학교 시절에 실적을 중요시
하면은 좋은 점으로 있겠습니다. 예를 들면 고등학교 시
절에 평소에 공부를 하는 자세하고 함께 야구 선수로 있
었다고 말을하는 사실, 등을 존중을 하면은 되겠습니다.

　　그리고서 대학원 대학교 이겠습니다. 그의 입학에 자
격자는 대학교 졸업생에 상위 10퍼센트 정도로 한정이
되겠습니다. 「영국병」에 환자로 하는 일이기 때문에, 체
질을 충분하게 음미를 하지 않으면은 안됩니다.

― 대단한 혁명적인 발상에 있습니다 만은, 현실로서는 어

떻게 손을 써서 가면은 좋겠습니까.

△ 간단한 일이라고 생각을 합니다. 한장에 조령으로 충분하겠습니다. 문부성「文部省 : 문교부」내지 대학교에 당국에서 전문과목 만을 취한다고 하면은 2년으로 학사호를 주겠다고 하는 법령을 내어서 놓는다고 하면은 그 다음은 좋은 상태로서 자진 회전을 하여서 나아갈 점으로 생각을 하고서 있습니다.

제일 먼저 제1의 기업에 측, 에서는 지금의 4년제 대학교 하고 동일한 전문교육을 받았었던 학생들이 좀더 젊어지고서 있습니다. 그러하므로서 2년 동안을 여분으로 쓸 수가 있었기 때문 이기에, 대환영 이라고 하지는 않겠습니까. 제2의 학생은 교양에 과정을 싫어하고서 있습니다. 그들에 싫어하는 과정을 없애므로써 학생들도 기뻐 합니다.[1] 제3의 부모는 2년 동안에 학비에 부담에서 해방이 되여져서 아이들이 빨리 성장을 하면서 어른이 되므로서 안심을 하게 되겠습니다. 제 4의 문부성「文部省 : 문교부」은 재정에 부담을 주지를 않았었기 때문에, 염원을 하였었던 대학원 대학교를 만들수가 있습니다.

관련이 되여서 있었던 4자(四者)는 모두가 기뻐를 하고서 있었기 때문에, 학사에 평가에 절하를 시킬수가 있는 용기가 있는 문부대신(文部大臣)「문교부 장관」이 한사람 나와서 준다고 한다면은 저의 안(案)은 일거에 한번쯤 실현이 가능하다고 생각을 하게 되겠습니다. 그렇지만은 이렇게 하여서 만들어진 새로운 신 대학원(新大學院)에 졸업생에 상당수가「영국 병」에 걸려서 주지를 않는다고 한다면은 저의 구상은 무(無)로 돌아가게 되겠습니다. 그 들이 다시 한번 에코노믹·애니멀 으로써 날뛰기 시작을 한다고 하면은 아무런 일도 이루지를 못하고서 쓸모가 없어져서 지금하고 전혀 변함이 없게 되겠습니다.

— 그렇다고 한다면은 에코노믹·애니멀 으로써 되지를 않기 위하여서는……

△ 학생들이「영국 병」에 걸린다 거나 걸리지 않는다고 하는 점은 매우 큼으로써 교관에 질로서 의존을 하게 되겠습니다. 현재에 교양에 코스에서 계시는 선생님 분들을 일부는 학부로 이동을 하게 하여서 나머지는 대학원에 대학교 에서 대 활약을 하게 하지 않으면은 안되 겠습니다.

구제 고등 학교 에서 꽤 많은 사람들이 「영국 병」에 걸려서 있었기 때문 이기에, 저는 매우 낙관을 하고서 있습니다.

또한, 대학교에 가지를 않았었던 사람들 에게는 2년 동안에 국비에 의한 유급에 휴가를 일 평생 동안에 받는 일로 한다고 하면은 젊었을 때에는, 대학교를 들어갈 필요가 없어졌 으므로 대학교에 들어가고 싶다고 하면은 유급에 휴가가 있을 그 때에, 대학교에 들어가 면은 좋은 일로 되겠습니다. 일본은 이러한 일 들을 천천히 생각을 하여도 좋을 정도에 경제적인 실력을 가지고서 있습니다.

1) 대학교에 4년 동안은 노는 장소 이라고 생각을 하고서 있는 사람들은 지금까지 그대로 4년 동안을 대학교 에서 있으면은 좋은 일이 되겠습니다. 새로운 신 교양 과정 (新教養課程) 은 대학원 으로 가는 사람 들에게는 필수로 있습니다. 유익은 합니다 만은, 대학원에 가지를 않았었던 사람들 에게는 그다지 가치가 없습니다. 그 들은 결국은 놀고서 지내고서 있었던 점을 후회를 하지를 않을수가 없게 되겠습니다.

6

— 「무역전쟁」을 회피를 하는 또, 하나에 정책 으로서는 수입에 진흥을 올려었던 일이 되겠습니다. 구체 적 으로는 어떻게 생각을 하시고서 계시고 있습니까.

△ 일본이 지금 제일로 필요로 하고서 있다는 점은 주택산업 이라고 생각을 합니다. 주택은 프레하브 (조립식) 가 아니면은 절대로 수출을 할수가 없기 때문 이기에, 일본이 주택의 산업을 육성을 한다고 하여도 상대를 상처를 주는 일은 없습니다. 즉, 수출에 공헌도가 제로 이기 때문 이기에, 건축의 자재를 수입을 하고서 있기 때문 이기에, 수입에 공헌도는 지극히 높습니다. 다 국간에 무역을 영리로써 거래를 하기로 결정을 한다고 하면은 직접 적인 수입을 하지를 않는 나라 에서도 수출을 할수가 있도록 되겠습니다. 예를 들면 일본이 캐나다 에서 목재를 대량으로 구입을 하고서 캐나다 는 영국으로 부터 석유를 구입을 하여서 일본이 영국으로 자동차를 파는 일이 1980년 대 에는 충분히 가능하게 되겠습니다. 일본은 획기적인

주택에 정책을 단행을 할필요가 있습니다.

— 일본 에서는 집을 짓고 싶어도 건축 자재가 비싸기 때문이기에, 집을 지를수가 없다는 실정으로 있습니다. 「의식(衣食)」은 어찌되었든「주 (住)」는 사회에 문제로 되고서 있습니다.

△ 전 세계에서 보더라도 일본인에 등급은 평균 적으로 훌륭한 의복을 입고서 있는 국민은 없다고 생각을 합니다. 세계에 베스트·드레서 이라고도 생각을 합니다. 또한, 식료품은 일본 에서는 비싸지 만은, 식량에 문제는 현단계 에서는 주택에 문제 정도로 중요한 문제는 아닙니다.

리더스·다이제스트 (영어판 1976년 10월호) 에 의하면은 잉글랜드 인에 92% 가 행복 하다고 생각을 하고서 있으므로 일본인은 66% 밖에 행복 하다고 생각을 하고서 있지 않습니다. 잉글랜드의 숫자는 북유럽에 여러나라 및 오스트리아 (호주) 와 함께 최고에 부류에 속해서 있는 일본은 선진국에 가운데에서는 최저에 있습니다. "불평불만" 「不平不滿」이 계속되는 이탈리아 에서도 68% 에 사람들이 행복감을 가지고서 있습니다. 미국 은 90% 프랑스 는

88% 서독은 74% 이였습니다. 일본이 급속하게 경제 성장을 하여서 왔으므로 행복감을 가지고서 있다는 사람들이 적다는 점은 일본인에 특이한 성향하고도 커다랗게 관련을 하고서 있습니다. 최대에 원인은 여전하게도 열악(劣惡)한 주택에 있다고 생각을 하고서 있습니다.[1] 선진국 이라고 불리우고 있는 여러나라에서는 부유감은 대체로는 주택에 질,과 양,으로 결정이 되는 점은 아닐련지요. 의식(衣食)은 대부분이 충분하게 있는 일이기 때문에, 주택만 충분하게 보급을 한다고 하면은 일본인에 유복감(裕福感)은 상당히 증가를 한다고 생각을 하고서 있습니다.

그러한 경향으로써는 일본인은 주택에 문제를 가볍게 보고서 있습니다. 과거에 대가족에 시대에서는 부모님 형제가 한방에서 자고서 가족적인 친밀감을 느끼고서 있었습니다. 막잠을 잘수가 없는 사람은 일본에서는 친한 친구를 발견하는 일은 어렵습니다. 주택에 사정이 나쁜 일본에서는 침실을 공유를 한다는 점은 일종에 미덕이여었다는 점은 하나의 생활에 지혜로서 이치에 맞는 일처럼 으로도 생각을 합니다. 왜 주택에 사정에 방향을 바꾸

려고 하지도 않습니다. 도덕성에 방향으로 주택에 사정
으로 적합하다 함으로써 맞추려고 하는점 이겠습니까요.

— 영국에서는 주택에 대하여서 생각을 하는 방향은……

△ 그리하여서 다시한번 「영국병」 환자 여러분들께서 등장
을 하여서 준다고 하면은 영국에 중산층 계급은 특별히
대학교를 나오고서 교육에 부문에서 남아서 있는 사람들
은 경제적으로는 결코 부유하지는 않습니다. 영국에 경
우에는 연공서열제로 있지는 않기 때문 이기에, 일률적
으로는 말씀을 드릴수는 없습니다. 정상적으로 승진을
하였다고 하여서 대학교에 교사에 급료는 1개월에 기준
으로 30세 정도의 사람은 약18만엥 55세 정도의 사람
은 30만엥을 받을수가 있습니다. 그이외의 보너스는 없
기 때문 이기에, 이것이 전부입니다. 일본에서 대학교의
교사에 최근에 급료는 알수가 없습니다 만은, 아마도 이
러한 점보다는 나를 점으로 있습니다. 그러함에도 영국
은 세금이 높기 때문에, 그들은 상당하게 어려운 생활을
하고서 있습니다. 이러한 상태에서도 영국에 중산층 계
급에 사람들은 의식 (衣食) 을 줄여서라도 충분하며 상당

히 넓은 집에서 생활을 할려고 합니다.

— 그 이유는 무엇이 있겠습니까.

△ 아이들에게 한 사람씩 각방을 주고 싶어하기 때문으로 있습니다. 한 사람에 각방은 독립심이 있는 아이들을 육성을 하는 데에서 전제에 조건으로 있습니다. 좁아도 아름다운 집에서 살고 싶다는 점이 노동자에 계급에 욕망(慾望)이라고 하면은 더럽더 라도 넓은 집에서 살고 싶어하는 중산층 계급에 욕망(慾望)으로 있습니다. 주택에 조건은 육성을 하여서 오는 다음에 세대에 성격으로 결정을 합니다. 이 전에는 현대에 국제적인 규모에서의 메이지유신(明治維新)에 전야(前夜)에 있다고 말씀을 드렸습니다. 이러한 인식이 옳다고 한다면은 국가는 국제적으로 활약을 할수가 있도록 다음에 세대에 양성을 책임을 지지 않으면은 안되다는 점으로 있습니다. 독립심이 있는 인간을 만드는 일는 막잠을 잘수가 있는 인간이 아닙니다. 혼자가 된다고 하더라도 견디여서 나아 갈수가 있는 인간을 만드는 일을 목표로 하지 않으면은 안되는 점으로 있습니다.

— 그러한 점이 아무래도 일본에서는 인식이 되여져서 있지를 않습니다.

△ 국제에 사회에서 활약을 할려고 하려면은 강인한 개성이 필요로 하겠습니다. 지금 A,B의 두 사람이 회의를 하고서 있다고 하겠습니다. 그렇게 할때에, C가 참여를 하였을 경우에는 C의 의견이 A,B의 어느 쪽에 의견하고 동일을 한다고 하면은 C의 참여는 토론에 진전에서는 무영향(無影響)으로써 다만, 다수결을 취할때에 비중이 바뀌어질 뿐으로서 있겠습니다. 이러한 C보다도 A,B의 의견에 포함이 되지를 않는 점 같은 독특한 의견을 가지고서 있는 사람이 외국에서는 존중을 받고서 있습니다. 이러한 개성은 한 사람에 각방에 생활에서 자라 나고서 있습니다.

— 과밀 도시화(過密都市化)로 일본에 주택에 문제가 심각한 애로(隘路)가 되고서 있습니다.

△ 뉴·타운에 관하여서는 영국하고 일본하고 관계에서 생각을 하는 방법(사고방식)이 다르게 있습니다. 영국에서는

뉴·타운는 대 도시를 위한 베드·타운이 아닙니다. 주택가 뿐만이 아니며, 공장도 오피스도 학교도 있기 때문에, 같이 완결(完結) 되여진 새로운 마을 이라는 말을 하고서 있습니다. 따라서, 뉴·타운 에는 스포츠의 시설과 도서관이 있을 뿐만이 아니며 호텔도 있습니다. 공장 이나 회사가 생긴다고 한다면은 당연한 일 으로써 거래처로 부터 출장 사원이 묵는 호텔이 필요로 하기 때문에 있습니다.

— 상당한 차이가 있습니다.

△ 일본에서 베드·타운 으로써에 뉴·타운이 발달을 하지를 못하여었던 점은 일본인에 시골(田舍)에 공포증 하고 관계가 있지는 않을까 생각을 하고서 있습니다. 옛날 부터 "낙향지"「落鄕地」이라고 하는 말이 있습니다. 도시를 떠나는 일은 강력한 도교(東京)에 정부가 생기여 썼던 메이지 이후(明治以後) 뿐만은 아닙니다. 헤이게(平家)에 사람들 에게 있어서도 견딜수가 없는 일이 되겠습니다. 그러하지 만은 영국인은 도시(都會)에서 사는 일 보다도 시골(田舍)에서 사는 일을 즐거웁게 즐기면서 어떻게 하여서든지 시골(田舍)에서 산다는 신분으로 되고 싶다는 생각

으로 있습니다. 전도 (장래)에 리더스·다이제스트의 조사
에 따르면은 일본인에 73%가 도시 (都會)에서 살고 싶어
하고 있습니다 만은, 잉글랜드 인에 79%는 시골 (田舍)에
서 살기를 원하고서 있습니다.

— 일본인이 도시 (都會)를 이탈을 하기를 싫어하는 점은 옛
날부터 시골 (田舍)이 도시 (都會)에 비해서 가난 하였었기
때문인점 인지는……

△ 분명하게도 일본은 시골 (田舍) 하고 도시 (都會) 하고 사이
에는 격차가 크게 있습니다. 시골 (田舍) 하고 도시 (都會)
하고 다르다고 하는 점은 어느 나라 에서도 마찬가지 로
있습니다. 일본인은 도시 (都會) 하고 시골 (田舍)을 상·하
에 관계에서 보고서 있습니다. 영국인은 그렇게는 보고서
있지는 않습니다. 시골 (田舍)에 있어서도 도시 (都會) 처
럼의 생활을 하려고 생각을 한다고 하면은 상당한 돈이
들어가게 되겠습니다. 반대로 도시 (都會)에 있으면서 시
골 (田舍) 하고 똑같은 생활을 하려고 하여도 상당한 거액
에 돈이 들어가게 되겠습니다. 따라서, 상·하에 관계 에
서는 별 차이가 없다는 점으로 있기 때문에, 이를테에 면

은 시골 (田舍) 처럼의 생활을 좋아 하는지 싫어 하는지에 여부에 있습니다. 또 다시 인용으로 내어 놓아서 대단히 죄송을 합니다. 이코노믹·애니멀 는 당연한 일 으로써의 도시 (都會) 에서 밖에 생활을 할수가 없습니다. 「영국 병」 에 환자는 시골 (田舍) 에 생활을 정말로 대단히 좋아를 하고서 있습니다. 잉글랜드의 대학교에 선생님은 가능한 한 시골 (田舍) 에서 살으려고 하고서 있습니다. 쯔구바 대학교 (筑波大學校) (일본에 모국립대학교.) 에 많은 선생님 분들은 도교에서 살고서 있습니다.

— 주거 (住居) 의 문제를 개선 으로서 전력을 다하여서 경주 (傾注) 를 하여서 가면은 "물심 양면" 「物心兩面」 으로서 일본인에 생활은 유럽의 수준으로……

△ 어찌되었든 일본인은 한층 더 시골 (田舍) 에서 살으려는 점에 의해서는 토지에 문제를 해결을 하고서 모텔·타운을 점차로 건설을 한다고 하면은 수입에 산업이 성장을 하는 점으로 인해서 일본에 경제에 브레이크 (제동) 가 걸리겠습니다. 이러한 브레이크 (제동) 는 「무역 전쟁」 에 완화에 크게 공헌 (貢獻) 을 하겠습니다. 동시에 주거 (住居) 에

생활에서 개선을 함으로 인해서 비로소 일본인에 생활에 수준은 유럽의 수준으로 되여져서 갑니다. 현재에 국민에 총 생산에서 자유 세계에 제2 위에서 있다고 말을 하여도 국민에 전체에 행복감은 여전하기 때문 이기에, 영국에는 훨씬 더 미치지는 못하게 되겠습니다.

— 마지막 으로 이제 부터는 앞으로의 목표로서 있겠습니다. 언제 쯤 어떠한 일에 대해서 생각을 하고서 계십니까.

△ 20년 앞을 목표로 하면서 일본은 영국에 정도로에 수준으로 가져가는 일을 목표로 하여야 한다고 생각을 하고서 있습니다. 자원, 국토, 인구에서 초 대형에 미국, 소련을 따라 붙잡는 일을 목표로 한다고 하면은 태평양 전쟁하고 똑 같은 실수로서 또 다시 범하는 일이 되겠습니다. "소형 력사"「小型力士」의 일본에 경쟁에 상대는 영국, 독일, 프랑스, 이탈리아, 등으로 있습니다. 이들의 나라에서 좋은 점만을 골라서 가지고서 선택을 하여서 그들을 합성을 하였던 점하고 똑같은 나라를 당면 (當面) 의 목표로 삼아서 앞으로 나아서 가야 만 한다. 하면서 확신을 하면서 믿고서 있습니다.

지금에 정도로에 식사를 하면서 지금에 정도에 양복을 입고서 조금더 훌륭한 집에서 살면서 경제 이 이외의 일을 더욱더 많은 생각을 하면서 대학원 대학교에 졸업생에 다수(多數)가 교사가 되여야만 합니다. 고등학교 출신에 사장이나 장관(大臣·대신)이 대거 출현을 하는 국가로서 성립이 되기를 염원(念願)을 합니다.

1) 타국(他國)에 사람들 하고 비교를 하여서 보면은 일본인은 (가) 도시(都會)를 좋아한다. (나) 비종교 적으로 (다) 사후(死後)에 생활을 믿지를 않는다. 하고서 말을하는 3대 특징을 가지고서 있습니다. 미국인 조차도 좀더 시골(田舍)에서 살기를 원하고서 있습니다. 비종교 적인 잉글랜드의 사람들 마저도 일본인 보다도 신(神)「혹은, 부처님.」을 믿고서 있습니다. 과학 적인 독일에 사람들 마져도 좀더 "영혼 불멸"「靈魂不滅」이라고 생각을 하고서 있습니다. 저의 동료로써 이러한 일본인에 성향이 일본에서 마르크스에 주의가 번창을 하여었던 점하고 관계가 있다. 하고서 말을하는 사람들이 있습니다. 어찌 되었든지 일본인이 전 세계에 한 가운데 에서 가장 유물적(唯物的)으로 있습니다. 진보파(進步派)으로써 있다는 점 에서는 틀림이 없겠습니다.

영국 과 일본

- 그 교육과 경제 -

옮긴이의 말

끝으로 한 말씀을 드립니다.

모리시마 미지오(森嶋通夫) 선생님에「영국 과 일본」이라고 하는 책 속에는 일본 사람들이「영국병」에 걸려서 영국에 역사, 교육, 사회, 문화에 걸쳐서 다양한 점을 일본인 들이 받아 드리고서 일본 사회에 보급을 하면서「영국 병」을 펼치고자 노력을 하였으므로 일본에 사회 에서의 문화이며, 사회에 형성이며, 구조를 일본 사람들에 삶 또한, 그렇게 노력을 하면서 행 하여져서 왔음을 저는 생각을 하고서 있습니다. 일본에 오실 기회가 있으시다 면은, 일본에 사회에 풍토와 거리를 둘러 보시고서 느껴 보시면은 어디인가 영국에 사회에 풍토를 곳곳에서 느껴지시리 라고 생각을 합니다.

모리시마 미지오(森嶋通夫) 선생님 께서 염원을 하시였던 잉글랜드의「영국 병」과 일본의「화(和)를 가지고서 귀(貴)하기로 한다.」의 성덕태자(聖德太子)의 말씀하고 결함이 되어진 일본에 사회가 형성이 되여져서 있다고 생각을 합니다. 일본에 국가는 표면 적으로는 민주주의의 국가로 보이지 만은, 일본인에 삶 속에서는 교육 으로써 굳혀져서 있는 사회주의의 성격을 띄고서 있습니다. 대한민국에 교육자 여러분들 께서는 일본이라고 하는 국가에 대하여서 많은 연구를 하여서 주시기를 저는 마음 속 깊이 염원을 하여 봅니다.

대한에 사람의 민속놀이 란……

5천년의 유구한 역사에 걸쳐서 대한에 사람에 생활 속에서 발생을 하여서 깊숙이 녹여져서 선조님 분들께서 물려 받아서 내려온 민속놀이 입니다. 대한의 사람으로 문화에 국력으로 계승을 하여서 물려져서 내려온 민족의 얼,과 민족의 혼, 이 민족의 정기,가 설혈이 되여져서 있는 민속놀이에 있습니다. 잊혀져서 가고서 있는 민속놀이를 촘촘히 신속히 발굴을 하여서 정착을 하며, 확고히 발전을 시켜서 나아 가야 할점으로 있습니다.

역사 란, 한 나라에 흥,과 망,을 교육 으로써 좌·우를 하는 일로써 있습니다. 이론 적이면서 논리 적으로서 정확하게 명확히 그 나라의 문화에 역사를 모른다고 하면은 쇠퇴 되어져서 가는 일하고 같습니다. 거목에 뿌리가 세파에 흔들려져서 썩어 들어가서 흔적도 없이 사라져서 가는 일하고 똑 같습니다.

그의 원인 으로써 ·····

국가가 바르게 설수가 없는 원인이 되겠습니다.

세종대왕님 께서 위대한 업적 으로서 물려주신 「훈민정음」 은 소리음 으로써 남성의말과 여성의말의 아름다움과 부드러움의 멋진 소중한 우리 「한글」의 말으로써 다정 다감한 정다운 표현을 할수가 있습니다.

세계의 어느 국가 보다도 가장 으뜸 으로서 우뚝 설수가 있는 한글의 자긍심을 갖는 민족 으로써 거듭나 있으므로서 교양을 중요시 하는 한글이란, (정중하며, 존경하며, 겸손 하며, 공손 한, 대한에 사람에 깊은 뜻이 담겨져서 있는.) 대한의 사람에 자랑 스러운 「훈민정음」의 뜻을 마음 속 깊이 새기면서 대한 사람으로 국민 여러분들 께서는 동방에 "예의 범절" 의 자국에 주권자 으로써의 자존감을 사회에 뿌리깊게 내려서 교육 으로서 영원히 성립이 될수가 있도록 깨우치며 정중하며, 존경하며, 공손한, 한글말에 품위와 품격을 갖춘 민족으로서 유구한 역사를 "대대 손손" 이어져서 서로가 존중하는 문화에 풍토가 이루워 질수가 있는 사회가 형성이 될수가 있으시기를 간절히 기원 합니다.

옮긴이의 말
나가지마 미애 (中嶋 美惠)

지은이 모리시마 미지오 (森嶋 通夫)

1923년 오오사가 에서 태어 남
1946년 교도대학교 경제학부 졸업
     현재 영국 런던대학 교수

옮긴이 나가지마 미애 (中嶋 美惠)

1957년 전라북도 출생
1976년 동광 고등학교 졸업
1977년 한국 전통민속무용학원 조교
1986년 일본 거주
     현재 한국어 일본어 번역

영국 과 일본 -그 교육 과 경제

초판발행 2024년 12월 20일

지 은 이   모리시마 미지오
옮 긴 이   나가지마 미애
발 행 인   윤 석 현
발 행 처   제이앤씨
등록번호   제7-220호
우편주소   (01370) 서울시 도봉구 우이천로 353
대표전화   (02) 992-3253 전송 (02) 991-1285
전자우편   jncbook@daum.net

ⓒ 나가지마 미애 2024

ISBN 979-11-5917-251-9   정가20,000원